源氏物語をいま読み解く 3

夢と物の怪の源氏物語

三田村雅子　河添房江　編

翰林書房

源氏物語をいま読み解く❸夢と物の怪の源氏物語❁もくじ

序にかえて

『源氏物語をいま読み解く』のシリーズは、源氏研究における先鋭的なテーマを設定し、掘り下げるもので、二〇〇六年秋に第一巻として『描かれた源氏物語』、二〇〇八年春に『薫りの源氏物語』を刊行いたしました。そして此度、シリーズの第三弾として、夢と物の怪にまつわる特集を企画いたしました。

夢の現象については、国文学の分野のみならず、宗教学・民俗学・歴史学・神話学・精神医学・心理学など様々な学問領域からのアプローチがなされてきました。古代においては、夢を異界への移動や神仏の啓示を得るための回路と見なしたり、うつつ(現実)と対等な世界として意識したという特徴もあります。夢解きや夢告を得るための参籠など、夢信仰の時期として王朝という時代を捉えることもできます。こうした夢への信仰や信頼、あるいは懐疑が、『源氏物語』をはじめ、和歌をふくめた王朝文学にどのように表象されているのか、なお論じるべき課題はあると考えます。

一方、夢と芥子の香によって、生霊となった六条御息所がそれを悟るという展開に明らかなように、夢と物の怪は深い関わりをもっています。物の怪の遊離魂が見たものは、本人にとって夢として体験され、また異常な夢見が物の怪の仕業と考えられたように、夢は物の怪と憑かれた側の回路になるという共同幻想がそこに認められます。

夢と同様、物の怪という憑霊現象も、宗教学をはじめ様々な学問領域からのアプローチが可能であり、そこから文学に表現された物の怪に迫っていく先行研究が蓄積されてきました。歴史的な記録と文学の憑霊現象の比較など精緻な検討もなされていますが、その成果を踏まえながら、今日さらなる研究の更新が求められているのではないでしょうか。生霊と死霊、怨霊と守護霊、除霊儀礼、病と物の怪、物の怪のような語り手など、そこには洗い直すべき課題があるでしょう。

さらに、夢と物の怪にまつわる身体感覚とはいかなるものか、夢と物の怪が人と人をどのように繋ぎ、また離反させるのかなど、興味は尽きません。夢や物の怪の記号性や象徴性、メディアとして夢や物の怪の諸現象、それらを包摂する歴史的、文化的現象など、様々な問題系があると思われます。

以上のような特集の趣旨にそって、小松和彦氏を迎えた座談会では、除霊儀礼を軸に、平安時代の物の怪や夢にとどまらず、中世や近世、現代の憑霊現象を広く見渡し、憑坐文化論まで展開しました。続いて、田中貴子氏のエッセイは、夕顔を取り殺した某院の霊の正体について、最近の現代語訳や解説書の説を挙げながら、六条御息所の一族でその土地に取りついた霊物という新説を紹介しています。それと連動するかのように、立石和弘氏の論文も、映画や解説書における六条御息所や鬚黒北の方の「物の怪」への解釈を列挙しながら、「物の怪」がまさに解釈行為のなかに現象することを浮き彫りにしています。

一方、森正人氏は、「もののけ」「いきすだま」の例を博捜しながら、もののけ（物の気）が霊気・邪気そのものをあらわす場合と、その気が人間の心身に働きかけて異常をもたらす現象の両方をさすことを明らかにし、座談会の話題ともつながり、補完しています。

『源氏物語』の各論では、原岡文子氏が生霊事件を中心に、六条御息所が見られ、また見る視線の交錯のはてに「もののけ」が出現することを考究しています。対して、六条御息所の死霊事件に注目した土方洋一氏は、死霊出現の必然性について、政治的敗者というコードから解き明かし、六条院世界の基層を照らし返しています。さらに湯淺幸代氏は、憑く六条御息所と、憑かれる葵の上・紫の上の内面の共振・同化関係を析出しています。

夢論では、『平安貴族の夢分析』の倉本一宏氏が、『源氏物語』で実際に見られた夢（顕在夢）の全用例を挙げて、それらの根底に平安時代の夢の共通認識があることを指摘しています。また『日本の夢信仰』の河東仁氏は、『源氏物語』の夢告や夢合せなど当時の夢信仰に即した夢のほか、具体的な内容はないものの伏流水のように物語を導く夢を分析しています。最後に久富木原玲氏は、六条御息所が物の怪となって憑く夢と、浮舟が物の怪となって憑かれる夢の特異性を炙り出し、本書のテーマである夢と物の怪をつないで、全体を締め括る論となっています。

以上、それぞれ問題提起にみちた論考の後に、文献一覧も添えました。夢と物の怪をめぐる源氏研究と民俗学・歴史学・宗教学などコラボレーションが、今後、異領域との対話、交流を深める契機となれば、編者としても、これにまさる喜びはありません。

最後に、シリーズの刊行に際して、今回も図版の掲載など、我がままな願いを聞きとどけて下さった翰林書房に深く感謝いたします。

二〇一〇年八月吉日

三田村雅子
河添　房江

【座談会】

小松和彦＋三田村雅子＋河添房江

〈物の怪〉と〈憑坐〉と〈夢〉

はじめに

河添（司会）　今日お迎えした小松和彦さんは、妖怪や異界研究の第一人者で、国際日本文化研究センターで怪異・妖怪伝承のデータベースの構築などもなさっています。そもそも小松さんが妖怪や異界研究に入られたきっかけといいますか、怪異現象に興味を持たれたきっかけや、それを研究テーマにしていらした経緯を、最初にお話いただけたらと思いますが。

小松　文化人類学とか民俗学を、学部のほうで勉強をしておりました。その中でも、その当時コスモロジーとか、あるいはシンボリズム研究とかいうようなものがヨーロッパを中心に構造主義とも結び付いてあったものですから、それとの関連で広い意味での民間信仰研究ということをやっておりまして、それで、その中でも私が興味を持ったのが「憑きもの」だったんですね。

例えば、秩父地方では「オサキギツネ」と呼ばれているんですが、それが人に憑いたり、それを飼って、それで金持ちになっているというような家筋があるとか、そういうことを耳にしたので、調査しました。そこからキツネつきとか悪霊憑き、広い意味ではいろんなものが憑くというようなことに興味を持ち出したというわけです。そのことが、一番の大きなきっかけですね。

しかも、みんな憑かれると、「おれはどこそこのキツネだ」とかしゃべるし、それから、実際に、普通だったら跳ねられないようなところまで座ったまま上へ飛び跳ねるとか、そういう一種の超霊現象があるんだということで、憑きもの研究を始めたんですね。

河添　実際に飛び上がるところを、ご覧になったわけですね。

小松　飛び上がりますね。韓国でシャーマンの研究会をしたときに、あれはどこの大学だったでしょうか、韓国には密教はないんで、どちらかと言えば神仙系のムーダン（シャーマン）なんかですけど、実際に学生たちがそういうのをクラブ活動として実践していて、みんなの前で披露してくれました。

三田村　飛ぶんですか。

小松　もう座ったまんま、ぴょーんと上がりますよ、本当に。

三田村　すごいですね。（笑）

小松　ですから、オウムなんかの修行もその系統のものだと思っていました。

私の場合は、人類学だったものですから、その社会的な機能つまりそれが集団の中でどういう意味を持つのかということで家筋の研究したり、大学院に入ってからは犬神の調査で高知県の物部村というところに入りました。そこで「いざなぎ流」に出会い、陰陽道研究に入っていくという一つのきっかけになったんですね。

それとの関係でいうと、学部の卒業論文のテーマが、修験道だったんです。羽黒山の修験道の入峰修行とい う、何年かにわたって行う儀礼の構造分析みたいなことをやってみました。ちょうど一九七〇年の大学紛争が激しい年だったので、あちこちストなどで大学が入試がなかったりしていました。言ってみればただ出したというだけのものですので、それが当っていたかどうかはわかりませんが。

三田村　いえいえ。（笑）

小松　まあ、それで大学院に入って、その当時アフリカの民間信仰研究書、広い意味でウィッチクラフトと呼ばれる、今では邪術とか妖術というふうに訳される類いの信仰なんですけれども、その報告書がたくさん出ていたので、その論文を読みながら将来アフリカの研究をやるのか、あるいは日本の研究をやるのかちょっと迷ったんですね。けれども、日本のほうが書きやすいし、アフリカにはそう簡単に行けないというような時代だったので、修士論文は憑きものを操る、いわゆる験者と呼ばれるような宗教者をテーマにしたものにしました。

それで、それとの関連の中で浮び上ってきたのが『信貴山縁起絵巻』でした。その「飛倉の巻」と、それから「山崎長者の巻」。あのテーマは剣の護法と飛鉢ですが、いずれもきっと護法なんだろうと思ったのです。だいたい護法というのは二人で出てくるものですから。飛鉢は護法なんじゃないかと分析してみたんですね。一つは鉢を持って飛び回っている護法で、もう一つは帝の病気をなおす剣の護法。この二つはある意味ではペアになっている。そこにみられるのは相補的対立のシンボリズムなんですね。

三田村　神器のようですね。

小松　プラスとマイナス、女性性と男性性とか、そういう密教の儀軌の類いでは、不動明王の両脇に立つ制《せい》多迦《たか》童子と矜迦羅《こんがら》童子の役割の違いとしても示されている。片一方はこん棒を持ってるけど、片一方はハスの花か何かを持っている。
　護法は対の二童子として考えたほうがいいと思っていたら、当時から阿部泰郎さんなんかとも付き合ってましたので、阿部さんから、時代は下がるけれども、命蓮の画像にはヘビが頭に鉢を乗せて描かれているよと教えてもらいました。

三田村　なるほど。

小松　しかも『聖誉鈔』という書物にも飛鉢護法はヘビだと書いてあった。「あ、なるほどなあ」と思いました。見えないものを構造分析しながら想定していく、そういうようなことを『信貴山縁起絵巻』の分析から学んだんです。
　もっとも、大学院の後期課程に入ったら、人類学的考察だけじゃなく、好き勝手に自分のいろいろ考えてることを書いてきたわけなんですが。(笑)

10 『信貴山縁起絵巻』の護法

河添　まさに、その『信貴山縁起絵巻』の護法から、もののけ現象にも関心を持たれたわけですね。

小松　そうですね。剣の護法がもののけを追い払うために派遣されているのですから、護法の役割というのが非常に大事だと思ったわけです。その当時、護法について触れている研究は国学院の系統の近藤喜博さんの『古代信仰論』くらいだったでしょうか。ちょっと古くなると筑土鈴寛の研究がありましたが。護法というものがあまり論じられてないんだけれど、僕は、日本の宗教を考えていくときに、とりわけ祈禱系の宗教を考えるときには重要なんじゃないかと考えるなかで、もののけと護法の関係が浮かび上がってきた。それで、護法信仰論みたいな形でのもののけ論をやってみると、ちょっと面白いかなということになった。それがもののけとのかかわりになるでしょうか。
　それで、どういうところに護法やもののけが説話に描かれていたりしているかを教えてもらったりしながら、それぞれの場面を分析してみるということになったというわけです。(笑)
　ようするに、日本の広い意味の世界観、信仰あるいは病気観の中に、ある時期もののけが、とくにそれを操作するというか、それを追い出す宗教者が重要で、そしてその宗教者の呪力の形象化として、密教的な使い魔というべき護法童子が重要じゃないかということなんです。

ところが、陰陽道にも同じような武神がいて、これも大体二人、しかも人に憑くんですね。そうやって見ていくといろんなものがつながってくる。これはとても面白い幻想世界ですよね。お鉢を飛ばす法という書物もちゃんと青蓮院という寺に残っています。実際に、あのころ大真面目にそういうことがいわれていたわけです。どこまで信じられたか分かりませんけれども、そんなこともあった。日本というのは結構面白い世界だなと思ったわけです。

河添 なるほど。『憑霊信仰論』で説かれている、護法が実際、病人に付いていてそれをに移らせて、そして験者が退散させるというとき、その護法が二人いるという問題は、儀礼の中ではどういうことに？

小松 あまり僕はそれを考えてないんですけれども。

河添 そうですか。

小松 ただ、僕の考えで言えば、大体もののけを追い払うのは、先ほどの剣の護法の例が語るように、不動明王だったら制多迦の方ですね。破壊的な性格を持った護法が使われるんじゃないだろうかな。

三田村 命蓮という人の宗教的位置付けは複雑ですね。後半で見ますと姉と弟のおなり神的なつながりも感じられますし、天皇制との力学的な関係の中で剣の護法が登場していますね。教団宗教というよりも非常に雑信仰的なあらわれが感じ取れて、その中におけるイメージだと感じます。

小松 『今昔物語』の中に染殿后を犯す金剛山の聖がいますよね。

三田村 紺青鬼ですね。

小松 そうですね。この僧も命蓮と同じように、鉢を飛ばして食を継ぐという、典型的な山岳修行の聖ですよね。それほどすごい立派な尊いお坊さまなので、命蓮によって帝の病気を治してもらったと同じようにして、染殿后も治してもらおうと呼ぶわけですね。同じ物語的パターンを踏んでいながら、こちらは欲に目がくらんでしまうお坊さんで、すごく邪悪に描かれる。なんか裏表の関係にあるような感じですね。

片一方の命蓮がすごく立派に描かれるけれども、その隣の山のお坊さんは同じようなお坊さんなのに欲にくらんで鬼になってもその思いと遂げる。その聖の面白さもセットで考えてみる必要があると思ったんですね。

河添　そうですね。三田村さんの「もののけという〈感覚〉」（注『源氏物語の魅力を探る』所収）という論文で、浮舟につくもののけというのが、愛欲に走った、やっぱり破戒僧みたいな感じで、それを調伏する横川の僧都というのが。

小松　はい。横川の僧都ですね。

河添　ええ、調伏するわけですけど、それがまさに表裏の関係にあって、ということを三田村さんが指摘しているんですけれども、まさにそういう話ともリンクしてきますよね。

小松　やっぱり、験者というものの持っているいかがわしさと、いかがわしいからありがたいという面もある。

河添　それは両義的ですね。

三田村　験者というのはお坊さんとしての位はそんな高くないのに、山伏とか野伏とか、寺院集団に属さないアウトロー的エネルギーを持つ人たちですよね。

小松　幻術使いというんでしょうか。鉢を飛ばすということもそうですけれども、先ほど言ったお鉢を飛ばすお坊さんなんかがお互いに術をかけ合って、火界呪だとか、なんかそういうのをかけたりしますよね。忍術使いの先祖といってもいい、なかなか面白いですね。

　安倍晴明なんかも同じように印を結んで式神を隠してみたりする。ですから、なんか、世界を変えたり動かしたりする、そういう力を持ったのが験者だと思うんですよ。

河添　トリックスターみたいな。

小松　そのとおりですね。だから、そこに現出している状態が病気だとすると、それを変えられる、治せるというのは相当な力を持った者じゃないとできないわけなんです。その力をどうやって描いていったかというと、どちらかというと天狗の術に近いような、幻術使いみたいなものになる。私の場合、このような宗教者の方が魅力があるという気がしますよね。（笑）

花山天皇千年紀

河添　小松さんは例えば『異界と日本人』のあとがきで、妖怪は人間の恐怖心が生み出した幻想であるとか、社会が抱いているコンプレックスや罪悪感が妖怪を呼び寄せているんだということで、心の闇みたいな、個人の、あるいは社会の闇みたいなものが表象されたものとして、もののけとか憑きものとかをとらえられていますね。本当にそういうものが存在してると信じていらっしゃるのか。それとも、それに懐疑的で、その信じてしまうメカニズムをあぶり出そうとされているのか。

小松　これは難しい問題ですね。これを考える参考になる話があります。たまたまある画家さんが、自分が今考えている、自分の中にイメージしているものを描いたんですよと言ってその絵のコピーを送ってくれました。ところが、その絵は妖怪的なんですね。そういうふうなことが結構あるんですね。

恐らく、自分が抱えている不安なり何かむにゃむにゃしたものというものを解消していく、あるいは納得させてくれるものがどんなものかというと、やっぱりこういう妖怪的なものとして形象化されてしまう。(笑)

河添　『ゲゲゲの女房』の世界。(笑)

小松　そうですね。それで、非常に面白いのは、例えば不登校児新聞というのをやっている知り合いがいるんですが、彼の話によれば、ほとんど外に出られない子供が、妖怪の話の講演会があると教えると関心を持って聞きに出てくるそうです。心の闇なのか社会に対する不安なり恐怖なり拒絶なのか、なんかそういうようなものを直感的に、感覚的にとらえていたときに、異界的なものというか、妖怪的なものに触れると安心する。「あ、自分と共通した内面世界がある。外の世界にもある」というようなことを思うんですね。

私がそういうものに興味を持ってきたのも、世の中の中で光が当たらない、抑圧されている何かがあって、それが自分の中にもあるという感覚があるんですね。(笑)

河添　共鳴するというか、カタルシスを得るような。

小松　そうですね。別に心の中の闇というようなもので何でもかんでも物事を説明できるとは思わないんですが。光が当たる部分があれば影がどこかに出来るだろうというのと同じような感じで、社会の中から取り残されると、取り残された人たちの思いみたいなのがどこかに反映するだろうというような感じですね。

河添　三田村さんは、どう思われますか。

三田村　ちょうど二年ぐらい前に「源氏物語千年紀」ということで、随分にぎやかないろんな企画があったんですけれども、ちょうどその同じ年に「花山天皇千年紀」という企画がありました。花山天皇が亡くなってから千年で、西国三十三カ所霊場を組織したのは花山天皇だと。

その花山天皇を記念して奈良のほうのお寺が今まで見せなかった秘仏を見せるという、そういうことをやっていて、すごく面白いと思ったんですよ。つまり表側のところでは王朝の美しい『源氏物語』みたいな文化みたいな話を大騒ぎしてやっていて、その裏側ではそこから追い出された天皇ですよね。やめさせられた天皇が、ある意味では宗教的に寺々を組織していった。三十三カ所まで編んだかどうかは分かりませんけれども、霊地を巡礼し、つなごうとした彼の行動は、ある意味で、霊界の王権構造をめざしている。後に白河院、後白河院、後鳥羽院がめざしたような、現実の王権構造よりももっと重要な王権構造を志向している。まさに花山がやろうとしたことですね。

それを記念して盛大にやろうという発想が、王朝の光と闇みたいな表裏の構造だと思って、それを企画した人は誰だか知らないけど、面白いとちょっと思いましたね。

小松　あれを企画したのは、廣川勝美さんのグループじゃないんですか。

三田村　そうですかね。

小松　昔の神仏集合を復活させようという一連の行事の中で西国巡礼の再評価をしたわけです。

三田村　清水寺のなんか秘仏を公開したんですね。

小松　そうです、そうです。

三田村　考えてみると、ちょうど安倍晴明が大活躍した時期というのは『源氏物語』が出来た時期とほぼ重なる。

小松　その時期ですね。

三田村　寛弘二年に亡くなっているから。ちょうど、紫式部が中宮彰子に出仕したのが寛弘二年と言われているので、ちょうどもうそのころ『源氏物語』が書き始められている。その時期が晴明の活躍時期で、それで、それ以前の天文博士だとか陰陽博士の活躍を見ても、それ以前の陰陽博士なんかの官位は低いんですね。それが賀茂保憲とか、賀茂光栄つまり安倍晴明の先生ぐらいの世代からがっと上がって、社会的地位が高くなった。花山朝であるとか、『源氏物語』前夜ですよね。そこいら辺でやっぱり闇の世界というものをどう王権の側で再組織するかみたいな、その問題がかなり重要な問題に浮上してきていますね。

小松　そうだと思いますね。

「生霊」について

三田村　それが、『源氏物語』以前だと物語文学なんかでもののけは出てこないんですね。『うつほ物語』や『落窪物語』、直前ですけれども、十年ぐらいしか違わないですが、ないんですね。(『うつほ』に一、二例あるが、具体的は叙述はない) もちろん、『伊勢物語』『大和物語』はないんですね。

小松　ああ、そうですか。

三田村　それですから、もののけ現象というものが出てくる時期というのは、かなりこう、片寄っているのじゃあないか、平安時代全部にズーっと出てるんじゃなくて、中期と末期の問題かもしれない。怨霊信仰とか御霊信仰というのはもちろん平安の最初のときからありますけれども、そういう政治的敗北者でっはない、私的な恨み、つらみが出てくるような『源氏物語』的なもののけ現象というものが出てくるのは、ある限定された時代だったんじゃないかというふうにも感じるんですね。

小松　藤本勝義さんの本は読ませていただきました。藤本さんは『源氏物語』では生霊がもののけになるけれども、実際の日記類なんかでは生霊というのはほとんどなくて、死霊あるいは動物みたいなものが憑依している。だから生霊憑きを想定したのは紫式部だと述べていますね。つまり生きている人間関係の葛藤の表現装置としてもののけを描いているのに対して、現実の生活の中でのもののけというのは死者の怨霊ですね。これは死者と生者の葛藤の表現装置となっている。死者の恨みみたいなものの行き場になっているんですよね。

三田村　そうですね。

小松　ですから、平安時代のあの時代、生霊が憑くというのは特殊なのかもしれないと、そのころ思ったことがありましたね。

河添　ただ、最近の研究ですと、生霊そのものは、藤本さんは生霊はほとんど前例がなくてということを強調されるんですけれども、むしろあるという。

小松　ありますか。

河添　少しはあるというか、『落窪物語』とか『枕草子』とか、少し出てきますよね。でも、「生霊」という言葉はあるんだけど、正面から描かれないというか。生霊の物語の共同幻想みたいなものはないわけですよね。ただ葵巻だって、「物の怪、生霊などいふもの多く出で来て」とあって、「生霊」という言葉はすぐ出てきてしまうんです、御息所が特定される前から。

だから、そういうものはあるということは認識されているけれど、何か生霊の物語の、みんなが共有できるような共同幻想みたいなものはなくて、そこをどう書いていくかというところで、いろんな仕組みというか、夢を使ったり、芥子《けし》の香を使って。夢だって六条御息所が見る夢ですよね。小松さんのお話では本来、つかれた側しか夢は見ないはずですよね。憑く側の夢というのは、ほかに何かあるんですか。

小松　いや、あんまり聞かないですね。

河添　だから、そういういろんな仕掛けをしながら、生霊事件を描き込んでいったという感じが。そこを最近の研究はすくい取ろうとしています。

⑯

小松　そうですか。憑く側の夢と関係すると思うのですが、死んだ人が鬼という形で出てくる。ところが死なないと鬼になれない。そういうかなり強い思想でありましたよね。それが生きながらにして鬼になって恨みの対象を攻撃するようになる。これはかなり時代が下ってからのような感じがするんですよね。

河添　生きながら鬼になるという、時代が下った例というのは。

小松　いや、それはもう『鉄輪』とか、ああいう世界。生きながら鬼になって取り殺してやろうとする。『今昔物語』なんかでも多少あったような気がするんですけれども。例えば、道成寺説話なんかは、清姫はヘビに変わってはいますよね。部屋にこもってしばらくしたら今度それがヘビになってもぞもぞ出てくる。あれは清姫の死ですよね。死なないと復讐できないみたいな思いがあった。だから平安時代の人たちは敵をなかなか処刑しない。殺さないでおいたほうがたたられない。

三田村　なるほど。それはあるかもしれません。

小松　ありますね。殺すと厄介だと思っていた。生かしておいた方が安心なわけです。

三田村　生殺しみたいな感じですね。（笑）

小松　だから、牢屋に入れておいたほうが鬼にならない。けれども、殺すと鬼になる。そういうところがあったんじゃないかな。なんかそういう思想が説話などいろんなところに反映しているような気もするんですよね。

邪気について

三田村　藤本さんの場合は、もののけという言葉が使われてるかどうかを考えたんじゃないですか。実際に生霊があるかどうかということよりも。

小松　その言葉を拾っていくとそうなるかもしれない。

三田村　うん、拾うと。

河添　そうですね。

三田村　漢文日記の中では邪気と言ってますけれども。

小松　そうですね。

三田村　邪気の用例は死んだ人しか出てこないという、というふうに、彼は記録の中で考えたということで。

小松　そういうものは、『大日本法華験記』とか往生伝類とかにいろいろ出てきますよね。しかもそれが、例えばお坊さまと天狗の関係を非常に克明に天狗の側から描いているんですね。自分つまり天狗はお姫さまに取り憑いてやろうとしたけれども、偉いお坊さんが来て邪魔をしたというふうにもののけの側から取り憑く様子を描いている。これはもののけを考えるときに役に立つ。

三田村　そうですね。

小松　結局は、もののけというのは、お坊さんたちがつくった一つの虚構の世界なんだろうけれども、それをこちら側じゃなくて、もののけの側から描いたり、憑かれる側、病人の側からも描いている。そうすると、両方合わせていくと非常に面白く描けるし、また読み解けるという感じですよね。

三田村　そうですね。小松さんは、向こう側から、普通は共同体があって共同体から排除される、払い捨てとか祀り捨てとか、そういう形で、共同体の論理として語られるものが、日本のいろいろな妖怪、もののけ関係はかなりもののけのほうに主体があるという、そういう現象が見られるというご指摘がありましたね。

小松　そうです。人間の社会なり共同体から排除された側がどういうふうにして排除されたのかとか、どういうふうにそこに侵入したのかとか、その辺をもののけ、妖怪に語らせる。人に乗り移ってもののけの言い訳を語らせるという話はすごく多いですね。

河添　なるほどね。

小松　そこのところが非常に面白い。そういう考え方で見ていくと、ものごとが立体的に見えてくる。

河添　そうですね。確かに憑坐の言葉というのはあんまり必要ないかもしれないし、退散させて病気をすっと治しちゃえば、それでいいわけで、あえて憑坐にその言葉を語らせるというプロセスが大事だというのは、そういうことかもしれないですね。

悪霊の語りと「ものがたり」

小松　僕は、憑坐の語った語りが大事だと思っているので、どういうふうに語ってどういうふうに説明しているのかがとても気になる。それは陳腐なものなんですが、でも、それでも非常に面白い。悪霊が人に乗り移って「おれはかつてこんな目に遭った」とか語ろうとする、そういう発想をどういうふうに当時の人は考えていたのか。

三田村　不思議ですね。

小松　それは、ある意味では日本の信仰の特徴的な部分かもしれませんね。

三田村　それは、例えば私たちが「ものがたり」と言うときの「もの」というのと関係がありませんか。

小松　あるんだろうと思います。外から語るという。

河添　そうですね。

小松　なんか排除された者が語る物語に耳を傾けるというのは変な話ですけれども、でも、それが日本では大変に多いような気がするんですね。

河添　高橋亨さんが「物語」を「もののけのような語り手が語る」というふうによくいいますけれども、まさにそういうところとつながるかもしれませんね。

小松　そうですね。物語をもちろん憑依だとかそういうものとして結び付けて、文学の原初な始まりというふうに考えることもできますが、僕自身はいつの時代もそうなんで、そういう側面をもっていると思っています。原初にそれがあって、それから脱却して文学が生まれたという言い方は、もちろん文学史的には言えるのかもしれないですけれども、そうじゃなくて平安時代もたくさんの憑依の物語があり、江戸時代もたくさんの憑依物語があり、今でもあって、恐らく将来もある。憑依というのも規定の仕方がいろいろありますが、僕なんかは普遍的に見られる現象で、別に古代にさかのぼる必要はないだろうと考えています。

三田村　平安時代には「モノガタリ」という言葉が、普通にも使われます。ひとまとまりのある話を「物語」というふうに定義するんですけれども、同時に赤ちゃんがしゃべっている訳の分からない言葉も物語、「もの語りす」というふうに使うんですね。

　だから、訳の分からない、喃語ですよね。でも子供というのは何か神意を表す存在だというふうに考えれば、それをしゃべっていること自体が、一種のものの語りであるというふうに受け止める心のあり方なのかなとも思いますね。

小松　なるほどね。「もの」という言葉の中身がある意味ではすごく広いし、あいまいですし、あいまいであるが故にたくさんのものが、キツネでもいいし、生霊でもいいし、鬼でも何でも入ってくるところが、「もの」の非常に重要な役割のような気がしますね。

三田村　そうですね。

小松　「キツネ憑き」というふうに言うのと、「もの憑き」と言うのでは随分感じが違いますね。「もの憑き」というふうに言ったときには恐らく「もの」の中身は何でもいいんだという形で話が進められるんですよね。

　でも、キツネが憑いたとなると、もうある種の限定があって、そのコンテクストの中で物語を組み立てていかなきゃいけないわけですけれども、もの憑きということでは、鬼かもしれないし、死んだ人かもしれない。いろいろあるんですけれども、その憑くという形で語りをするかしないかで随分違いますね。

　語りをさせることで正体が見えてくるわけですが、その正体を見せるときの語りが非常にドラマチックであれば、非常に面白い話になりますね。

夕顔巻のもののけ

河添　なるほど。『源氏物語』の具体的なところでいえば、例えば夕顔巻でもののけが出てきます、夕顔を取り殺す。それも、光源氏の夢枕に女が立って「何でこんな人を、私をおいて」というふうに言って、はっと気が付くと夕顔がほとんど瀕死状態になってるみたいな。ああいうところは、夢の中でまさに物語が、ものの語りがあるわけですけれども、いろんな説がありますよね。

これはまさに六条辺りの女だとか、それは光源氏の幻影みたいなものだとか、いや廃院だから、廃院に住んでいる地縛霊のようなものが取り殺したとかといろんな説がありますが、どういうふうに思われます?

小松 あそこは河原院だったところですか。

河添 河原院がモデルですね。

小松 モデルが河原院だとすると、あの時代どうだったんですかね。紫式部の時代にはもう空家だった?

三田村 もう有名でした。荒廃した、はい。

小松 だとすると、霊が出てもおかしくないような場所だということが下敷きになっている。だから、融の幽霊であってもいいし、『今昔物語』には、よく分からない霊がそこに住み着いていて、関東のほうから上がってきた商人の奥さんを奥の部屋に引き入れて、その血を全部吸い取ったというような話もありますよね。

そういう化け物屋敷だったのに、そんなところを逢い引きの場所にすること自体が悲惨でばかばかしい結末を暗示させてるような感じがしますよね。それが一体どういう霊であるかももちろん、その場所がそういう霊を呼び出しちゃうんだと思うんですけどね。

河添 なるほど。

小松 それが誰の霊であっても、仮に私が愛人をそこに連れて行ったら、「やっぱりそんな場所に行ったんだから、鬼に取られてもしょうがないよ。そこに連れて行ったのが間違いですよ」と言われそうですね。

河添 そうですね。説話でもありますよね。河原院に宇多上皇が京極御息所ですか、連れて行って、融の霊が出てくる有名な話がありますよね。三田村さんの論文でも、結局もののけや、霊の現象をできるだけ光源氏だけに見せるような仕組みをつくっている、という指摘がありましたが。

夕顔巻でも、確かにものの語りがあるわけで、その語りを知るのは夢を見た光源氏のみで、右近もそばにいるけれど、よく分からない。急に女主人が亡くなってしまうみたいな衝撃を受けているだけで。その後も夕顔が源氏の夢に出てくるけど、とりついた霊が一緒に出てくるとか、生霊事件もそうですし、死霊事件もそうですけど、ものの語りを聞く人が、光源氏に集中してくるという現象は、『源氏物語』の面白いところですね。

小松　結局、夢の中にしても怪現象が起きたときに、それを解かなきゃいけないわけですね。
三田村　ええ、そうですね。解釈ですよね。
小松　それを験者のようなものに解釈させるか、それを媒介にしながらでも自分がいろんな自分の人生を、人間関係を踏まえてつじつまを合わせていく。
三田村　そこに「物語」をつくるわけですね。
小松　そうですね。ですから、どこに視点を置くかで恐らく物語の作り方というのは異なってくる。こういう外側の人たちつまり事件の周囲にいる人たちの解釈を積み上げていくやり方もあるんだろうと思うんですが、でも、『源氏物語』はやっぱり、紫式部が自分のさまざまな解釈を積み上げて、それがある意味では源氏の人生みたいな形になっている。光源氏が納得するような物語になっていくという形ですよね。
三田村　やっぱり解読コードがいろんな軸があって、それこそ廃院の怪であるとか、木霊であるとか、侍女であるとか、いろんなレベルで考えてやっぱり揺れていますよね。作品自体の意味付けみたいなものが一義的にあるのではなくて、読者にゆだねられていて、どのレベルで解釈して読んでつなげていくのかということについては、どの場合も最終的答えが出てないので大変不安な感じ。だけど、その正体のわからない不安な感じこそ、「もののけ」現象の中核ですね。正体がわからないせいで、余計に自分の中に食い入ってくるみたいなところがあって、
小松　それが、紫式部の揺れでもあるのかもしれない。それから、はっきり答えを出すとつまらない物語もあるんですよね。
三田村　そうですね。つまらないですよね。
小松　ええ。ああ面白かったで終わっちゃうんですよね。
三田村　意味付けられたら、それでもう終わってしまう。もののけ現象もそうですけど、ちゃんと解読されちゃうと、もう名付けて払っちゃって十分、いったんカタルシスという感じで、その話は終わってしまうけど、どこにも解決というか、最終的な意味がない。
小松　解釈しながらもまだ次の問題に心を引きずられていくという。最終的には地獄か極楽にまで持っていくしかない。なんだかそんなような感じがしますけれどね。
河添　『紫式部集』のもののけの絵と心の鬼の歌も、永

遠に解読され続けていますよね。そういう意味で揺れて、解決がつかないという感じ。

小松　そうですね。

『紫式部集』の小法師

三田村　その『紫式部集』の歌の詞書に小法師が出てきますけど、小法師は護法じゃないかと、森正人さんが指摘しているんですが。

小松　そうですか。

三田村　「小法師が鬼になりたる元の妻を縛り上げて」と書いてあるんですが、そうかもしれませんね。

小松　なるほど、護法の姿かたちは童子ですし、確かにそういうふうに解釈できそうですね。先ほどの命蓮のような法華経を持って山岳で修行する行者には現実の世界でも童子がいて身の回りの世話をする。

三田村　はい、そうですよね。

小松　寺男みたいなものですけれども。

三田村　そうですね。

小松　この童子が憑坐的な役割もしているんですね。神がかりして託宣をする。そういう意味では、実世界

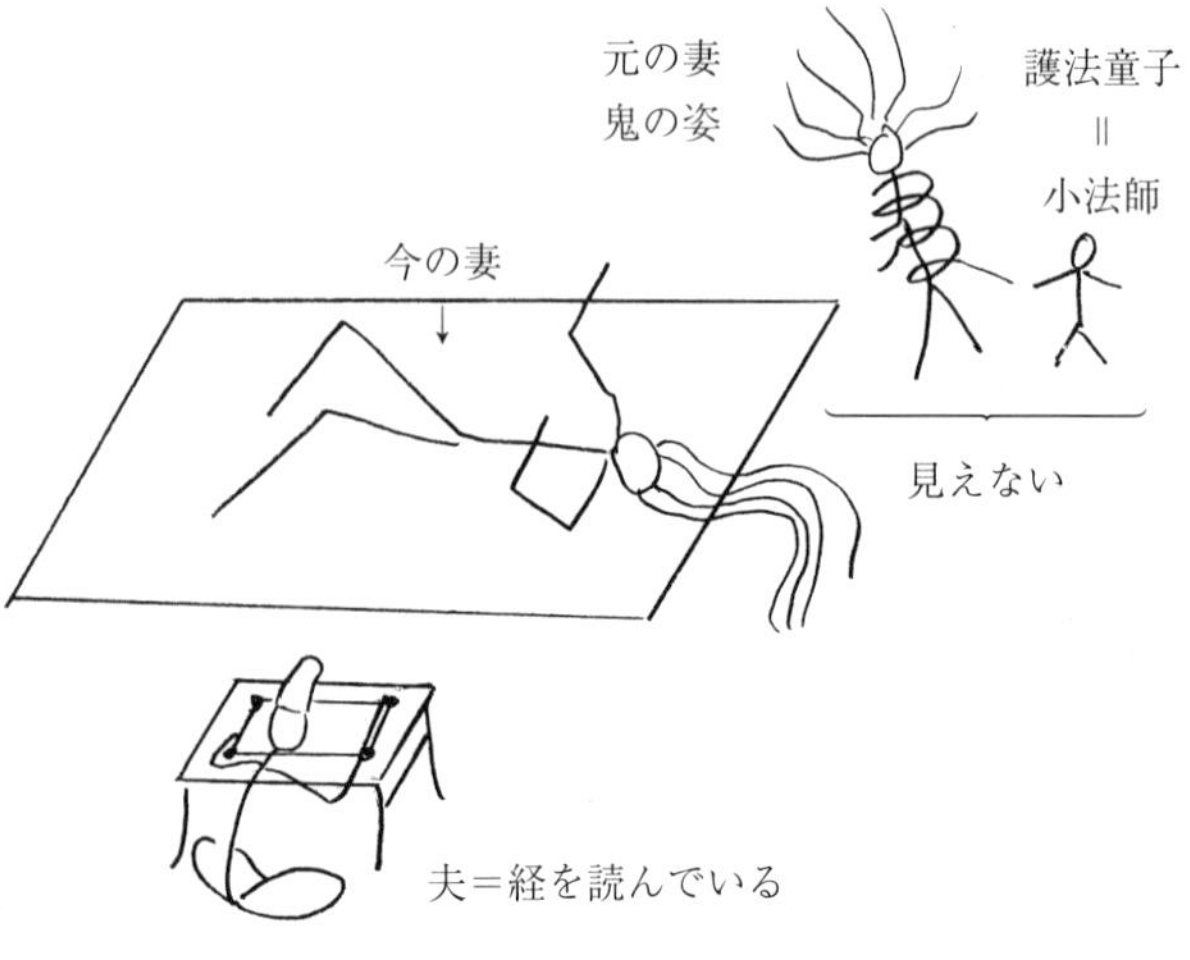

の護法童子は護法童子であると同時に、護法をつける法師の両方の面がある。験者は自分の弟子のような童子を連れてきて、それを憑坐にする。そして、それに護法が乗り移る。イコールかどうかは別としても、憑坐役の童子は護法童子的な役割をしてるというのは言えるでしょうね。

河添　『紫式部集』の小法師は憑坐でもあり、護法童子でもある、そういう役割を果たしていると解釈すればいいわけですね。

小松　そうです。白山の泰澄上人には立役者と臥行者という二人の護法が、書写山の性空上人には乙と若という二人の護法が従っていたといいますが、実世界でもやっぱりそういう役目を負っていた者がいたのでしょう。

三田村　童子でなんか超自然的なことをするというのがいますね。

小松　そうですね。

三田村　だから、陰陽師のところだけに式神みたいなのがいるだけじゃなくて、仏教の聖みたいな人ね。

小松　筑波大出身の小山聡子さんが研究して、『護法童子信仰の研究』という本を出しています。

邪気と声

三田村　漢文日記における、いわゆる邪気ですけれども、邪気をずっと見ていくと、やっぱり実際見えないので、ほとんどの用例が全部声について言っていますね。病人になぜ邪気がついたとみんなが解釈するかというと、声が変わっていたとか、言っていることがちょっと尋常じゃない、だからこれは邪気としか考えられないという、そういう解読です。その場ですぐ分かるんじゃなくて、しばらくたって「やっぱりこれはそうだ」というふうに意味付けていくときに出てくるんですね。

だから、声でそんなに判断しているということは、いかにその声に耳を傾けているか、気にしているかということですよね。『源氏物語』の中でも葵の上が途中で突然声が変わったような気がすると。でも、声を気にしてたら、病人の声ですから、それはいろいろ変わるだろうと思いますし、泣き方なども「音《ね》を泣く」という特殊な泣き方をしていますね。その微妙な音の違いが解釈を呼び寄せる。

河添　葵の上の場合は、声が変わっていることよりも、憑坐にずっとつかないで。

三田村　つかないでいる。

河添　憑坐がこっち側にいるのに、いきなり葵の上の口から出るという、なにか衝撃というのがあったのかと思ったりするるんですけど。

三田村　憑坐につかないというのも割とあって、中宮定子が亡くなった日（長保二・十二・十六）にお姑さんにあたる東三条院詮子がものすごく病気がひどくなるんですね（『権記』）。あの場面も絶対に告白しないいんですよ。もののけは誰だと言わない。

小松　黙っているわけですね。

三田村　言わないけど、周りがみんな巻きこまれておかしくなるんですよね。だから、憑坐ではないんだけれども、強いもののけは白状しないんですね。

河添　その場合は、詮子についたのは、もしかしたら中宮定子かもしれない。

三田村　定子である可能性もあるでしょう。全く同じ時刻にそういうことがあった。死んで、一緒に詮子まであの世に連れていこうとするような場面ですね。

河添　そうですね。嫁と姑みたいな関係がありましたものね。

小松　もののけもしゃべり出したらもう終わりですよね。正体を明かすためにしゃべり出したわけですから。

三田村　言わないでいるときの力ですよね。

小松　ええ、力を感じとるわけです。

三田村　恐怖のほうが大きいですね。正体が分かったら怖くないですね。「あれかもしれない、これかもしれない」という自分の良心のとがめが肥大化していく瞬間が一番面白いですね。

小松　そうですね。黙っているからイメージが膨らむ。

三田村　そうそう。（笑）『紫式部日記』のあの敦成親王出産の場面も、五組ぐらいのもののけ退治用のセットが用意されていて、多分、良心のとがめでいうと五組ぐらい出る予定なんですね。あの人も出るだろうというのが五組ぐらいあるんだけど、でも出ないんですよね。名乗らない。

小松　もののけは出ないほうが普通ですよ。

三田村　そうですか。（笑）簡単に出ちゃったら、なんか。

小松　もののけが正体を明かすと、正体は敵であるので現実的には、微妙なんですよね。物語の中だったら許されても、ある意味じゃ、実世界のもののけ落しでもののけが正体を明かすとすごく政治的な問題になりかねない。

三田村　ひと組は、治療している加持祈祷僧が押し倒されたと書いてあって。すごいですね。

河添　皇子が生まれれば、それが天皇になるという、まさに王権の一番中枢にかかわる出産ですからね。本当にそういう意味ではすごい緊張感というか、もののけが五組出るというのは分かるような。（笑）

小松　そうですね。やっぱり『源氏物語』というのは、とても複雑な心理描写を語り込んでいるので、現実とはまたちょっと違う部分が。

河添　別のもののけの世界をつくり出している。

小松　相当ドラマチックにつくり出しているというような感じがしますね。

三田村　もののけはむしろ敵意でしょう。だけど、『源氏物語』の場合はもちろん愛着ですよね、六条御息所なんかは。ふつう遊離魂現象（好きだから行く魂）と、恨みで行く魂がなんか微妙に交錯してるから、非常に不思議な感じがするので。

河添　愛憎半ばするという。

三田村　普通はもののけと言ったときは、好きだから行く霊って、あんまりない。『源氏物語』以外では見たことがない。

幽霊と怨霊の違い

小松　幽霊と怨霊の違いは、基本的には幽霊は生前の姿で出てくる。とすれば古代のものは恨みではあまり出てこない。好きだからとか、私のことをずっと思ってくれているとか、何かを伝えるために出てくるんですね。

三田村　好きだから出るんですか、やっぱり。その古代的なほうは。

小松　『北野天神縁起絵巻』では、例えば菅原道真の霊は、比叡山のお坊さんのところに「あまり私を祈禱しないでください」と、衣冠束帯姿で出てきて話をするわけですね。これは幽霊ですよね。

ところが、怨霊として出現するときには鬼だったり、落雷を起こす雷神だったり、あるいは人の体に取りつくヘビだったりしている。藤原時平の体に乗り移っている道真の怨霊は、浄蔵法師に向かって「祈禱するな」

いう場面がありますが、そこでは、耳からヘビが出ているんですね。ですから、病気にしてやるぞ、恨みを晴らすためにやって来たぞというときの姿というのは鬼やヘビなんですね。

とすれば、六条御息所の霊をもしも絵にするとどういうふうに描かれるのか。鬼として描くのか、あるいは幽霊的なものとして描くのか、その辺が微妙だなと思いますね。文章だから分かりませんけれども。どうなんでしょうかね。

河添　若干、生前そのままの形ではないような気がしますね。面影はしのばせるみたいな。夢では、桐壺院が光源氏の須磨流離のときに出てきたりとか、藤壺が死後夢に出てきたりとか、宇治の八の宮が出てきたりと、みんなあれは生前そのままの姿で出てきているという前提で語られてますよね。

三田村　そうじゃなきゃ分からない、誰だか。（笑）

河添　それは分からないですね。

小松　そうです。鬼はある程度姿かたちが変わってしまって、生前の姿でなくなっちゃうんですよ。ですから、鬼の姿で出てきてもそのままでは正体がわからないので鬼に身の上話を語らせないといけない。そうしないとその正体が何か分からない。ところが、幽霊の場合には見ただけで分かる。そこのところが非常に重要なんですね。

河添　関係性が違いますね。

小松　幽霊ならばもう「うらめしや」と言わなくても、その姿形で出てきたときに自分の正体を語らなくてもいい。例えば「あ、あの女だ」とわかる。でも、鬼の姿で出てくると「あの鬼の正体は何だ、誰だ」ということになる。姿が画一化し一般化した鬼という場合と、個別化した姿形を持っている幽霊の場合とでは、恐らく物語のつくり方が違ってくる。

三田村　「鬼」という字自体が、容貌が崩れているということを表す表意漢字だということですね。

小松　あ、そうなんですか。そうだとすると、鬼の姿とは正体の姿かたちが崩れていった末のものというわけですね。画一化された鬼も実は一つずつその個体史つまり個性を持っているはずなんですよ。何かの霊が鬼に変わっているわけですね。『百鬼夜行絵巻』の先駆となる絵巻の中に描かれた「百鬼」なんかでも、みんなそれぞれ個性を持っているんですね。あるものは鹿のような頭を乗っけており、鳥の頭をしてるとか、馬の首だとか、いろんな形をしている。それは馬の怨霊がこういう鬼になったとか、人間の女の怨霊がこういう鬼になったとかを意味している。

三田村　たどれるしっぽみたいなのが付いているんですね。

小松　そうそう、何か痕跡を描かないとわからない。たくさんいても物語がないとわからないんですね。

三田村　そうなんです。

河添　単に鬼だけ描いちゃいけないので、前世をしのばせることが必要ですね。

三田村　布みたいなのを被ってるのも、しっぽみたいなのが微かに見える。

小松　ですから、そうしないと、たくさんの鬼がいても、一人一人に自分が何であるかを語らせない限り、その正体が分からない。

河添　『百鬼夜行』の世界って、まさにそういう世界なんですね。

もののけの絵画化

三田村　もののけの絵というのは『蜻蛉日記』の作者がもののけの絵を描いたというところが書いてあるし、それから、『紫式部集』も、もののけの絵を見て読んだと書いてあるので、私的なかたちではもののけの絵は再三描かれていたんでしょうけど、どういうふうには描かれていたのかなというのは全く想像ができないですね。古い時代で言いますと『目無経』の下絵（金光明最勝王経下絵）なんですけれども、変なものが描かれています。隠れみのじゃないかと言われていて、みのを被ってる男の人の顔だけが色々な所に浮かんでいるんです。『目無経』の中ではみのの男がいろいろのぞき見をして、視点人物になっているんですね。この絵は由来がわかっていまして、後白河院の乳母だった紀内侍周辺がこの絵巻を作ったと推定されている。この紀内侍というのは、実は『源氏物語絵巻』の描き手かもしれないと言われている人なんですね。もののけ論を考えるのに、かなり重要な資料になると思うんですが。

小松　『源氏物語絵巻』には、もののけというのは描かれてないですよね。

三田村　ないですね、今のところないです。

小松　それから、『信貴山縁起絵巻』にももののけは描

物の怪調伏（「目無経」）　目無経下絵に描かれた題名不詳の物語（隠れ蓑物語か）の物の怪調伏場面。女の頭、腰にまつわりつく三本指の「もののけ」（天狗か）を描く。右側のあやしい顔だけの人物はおそらく隠れ衰蓑の少将。

かれていない。調伏する側の護法しか描かれていない。なぜもののけを描こうとしなかったのか、あれはどういうことなのか。当時はもののけの姿かたちを描くなんて思いもよらないことだったのでしょうか。もっと

28

もののけの側から見たら描けないですよね。

河添　そりゃそうですね。（笑）

小松　もののけの側から、例えば天狗の側から見れば、自分を調伏しているお坊さんやその護法童子は見えるわけですね。もののけを描くとしたら、それは人間の側からしか描けませんよね。ですから、僕はひょっとしたら命蓮が派遣した剣の護法がもののけを調伏する場面は、もののけの側から描いているのではないか、とさえ推測したことがあります。

三田村　白描の源氏物語にはもののけ調伏場面が描かれていますね。慶福院という近衛の関白家のお嬢さんで出家してる人なんですが、『源氏物語』の注釈を女性ながら二つほど残していて、そして白描の源氏絵（スペンサー美術館蔵）を残している人がいます。

やっぱり葵の上の出産シーンなんですが、光源氏と葵の上で、これが憑坐です。この人が陰陽師みたいな人で、法師が加持祈禱師、三段階にこう描いてある。

小松　ほぼ彼らが一緒に祈禱をやっているようですね。

三田村　珍しいですね、そういうのは。

小松　しかし、もののけは見えない。

三田村　見えないですね。あと石山寺に三百面の膨大

な源氏絵がありまして、若菜の巻ですが、紫の上についたもののけの憑坐（少女）が髪の毛が逆立っているみたいな場面が出てきます。

三田村　白描のほうですか。

河添　白描のほうです。

三田村　やっぱり江戸期ですよね。

河添　『絵入源氏物語』にもののけがたくさん出てくるというので、これは別に最初に私が言ったんじゃなくて、高橋亭さんが言っているんですが、みんな逆立っているように描いてあります。

小松　逆立っていますね。

三田村　ええ。というふうに出てくるんですけれども。

小松　これはどんどん鬼に近くなってますね。

三田村　『絵入源氏物語』と白描が五十年ぐらい違いますね。白描のほうが先なんですけれどもね。あまり絵画化されないですね。

小松　でも、もし絵画化するとしたらその姿かたちはきっと鬼ですよね。心底からもののけや鬼が怖いと描けないんじゃないですかね（笑）。ところが、鬼などいないとか鬼より強い、鬼をコントロールできていると思えば描ける。

河添　もっと古い時代に描かれなかったのは、コントロールができてないという。

小松　恐らくそうでしょう。絵にするというのはよほどその正体をつかまえてないとできない。

三田村　そうですね。神を描かないというのとある程度一緒ですね。

小松　ええ、一緒ですね。

三田村　神そのものはいつも半分しか見えないとか。

小松　そうですね。大きな姿をしているとか、どんな

『絵入源氏物語　葵巻』　葵上に取りつく六条御息所。髪が逆立っている所に注目。

服を着てるとか語りながらも、なかなか絵にしてきませんでしたよね。

河添 そうですね、確かに。

小松 もののけについての私自身の関心は、『源氏物語』のものとしてではなくて、むしろその当時一般の病気治しの儀式の中で考えたいんですね。もののけがもしも取り憑いたときに、そのもののけを誰が落とすのか、どういうふうに落とすのか、正体を明らかにするのか、そのとき、病人が語るのか、それとも憑坐に引き移して語らせるのか。もちろん病人が語る場合もあるんですけれども、制度化されていて、憑坐が語るということのほうが一般的で、病人は放っておかれちゃうことの方が多い。憑坐を介在させることで物語がつくられるということのほうが多いのではないか。その点が重要なことの一つなんですね。

『今昔物語集』のキツネ

小松 例えば『今昔物語』の中で、とても印象に残っているのは、次のようなキツネの話。女にキツネが乗り移った。このとき、験者の用意した憑坐の女にキツネが引き移されて、その憑坐の女が自分の懐から白い玉を取り出してお手玉をしたようにしていた。そこにいた勇気のある若侍がその玉を取り上げた。

そしたら、その憑坐の女が「返してくれ、返してくれ、それは私にはとても大事なものなのだ」と言ったが返さない。「もし返してくれたら、私は神のようにあなたを敬って、あなたの思うとおりにいろいろ働きます」と言うので、若侍は「おまえを搦め取っている護法に誓えるか」と言う。

ここには、もののけ（キツネ）、病人、憑坐、験者、そして護法がセットになって語られている。そして憑坐つまりキツネがいろいろ語る、要するに託宣までさせられている。しかも、そのキツネが自分の大事な玉を返してくれれば家来になりますよと、いわば式神みたいになりますよ、護法みたいになりますよ、と言っている。また、験者がこのキツネを護法で縛ってるわけですね。そしてキツネが護法に向かって「誓います」と言う。

興味深いのは、ここではこの病人はほとんど無視されている、眠っている状態です。儀礼のドラマは験者と護法と憑坐によってつくられている。

三田村　そうですね。本人は自覚しなくても、こっちでね。

小松　験者の側が勝手に儀礼をやっているわけです。私は護法がキツネを絡め取っているというのが大事なのではないかなと思っている。それが託宣しやすくしていると思っています。

河添　その話というのは、もう少し国家レベルで怨霊を御霊にする、例えば道真の怨霊を天神として祀って御霊にしていく、そういうメカニズムの縮小再生産みたいな感じで考えていいんですか、その式神として仕えるようにというのは。

小松　難しいところですね。類比は可能でしょうが。キツネ憑きは庶民の話なのですが、それをそのまま王権儀礼に敷衍させるわけにはいかないでしょう。国家が関与しているとか、王権が乱れているとか、都あるいは貴族たちが危うくなっているとか、そういうふうな認識が働いて、そして勅命が下って、比叡山のお坊さんたちに祈らせて、もののけを調伏させる。そして、それを追い払うときに護法童子が出てくる。『是害坊絵巻』などはその典型となる物語なのですが、この場合、もののけは何についているのか、つまり国家なのか、都なのか、天皇や貴族（摂関家）の身体なのか。そのあたりを見極める必要があります。

六条御息所と御霊

河添　なぜそんなことをお尋ねしたかというと、結局、六条御息所のもののけというのは光源氏との関係性の中で出てくるけれど、その後、光源氏が六条院をつくって、藤井貞和さんの説だと御息所を御霊のようにして、守らせて。だけど、自分の娘の秋好が冷泉帝の中宮になって繁栄するんだけれども、譲位した後に死霊として出てくるみたいな。そういう御霊と絡ませて見る解釈というのもあるので、そういう藤井説みたいなものをどう思われますか。

小松　それも一つの解釈かもしれないですね。

三田村　一種の守護霊でもあり得る。排除する、痛めつける霊かもしれないし、なんか力学的にどっちでもあり得るようなそういう霊というものを持っているのかもしれませんね。

小松　御霊という言葉自体が王権というか、国家の問題と絡んだときの言い方ですね。怨霊を制御したと宣言しているような表現ですよね。

三田村　言挙げする言い方ですね。

小松　どうですかね。

河添　ただ、六条御息所は、もともとは皇太子妃で、本来、后に上るべきそういう親の家筋としての期待を一身に持った人だから。そういう意味ではかなり王権執着というか、王朝の中枢に上り詰めたかった願望を結局はたせずに、娘の秋好が代理するという形になっていますから、普通の愛憎関係オンリーではないような。

三田村　お父さんのことを御霊っていっていますね。御息所のお父さんの故大臣の御霊というふうにする。あんまり御霊って使わないのに「御」と付いているから、やっぱりそこには六条御息所一家の願望への敬意とはばかりみたいなものがうず巻いているという。

小松　なるほど。それはそうかもしれないですね。王権に対する敵対的な怨霊みたいなものが祀られ、封じ込められたときに初めて御霊になるのであって、祀られないと御霊じゃないですから、そういう意味では御霊になる可能性ありますよね。

三田村　そうですね。

河添　そういう御霊の物語を重ね合わせるように描いている。一部は描いているということだと思うんですよね。

小松　個人の物語というのではなくてね、やっぱり王権絡みだというのが光源氏の物語なんですね。

河添　そういうもののけは、もう第三部になるとあんまり出てこないですよね。

三田村　出てこない。八の宮はある意味で八の宮家という意識があるかもしれませんけど。松井健児さんが参陵というんですか、須磨巻で天皇の陵に参詣するという問題は、やっぱり一種の光源氏を守る守護霊として、桐壺院の墓というのはあって、だけど敵方から言えば、弘徽殿方とか朱雀方から言えば、それはまさに御霊みたいな形でたたり神として機能してくると。その両面を書いていて刺激的でした。

室町将軍と『源氏物語』

小松　室町幕府四代将軍足利義持が、医師の高天を中心とするグループにキツネを操って呪詛されるという事件が、応永二七年（一四二〇）に起っています。これはキツネ憑き事件なんですが、後宮という世界、将軍をめぐる女たちがたくさんいて、その中で誰が子供を産むかで、さまざまなのろいを掛け合ったり、陰謀し合ったりする。そういう世界で起きた事件なんですね。

これをそういう権力者とそれをめぐる女たちの閉ざされた世界の中での一つの物語、女たちの争いの物語というふうに考えると、案外『源氏物語』の世界に近い部分を持っているように思います。

河添　なるほど。

小松　見方によってはとても面白い事件です。当時の日記なんかにも書かれてきます。そこで使われている呪いを掛けたり、あるいはキツネを使ったとかという宗教者は、どちらかと言えばあまり有名ではない隠れ陰陽師や坊主みたいな験者たちですよね。

三田村　いかがわしいですね。

小松　江戸時代の祐天なんかも大奥とつながっていましたよね。

河添　ああ、なるほど。

小松　宗教者たちは権力者と直接じゃなくて女を媒介にしてつながるみたいなことがあるんだろうなと思う。

大奥の世界というのも（笑）そういう側面から研究してみると面白いかもしれませんね。

三田村　『諺紫田舎源氏』はそういう世界を書いていますね。

河添　室町や江戸から『源氏物語』をみるというのも、面白いですね。

小松　『源氏物語』の外側の一般的な問題として、国文学の世界ではもののけというのは、結局のところどういうふうにとらえられているんですか。

河添　『源氏物語』以外の世界でのもののけですと、藤本さんが『栄花物語』をたどっていますけれど。その当時の記録と連続させて見ているところもあるかもしれないですね。どうなんでしょうね。先ほど出た、まさに物の語りとしての面というものを見なくちゃいけないと思うんですけどね。他の作品はあんまり膨らませて語らないですよね、『栄花物語』とかにしても。

三田村　普通だからかしら。

河添　もののけを物語りするという感じはないですよ、結び付けて。

三田村　『大鏡』はもののけじゃないですけど、妖怪。なんか南殿の鬼とかいろんな鬼が出てきては脅かすという。たくさん出てきますよね。塚原鉄雄さんが『大鏡』のもののけ史観とか言って、その跡がない天皇ですね。断絶する皇統にもののけが憑くとか、摂関家の跡をうまく継いだ人はもののけに勝つとか。(笑)もののけによって王権と摂関家が守られていくという、そういう勝ち負けの論理を大鏡はつくっているというふうに言っていますけどね。

『栄花物語』はどうだろう。それほどはっきりしたもののけに対するイデオロギーというのはないですね。むしろ、もののけに責められて苦しんでいる人を丁寧に描いていくというような病の文学として特筆すべきものがあるような気がしますね。

夢について

小松　夢はどうでしょう。

河添　『源氏』の夢ですか。それとも、それ以外の物語?

小松　一般的に言ってです。僕は、『今昔物語』などを使いながら、病気になった人が見る夢について考えたことがあります。先ほどから述べてきたように、もののけに憑かれた病人やそれを引き移された憑坐は、外から見れば、護法童子に痛めつけられて苦しんでいるような行動をするだけです。ところが、病人の見る夢の中では自分を鬼が責めているというふうに語られる。つまり、もののけを鬼として語っている。もしも鬼がもののけであるとみなすのが一般的であれば、恐らくもののけは鬼という形で図像化されていたと思うんですね。もっとも、当時の、つまり院政期の鬼のイメージは今日考える鬼のイメージより多様な姿かたちをしていたんですが。

三田村　夢も同じように解釈装置が付いていますよね。夢解きという形で専門家がいて「こういうのはこういうふうに解釈するんだ」みたいに、憑坐なんかの解釈装置と同じような、パラレルな形でそういうものを。

小松　ええ、そうです。夢とものの け、憑坐、もの憑き。これらはこれまであまりセットにして語ってこなかったんですが、セットにして見ていくことが非常に大事なような気がするんですね。

河添　今回あらためて夢について考えてみて、例えば夕顔巻での光源氏の夢とか、それから、逆ですけど御息所の取りつく側の夢とか、意外にそういうのが多いし、それに、もののけまでさせたくない人で、でも往生できないとか何か執着を持ってるとか、一歩間違えばもののけになってしまいそうだというような人を夢に登場させている。ぎりぎりのところでね、みんなそうですよね。藤壺もそうだし、宇治の八の宮もそうだし、紫の上も夢の中で、光源氏が女三の宮にいったところで出てきたりとか、もののけとしては描きたくはないけれども、でも尋常ならざるところに追い詰められているというところを、夢で示しますよね。

小松　もののけが出てくる寸前のようですね。鬼が出てくる。それから、周りの人が、病人じゃなくてその病人の隣人・友人がもののけの夢を見るということもあったのかもしれません。

三田村　そうだろうと。

小松　そういう二つのタイプもあるのでは。

三田村　そうですね。

小松　僕は、もののけを追い払う儀礼とものののけに責められる夢を見る病人の関係をモデル化してみると、次のようになるのだろうと考えているんです。病人は祈禱によってなかば眠っている。そして夢を見る。夢の中で、もののけつまり鬼が護法に追い払われる。その一方で、もののけは儀礼の場では病人から憑坐に引き移され、引き移されたとしてふるまっているわけですが、その憑坐から験者がもののけを追い払ったとみなす。したがって、先ほどの『信貴山縁起絵巻』の命蓮のもののけ祓いの祈禱の場合ですと、天皇の使者が「どうやったらあなたのご祈禱であるのかが分かるのか」と言ったら、命蓮は「自分が祈ったときに天皇はこういう夢を見ます」と、夢の中味を教えるわけです。それを絵巻にすると天皇の夢の中身が、空中を飛んでやってきて清涼殿に下る護法として描かれるわけですね。

三田村　映画のようにカメラが上空から下りてくる。

小松　あれは天皇が見た夢の描写なんです。（笑）

河添　夢の啓示で、一番極端な例でいくと月と日の夢ですよね。それを見ると王権掌握みたいな。そういう非常に分かりやすい啓示的な夢と、人が出てくる夢というのは、ちょっと『源氏物語』の中ではレベルが違うのかと。

三田村　桐壺院や藤壺の出方とね、ちょっと違うみたいですね。

河添　その辺はちょっと『源氏物語』の独特な世界な

のかもしれませんが、明石入道の夢みたいに、自分の子孫のこれからの栄華が示されたり、藤壺に皇子が生まれるときに、光源氏が夢解きに思いもかけない筋を占われたりとか、そういうのはまさに啓示の夢として、パターンを踏んでいると思うんですけどね。もののけの夢とはまた別の話に入っちゃいましたけど。

三田村　一般的には、政変で父親の夢が多いと言われていますよね。父が子供のことを心配するという。

河添　柏木の夢もそうですね。

三田村　もちろん、桐壺院が心配したり、父なる者の夢が多いんだけど、後半、宇治十帖になると母の中将の君とか、女性関係の夢が多くなると言われていますね。久富木原さんが夢の研究で書いていますね。

河添　思い出したのは、柏木の夢というのはさっき小松さんがいわれた夢と近くて、もののけまでいかないけれども、自分の遺愛の笛を本当は薫に渡してほしいんだけれども、奥さんの落葉宮が親友の夕霧に渡っちゃった。そこで柏木が夕霧の夢の中に出てくるわけですけれども、非常にものの け的で、夕霧の子がなにか。

三田村　そうね。取り憑かれたみたいに。

河添　取り憑かれたみたいに泣いて吐いたりして。

『源氏物語画帖　横笛』(江戸中期、高橋亨氏蔵)
夕霧の夢に現れた柏木の霊

三田村　だから、子供を探しているんですね、多分ね。本来は自分の笛をやるべき「僕の子はどこだ、どこだ」と言って、そこら辺をうろついていて、間違って取りついたみたいな、そういう場面として書いてますよね。

河添　結局、その笛は源氏の元へ行って、源氏が薫に渡すというふうに軌道修正されていくわけで、それでうまくつじつまが合っているんですけれども、夢の柏木が、まさに取り憑いたもののけ的な、ちょっとそういうところもありますよね。

三田村　うろついているというのが、なかなか面白いですよね。別にあの子（夕霧の若君）に恨みがあるわけじゃないのに。なんか浮遊霊として笛の音に呼び寄せられてしまって、すぐ後ろの部屋の戸が開いてたものだから部屋の中へ入って、子供がわーんと泣き出したという、そういうちょっと不思議な感じのところですね。

小松　それってもののけですね。

ものの気とものの怪

三田村　森正人さんがその「もののけ」の「け」は、「気配」の「気」を書かなきゃいけないんだとずっとおっしゃっていて、確かに「物怪」、ぶっかいと書かれているときはもののさとしや予兆だったりするんですけれど、気配になると割と人格的なものになる。

小松　なるほど。

三田村　はい。私は『源氏物語』なんかのもののけは確かに「怪」じゃなくて「気」だなと思う、まあ、漢文資料でもほとんど「気」です。

小松　「気」と「怪」。その場合の「怪」は「気」よりも限定された意味合いを持たされているということになるのかな。

三田村　「物怪」というのもあるんですよ。でも、それはなんか怪異現象ですね。鵺みたいな、そんなのが「物怪」ですね。ちょっと違うみたいですね、意味が。

河添　鬼までいっちゃうと「怪」のほうになりますね。

小松　そうですよね。

河添　そうまでいかないようなものは、現象として現れていたというところを押さえれば「気」かもしれないですね。

小松　今まで議論してきた夢や物語の中のもののけの「け」は「怪」というよりも「気」ということになる。

河添　そうです。どういうふうに表記するかが問題で。三田村さんの論文のように、だから平仮名で表記するという。

三田村　ああ、それは何だかよく分からない。（笑）

河添　気配だから「気」でいいんだけれども、「怪」も結構用例があるから、限定しないで平仮名表記するということですよね。

三田村　でも実際に『中右記』や『台記』など歴史資料を読むと、ものすごくたくさん用例があって、やっぱりこれは、もう少しちゃんと読まなきゃいけないと思いつつ、間に合いませんでした。

「心の鬼」について

三田村　大学院の授業を取っている学生さんで、東京女子大の大学院の杉浦さんという方がいらっしゃるんですけど、その人が心の鬼をずっと研究していて、その「心の鬼」という言葉がどういうときに出てくるか。まあ、『源氏物語』が非常にたくさん出てきますけれども、例えば『紫式部集』にももちろん心の鬼の歌があるんですけれども、『八代集』とか、『八代集』だけじゃなくて全部の歌集も含めて索引で検索すると、『源氏物語』を中心とした二、三十年の中に心の鬼の歌が出てくる。ところが、その前もその後ろも心の鬼というのを詠んだ歌がないんです。

ずっと時代が下がって、江戸時代の本居宣長や上田秋成にあると。これはやっぱり『源氏物語』の影響だと。そういう発表をしてくれて、それはすごく面白かった。さらにその杉浦さんによると、『源氏物語』の用例が、ほかの人が心の鬼を詠むときに「心の鬼の」という主格で詠むんだけれども、そうじゃなくて「心の鬼に」感じていくという、『源氏物語』はそういう用例ばっかりだと。

そうすると、鬼というものが外部化されたものとして、対象として見つめられているんじゃなくて、自分の心の中にひそんでいる動きが何かの動きに連動する感じが重んじられていることがわかる。それは大変興味深いので、ぜひ論文化してほしいと思うんですけどね。

小松　田中貴子さんも心の鬼について論じていましたよね。人間の内面の中に不可避的な形で鬼は存在している。

河添　田中さんの説は（注『百鬼夜行の見える都市』）、鬼は心の一部で、心と切り離すことはできないんだけれども、その心の闇を放置している限り、闇に脅えるばかりで。それをいったん鬼と名付けてしまえば、不可知のものが人間の理解の範ちゅうに取り込まれるから。つまり、心の闇を心の中の他者として名付けして、他者として独立させるということですよね。

小松　ええ、もののけを除く作業には、名付けと、もう一つは図像化という二つの作業があるんですが、もののけの名付けはその第一段階にあたるわけですよ。

三田村　そうですね。

小松　要するにそこには語りがある。黙っているのでわからないけれども、もののけだろうと言っている段階がまずある。正体が分からないわけです。やがて語り出す。「おれはどこその者の怨霊だ」とか「こういう理由でこいつについている」ということを語る。それによって名付けるというか、その正体を指示できるわけです。それを今度は絵画化していく。そうすることでもののけをもっとある意味ではコントロールできるというか、外在化できるようになるんだろうと思うんですね。

だから、僕は夢の方がどちらかと言えば図像化が進んでいると思うんですよね。鬼の形をしているとか、童子がやって来て追っ払ったとかいった様子は、そのままますぐ絵に出来る。

三田村　そうですね。夢はそうかもしれませんね。

小松　だから、護法童子が鬼とか、天狗を退治しているという『是害坊絵巻』は、まさに夢を図像化・絵画化しているようなものなんですよね。時代が下ったものですが、『付喪神絵巻』の中で、護法が飛んで来て古道具の妖怪つまり鬼たちをやっつけている場面がありますが、これも病人が見た夢、自分を踏んづけているような鬼をどこからかやって来た童子が追っ払ってくれたとかいった夢と重なるわけです。ものすごく夢というのは絵画的なんですよね。

三田村　それはそうですね。

小松　しかも個体認別ができるような姿かたちがあるということも大事ですね。先ほどの例で言えば、鬼だとよく分からないけれども幽霊だと分かる。夢でものののけを鬼というふうにして表現するか、はっきりとした姿かたちを持ったものとして描くかでとても違う。鬼というふうに表現している場合、その夢を見ている人は、その鬼が誰が変じた鬼であるかを、もう既にぼんやりと分かっている。

河添　分かるわけですよね。分からなきゃ意味ないですね。（笑）

小松　分かっていると思うんですけれども、それはあくまで病人の推測ですよね。鬼の姿で出てきてしまったらその正体ははっきりとは分からない。『今昔物語』の中の話に、山に入っていた坊さんが鬼に出会う。「おまえは何者か」と鬼に言ったところ、自分はどこそこの者で、かくかくしかじかの理由で鬼になったとかだと語る。酒呑童子も「自分はこうこういう身の上だ」と語りますよね。鬼の身の上を聞くというのは鬼の正体を確定する上で大事で、その鬼の語りが物語になっちゃうんですね。

人格の乖離

三田村　昔、もののけ現象というのはフロイト的な超自我みたいなものがあって、抑圧していて無意識が出てくるみたいな形で考えていたんだけど、もうちょっと最近の乖離現象みたいな、分割、分離している意識というふうにとらえたほうがもののけって割と見えてくるのかな。必ずしも上下の抑圧関係という形で表出されるんじゃなくて、自分の心というのを全部を自分が支配してるわけじゃなくて、ある独立したところが乖離という形で別人格としてある。

例えば、私たちがブログなんかでもしょっちゅう、男なのに女役をやってみるとか、女なのに男役をやるとか、自分とは違った人格を名乗ってみることが楽しかったりする。乖離の感覚は割と今生きやすい時代です。そういうふうに使い分けて別人格を生きるということが、今でもたくさんありますが。もののけというのは、ある意味では何か自分ではコントロールできないけれども、でももう一つの自分という形で、それを飼っているみたいな、そういう気分があるのかなというふうに。

河添　おもしろいですよね。古代でも個人の内面が分裂している。

小松　多重人格は、それは実際に言葉が変わっちゃうようですね。だから、一つの身体の中に複数の人間がいるみたいな形ですね。

三田村　そうですね。よく神が憑いたり何かが憑いたりするときは、女言葉から男言葉に変わるとか、言いますね。『源氏物語』の中のもののけの言葉というのを見ても、やっぱり男言葉というか「おのが」とか言っている。これも学生（篭尾知佳さん）から教えられたのですが、「おのが」「おのれ」などの対象に馴れ馴れしく踏み込んでくる言葉づかいはもののけの言葉に五例も見られて特徴的だそうです。

河添　そうですよね。

小松　多いですね。

三田村　男言葉になったり、それから笑ったり。極端に笑うんですね。実際に平安時代の女性たちが、御息所が笑うかというと笑わないんですね、ほとんど。泣くこともめずらしいですね。それから「つらし」ですね。御息所も藤壺も光源氏に対して自分がつらいとは言わないんですね。「心憂し」と自分のことを言っていて、光源氏は女の人のことを「つらし、つらし」と責めるんですが、そういう他者に対してあからさまに責め立てるような言葉を女性たちは普段は使わないんですが、もののけの言葉として、「つらし、つらし」というのが次々出てくるんですね。

だから、それは抑圧なのかもしれませんが、自分とは違う自分という、やっぱりそういう回路があるのかなという感じがしますね。

小松　強制されてきた近代的な自我というのは一つじゃなきゃいけないと。

三田村　そうですね。それは神話かもしれませんね。

小松　でも、実際にはいろんな願望をそれぞれ実現していくためには、ジキルとハイドじゃないですけれども、全く別の役割を演じたいとも考えている。けれども、それをいろいろな事情で抑圧している。少なくとも憑依というのは、そういうもう一つの内側にある自分の思いを表出する装置なのではないでしょうか。病人はそういうものを抱えていて、もう一つの人格つまりもののけに変わることで表出する。あるいはこの人は黙っているんだけれども、周りが語ってあげる。これが憑坐の役割ですね。

河添　それは、逆に病人の内面がもののけとして出るということですか。

小松　病人が語る場合もあるし、病人は黙っているんだけれども、周りの人や憑坐が代って語ってあげる。

三田村　解釈図式で。

小松　ええ。私の解釈図式ではそうなります。

山の上ホテルにて（2010・6・10）

三田村　そうすると、それを承認して、それでもいいかなと妥協していく。何回も繰り返されれば、それが本人の中にも取り込まれてくるわけですよね。

小松　そうですね。

三田村　納得して承認しちゃうわけですね。

憑坐文化と物語

小松　日本の社会の中では、神の意見を聞きましょうとかという場合も憑坐を使うわけですね。それで、憑坐に神が移ってきて、神と人間が話をするわけですね。だから、なんかこう、この会話を通じて得た情報を共同体が受け入れれば、そこで語られたことが事実になり、それが社会を動かしていくことになる。同じように病人が語ることを受け入れるか、つまり憑坐が語ることを受け入れるかどうかが重要な点なんです。受け入れた途端、それは事実となって新たな世界が構築されることになる。

　例えば、子供がなんか悪いことをしてしかっているときに、黙っていると、お母さんが自分なりの考えで代わりに一生懸命説明したりしますよね。

三田村　ええ、あります、あります。代わりにどんどん答えちゃうって、ありますね。憑坐みたいですね。

河添　「この子の気持ちはこうなんです」とどんどん言っちゃう。（笑）

小松　そうそう。そういう構造がある。そんな感じがするんですけどね。憑坐をつくったことによって、物語世界がふくらんだわけです。日本の社会というのは憑坐文化なんですよね。

三田村　そうですね。なるほど。

小松　『源氏物語』のような作品は、作者がそれを利用しながらつくっていった。パターン化された物語がたくさんあって、それを文学の中へ持ち上がっていっているわけです。

河添　ひょっと拾い上げているような感じ。

小松　キツネが憑いてしゃべったとかいう話はもうたくさんありますが、大体その内容決まっている。

三田村　パターンが。（笑）そうですか。

小松　「食べ物が欲しかった」とか「あいつが憎らしかった」とか、ほとんどパターン化されています。また、つかれる人も仲間はずれにされていったり、うまく環境適応できないでいるとか、そういう状況にあるというような人が多いんですよね。

だから、そういうもののけの語りというのは、一つひとつはその人の物語として大事なんですが、全体としてみれば、パターン化したありふれた語りの無数の語りの集積にすぎない。それを文学へ持ち上げていくためには、誰かがドラマチックに仕立て直す必要がある。それだけの才能がある人がやっぱり必要なわけです。そこに文学が生まれる。

河添　そういう形でドラマチックな『源氏物語』が生まれたということで。

小松　ええ。僕はむしろそのような無数のパターン化された文学以前の語りの方に関心をもって研究しているわけですが、それが『源氏物語』のような作品の理解を少しでも深めることができればいいなあ、と思っています。

河添　今日は、平安から中世、それから江戸から現代まで、もののけや憑霊現象について、本当にいろいろ興味深い話題がつぎつぎに出て、憑坐文化論ができて、ありがとうございました。

三田村　本当にありがとうございました。

「なにがしの院」のモノノケは現代に生きる

田中貴子

二〇一〇年の夏は、梅雨明けから酷暑と呼ばれる日々が続いた。お盆の時期を待たずにモノノケの一つや二つ出没してほしいものよ、と思ううち、源氏物語中屈指の「背筋も凍る」場面に思いを馳せることとなった。そう、「なにがしの院」で密かに伏した光源氏と女（夕顔）をモノノケが襲い、女が頓死してしまうところである。頓死はしたくないものの、このモノノケは気温をマイナスに下げてくれるくらいの効果があろうと思われ、一家に一人は常備したいものだが、冬はどうしていてもらうのかちょっと困る。

さて、この美しい女の姿をしたモノノケの正体について、大きく分けて二説あることは周知の通りであろう。余談だが、かつて年配男性ばかりの集まりでこのくだりについて講演したとき、明石の入道もかくやと思われるエネルギッシュなご老体が、たいそう下がかった第三の説を披瀝してくれた。いわく、「あんな暑いときに男女がスルコトに励んでたら、そら、急性心不全で頓死もありますわなあ」ということで、そういえばその会は某医師会の勉強会であったから、すこぶる「科学的」（？）な説といえるかも知れない。

閑話休題《それはさておき》。モノノケの正体については、六条御息所の生霊が「こんな女にうつつを抜かして！」と光源氏のもとへ出たという説が『花鳥余情』をはじめとする古注釈では優勢であった。しかし昨今では、寂れた「なにがしの院」に憑いているいわば土着霊であると解する説が主流となっているという（『源氏物語事典』大和書房）。その理由として、この段階では六条御息所が夕顔の存在を知らないということがあげられる。また、『河海抄』が、この場面の準拠を河原院の源融の霊の説話に求めたことも有力な証拠となっている。

この巻には、「心の鬼」という言葉が見られるので、「おのが心の鬼にやあるらむ」と詠む鬼の絵をめぐる紫式部の和歌を補助線として、モノノケは光源氏が心のうちに見た六条御息所の幻影であろう、とする解釈もある。ただし、モノノケが自分を「おのが」と呼んでおり、それが若い女の自称としてふさわしくないという今井源衛氏の論考があり（「「おのがいとめでたしと」考」）、このモノノケが御息所自身ではない、というのは納得できると私は思う。

しかし、現代でも第一の説、つまりモノノケは御息所であるとする説をかたくなに主張する人がいる。そこで、最近出版された源氏物語の現代語訳や解説書を一、二繙いて、現代人がこのモノノケをどう解釈しているのか、見てみることにしよう。

第二の説を承知しつつも、やはり御息所説を唱えているのが『乙女の日本史』でややブレイクした感のある堀江宏樹氏の『あたらしい「源氏物語」の教科書』（イースト・プレス、二〇一〇年）である。藤野美奈子氏の漫画が添えられた、いかにも「柳の下になんとやら」本であるが、本書は登場する女性にスポットを当て、「千年前も女子は今と同じですよ」という趣旨で書かれている。ここで六条御息所は「嫉妬する女」というタイトルを付けられており、きつそうな顔の漫画が添えられる。

で、モノノケについては「「なにがしの院」に古くからいた自縛霊かなにかだろう」と別説を紹介しつつも、こう述べている。

しかし、筆者はやはりこれを六条の生き霊だと確信しています。夕顔の死は、光源氏が「六条のところに行ってないなあ」と思っていた矢先の出来事です。その人への負い目を意識すればするほど、それが「アンテナ」となり、生き霊が引き寄せられる設定は今日に通用する「心霊界のお約束」ですし、（略）

「心霊界のお約束」とは、亡き丹波哲郎氏も泣いて喜ぶだろうな……とは独り言。たしかに、モノノケ出現の直前に御息所への無沙汰が語られてはいるが、それだけが根拠であるならやや強引で確証に欠ける。本書は、登場する女性を現代風に「色分け」するという趣向なので、「嫉妬する女」と位置づけられた御息所がモノノケでなかったら整合性が失われるということであろう。

御息所の「嫉妬」を激しく描いたのが瀬戸内寂聴氏であることは、言うまでもない。源氏の女性論をやりはじめると、ほとんどの場合御息所は「哀しい悪女」とされるのである。

では次に、『完全現代語訳』と銘打った林望氏の『謹訳源氏物語　一』（祥伝社、二〇一〇年）をめくってみると、これがほんまに逐語訳に近いもので、当該箇所はこの通り。

（前略）枕のところに、たいそう美しげな女が座っていて、「わたくしが、とても素晴らしいお方だとお慕いもうしておりますのに、そのわたくしのことは思いをかけても下さらないで、こんなどうということもないような女を連れておいでになって（略）」

モノノケが「わたくしが」と言っているところを見ると、どうやら御息所と解釈しているようである。「おのが」はどうやって「わたくし」に「謹訳」されたのだろうか。

いかん、またイケズなことを言い始めそうなので、話題を第二の説をとる現代語訳に移そう。ただし、林氏が「なにがしの院」に女を「連れておいでになって」と解釈されているのは少々注意を要すると私は思う。「連れてくる」というニュアンスが籠められたこの言葉からは、「なにがしの院」があたかも御息所の持ち家であるかのように感じられるからだ。「私の留守にうちの家で何しているのよ！」というが如し。この「なにがしの院」が御息所と関係あり、と解する新説も出ているが、それは後に回す。

念のため先に述べておきたいのは、源融が宇多上皇や藤原褒子に祟ったという河原院説話だけがこのモノノケ＝非御息所説を支えているかというと、そうではないということである。つとに三谷栄一氏は、作者が御息所の夫であった前坊に「廃太子というイメージ」を付与していると述べており（『講座源氏物語の世界　第一巻』）、それから敷衍すれば、御息所の関係者には御霊になる可能性があったということになるのだ。また、坂本和子氏や藤井貞和氏は御息所と明石入道一族とが特別な関係を有していたといい、これが「御息所の描かれざる守護霊的側面に触れた」と評する浅尾広良氏もいる（「六条御息所と先帝」『中古文学』35号）。

となれば、「なにがしの院」のモノノケは御息所自身ではなく、御息所を気遣う血縁、あるいは守護霊的な存在が、けったくそ悪い光源氏の所行を罰すべく出現したということになろう。この説は、御息所の血縁が御霊となって御息所の既得権を死守するという解釈につながってゆく。六条御息所自身が語り手となる林真理子氏の『六条御息所源氏がたり』（小学館、二〇一〇年）はその説に沿っている。夕顔と源氏との契りの最中、眠っていた御息所は誰かに名前を呼ばれる。それは「誰と名乗らなくてもその女が私の一族の者だということはすぐにわかりました」と記され、御息所の魂は、数人の女たちが集まる荒れた邸宅（なにがしの院）に飛んでゆくのである。そこで、一族の美しい女たち（の霊）は御息所に若き恋人の痴態を覗かせるということをやるのであった。そのへんを引用してみよう。

女のひとりは、私に几帳の中を覗くように合図いたしました。そこで見た光景は今も目に灼きついております。男と女のあさましい図でした。まともな女では決してしないような姿態を見せ、あの女は歓喜の声をあげております。

王朝を描いてもHな林節全開であるが、結局例の言葉は、「一族の女」の一人が「何の取り柄もないこんな女をお連れになって、本当に恨めしく思います」と言ったことになっている。その前に「長老の女」が「ここをどこだと心得ているのか」とも言っているから、「一族の女」たちは「なにがしの院」に濃いつながりを持つ誇り高き御息所の血縁の霊と解されていることがわかる。

林氏は明確に書いてはいないが、ほとんど同じ新説はすでに大塚ひかり氏が『全訳源氏物語1』（ちくま文庫、二〇〇八年）で開陳しており、これは拙文（「古典時評」『月光　第2号』勉誠出版）で取りあげたことがある。大塚氏は明快にこう断言している。

のちの「葵」巻では、六条御息所がはっきり生霊として出てきますが「夕顔」巻の時点では、まだそこまで構想が熟しておらず、土地の死霊（御息所の先祖か何か）が御息所に味方してこんなことを言ったのでは……というのが私の考えです。

考えてみれば、御息所は「さる大臣の息女」としか書かれていない、非常に出自のたどりにくい人物であり、もしかしたら「なにがしの院」が彼女の父大臣が伝領してきた邸宅であったかもしれない……と想像することも面白い。ただし、大塚氏の説では「夕顔」巻が「葵」巻よりずっと前に成立していたことが証明できないといけなくなり、それはそれで難しかろう。

「六条わたり」に居住する「ええしの娘」で、前の東宮や「なにがしの院」を持っていた父大臣がもし不幸な死に方をしていたら、と空想すれば、御息所の背負う不幸や不運が土地に憑いた一族の霊を発動させたとしてもおかしくはなかろう。出自や一族のことがわからないのが、かえって御息所をミステリアスに見せている。そして、「御息所は嫉妬深い女」という「偏見」も、この新説を鑑みるとても現代人的な感覚にとらわれた解釈であることがわかる。果たしてモノノケの正体はいかに？いや、「なにがしの院」で揺れる枯れ尾花かもしれないが……。

〈もののけ〉考

―源氏物語読解に向けて―

森　正人

1　はじめに

〈もののけ〉は作り物語や歴史物語にもしばしば描かれて、人物の言動や内面に深々とした陰翳を与えているばかりでなく、物語の構想を支え、展開を推し進める力ともなっている。そのことから、作り物語特に源氏物語にあって、〈もののけ〉をめぐる読解と分析は数多く重ねられてきている。

しかし、〈もののけ〉に関する文学的研究は、少数の例外を除いて、もっぱら源氏物語の内部で、あるいはわずかに紫式部集や紫式部日記を中心とする周辺の平仮名文献にもとづいて進められてきた。そのため、仮名文学作品同士の相互参照がともすれば繰り返されることとなり、〈もののけ〉に対して的確な理解を欠いたまま、作品解釈は自閉的・同語反復的論述に陥りがちであった。

一方、〈もののけ〉は憑きもの現象の一種であるから、宗教史学や民俗学によっても取り扱われてきた。たとえば宗教史学の分野では山折哲雄『日本人の霊魂観』（河出書房新社　一九七六年）、民俗学あるいは文化人類学の分野では小松和彦『憑霊信仰論』（伝統と現代社　一九八二年）がある。これらは、〈もののけ〉現象の原理的、体系的記述をなし得て、大きな成果であったといえよう。ただし、これらの研究が資料として利用するのはもっぱら平安時代の文学作品である。それらを資料として用いるにあたっては、当然日本古典文学の本文校訂や注釈の成果が参照されることになる。しかし、右に述べたように〈もののけ〉概念とその表現に関する理解が不十分であり、あるいは誤りを含んでいるとすれば、そこに立脚する学術的成果にも危うさがつきまとう。

たとえば、藤本勝義[*1]によれば、源氏物語や栄華物語に記述される〈もののけ〉の大半は実態とかけ離れているばかりか、事実として受け取られがちな栄華物語の描写には、源氏物語の影響が大きいと注意を喚起する。藤本はそこで、史書・記録類から〈もののけ〉の様態を導きだし、作り物語との距離を測り、そこから源氏物語独自の達成を明らかにするという方法によって、大きな成果を上げている。

ただし、実態を反映しているに違いないとしても、〈もののけ〉についての史・資料はそれを記録する者の理解、関心、意図を通して叙述されているのであって、それに特権的な位置を与えることはできない。〈もののけ〉について記述する文献として、僧伝や説話集もまた顧みられるべきではなかったか。それらもまた「実態」を示しているとはいいがたいにしても、作り物語や歴史物語、史書や記録が記述しようとしなかった部分、その筆者に見えなかった部分が捉えられていると見通されるからである。

本論文は、右のような立場に立って、〈もののけ〉を中心とする霊的なもののはたらきとその表現方法について、基本的な問題を再検討するものである。[*2]

2 物の気・邪気・霊気

源氏物語およびそれ以前の一〇世紀の仮名文学には、〈もののけ〉という言葉が相当数見いだされるが、それらの信頼すべき写本には「もののけ」あるいは「物のけ」と表記される。〈もののけ〉における「け」が「気」であるとは、くりかえし説かれてきた。それを端的に示すのが、今昔物語集の表記である。

①今昔、物ノ気病為ル所有ケリ。（今昔物語集巻第二七第四〇）

②此ノ娘、物ノ気ニ煩テ日来《ひごろ》ニ成ニケレバ、父母、此ヲ嘆キ繚テ、旁《かたがた》ニ付テ祈祷共ヲ為《せさ》セケレドモ（今昔物語集巻第二〇第三）

今昔物語集には、これとよく似た「物怪」という語も用いられている。

③此ノ事ニ依テ様々ノ物怪有ケレバ、占トスルニ、異国ノ軍発《いくさおこし》テ可来《くべ》キ由ヲ占セ申ケレバ（今昔物語集巻第一四第四五）

④其ノ後、家ニ物怪ノ有ケレバ、陰陽師ニ其ノ祟ヲ問フニ、「其ノ日、重ク可慎《つつしむべ》シ」トト《うらなひ》タリケレバ、其ノ日ニ成テ、門ヲ差籠《さしこめ》テ堅ク物忌ヲ為ルニ（今昔物語集巻第二七第一三）

これらに「もののけ」と付訓する注釈もあるが、それは誤りで、「もつくゑ」と読むべきである（「もののさとし」と和語で読むのも誤りではない）。「物怪　陰陽部／災異」（色葉字類抄　モ畳字）とある通り、大きな凶事、厄災の予兆としての変異の意で、〈もののけ〉のことではない。

一方、〈もののけ〉は「邪気」とも言い換えられる。

⑤「日ごろもかくなんの給へど、邪気［ざけ］なんどの、人の心たぶろかして、かゝる方にてす、むるやうもはべなるを、とて聞きも入れはべらぬなり」と聞こえ給。「もの、けの教へにても、それに負けぬとて、あしかるべきことならばこそ憚らめ、よはりにたる人の限りとてものし給はんことを聞き過ぐさむは、後の悔い心ぐるしうや」との給。（「柏木」四・一六―一七頁）*3

これは、柏木との間の不義の子を出産した女三宮が出家したいと訴えるのを、光源氏は、「邪気」が人の心をたぶらかしてそのような気にさせることもあると聞いているとして、許諾しないのを、朱雀院は、「もの、け」の教えであっても、出家は悪いはずのことではないのだから、と娘の意志に沿わせようと説くところ。光源氏の「邪気」を朱雀院が「もの、け」と言い換えたことは明らかである。源氏物語ではほかに、

⑥宮、例ならずなやましげにおはすとて、宮たちもみなまいりたまへり。…殿ついゐ給て、「まかで侍りぬ

べし。御邪気［じやけ］の久しくおこらせたまはざりつるを、おそろしきわざなりや。山の座主、ただいま請じに遣はさん」と、いそがしげにてたち給ぬ。（「浮舟」五・二三八―九頁）

と、夕霧の発言に見られる。この語もまた、色葉字類抄に、「邪気　霊異分／シヤケ」とある通り、漢語あるいは漢語的な表現であった。実際、この語は日本漢文あるいは変体漢文（記録体）文献に用いられる。

⑦五条女御当二御産月一、屡悩二邪気一、堀河左大臣請二和尚一修二不動法一、御産平安。（天台南山無動寺建立和尚伝）

⑧伝聞、昨夜二品女親王［承香殿／女御］、不使人知、蜜〔密〕親切髪云々、或説云、邪気之所致者、又云、年来本意者（小右記　天元五年四月九日）

さらに、日本漢文、記録文に用いられる「霊気」という語も、「邪気」「物の気」に相当すると解して誤りではあるまい。

⑨所レ著霊気陳二屈服之詞一（天台南山無動寺建立和尚伝）

⑩只今御悩頗重者、…心誉僧都駆移霊気於女房、其間御心地宜御云々（小右記　治安二年五月三〇日）

これらを通じて、「物の気」「邪気」「霊気」は同義の語であり、和語と漢語あるいは和製漢語の違いにとどまると見てよい。では、これらの語はどのような意味内容を有するであろうか。これらを仔細にみると、その指し示すところに差異が認められるが、その全体については後節に提示する。いま、①②⑥⑦⑧からは、いずれも病であり、起こるものであり、悩むものという共通の要素が導かれる。ただし、これらは単なる病ではない。原因に特殊な事情があり、したがって、⑥に「おそろしきわざなりや」と夕霧も言う通り、特別な注意を払って対処すべきものであることが知られる。具体的には、作善や僧侶（験者）の祈祷が有効であると考えられていたことがわかる。

そのことは、「物の気」「邪気」「霊気」という事象に対する古代人の認識のあらわれであるところの言葉そのものの、その原義にも示されている。すなわち〈もののけ〉とは、「霊物」の「気」である。神ではなく、正体の明瞭でないところの、人間にとって否定的な存在の発するものであった。「もの」という呼びなしと「邪」という表記とは、「気」の成因に対する、またその作用に対する排斥的待遇を表す。では、「け」は何を表すか。それは「けはひ（気這）」「ひとけ（人気）」「しほけ（潮気）」などの語を構成する要素「け」と同じく、形を有するものでなく、視覚によっては捉えられないが、立ちのぼり漂うものとしてその存在が感じ取られ、しかもそれが及ぶことによって何らかの影響を与えるものであった。

したがって、〈もののけ〉のなかには必ずしも病にかかわらない事例もありうる。今昔物語集巻第二七第六、東三条院に式部卿宮が住んでいた頃、南の山に丈三尺ほどの五位の姿の者が歩き回るという怪異があった。これを陰陽師は、「此レハ物ノ気也。但シ、人ノ為ニ害ヲ可成キ者ニハ非ズ」と占った。「其ノ霊ハ何《いど》コニ有ルゾ」とさらに尋ねたところ、「此レハ銅ノ器ノ精《たま》也。宮ノ辰巳ノ角ニ、土ノ中ニ有」と占い、この言葉に従って調べたところ、「銅ノ提《ひさげ》」が出現した。人の目に見えたという点では特殊な事例*4であるとしても、これによって、〈もののけ〉にはそれを発現させる本体としての霊が存在すると考えられていたことが明らかである。

3　〈もののけ〉の成因

人が病み患っているとして、ただちにそれが〈もののけ〉であるというわけではない。たとえば、源氏物語「葵」巻には、葵上の病悩を「大殿には御もの、けめきていたうわづらひ給へば」と語り始める。〈もののけ〉らしく見受けられたということである。それは、〈もののけ〉が単なる病悩ではなく、他と区別されるような徴表があったということにほかならない。すなわち、身体の振動と狂言（脈絡を欠いた意味不明の言葉であろう）にその特徴があると考えられていたらしい。

①病者不聞入今［人々］消息、所吐狂言、邪気所為云々（小右記　寛弘二年四月八日）

②加持即平給、其験最明、御身振給、邪気移人、起居漸任御心（小右記　万寿三年五月九日）

③雪のいみじく降る日、この侍の清めすとて、物の憑きたるやうに震う《ママ》を（梅沢本古本説話集　上四〇）

このことは源氏物語「夕顔」巻の記述と符合する。某院で夕顔を急死させてしまった光源氏は、秘密裏に葬送を執り行うが、その帰途「御馬よりすべり下りて、いみじく御心ちまどひ」という有様で、かろうじて二条院にはたどりつくのであった。そのまま二十数日病み臥し、ようやく快復しても、

④ながめがちに音をのみ泣きたまふ。見たてまつり咎むる人もありて、御も、のけなめりなど言ふもあり。

（「夕顔」一・一三七頁）

と、光源氏の病状は尋常でなく、〈もののけ〉であろうと見立てる者もあったという。光源氏の受けた身体的及び精神的打撃は大きかった。そのために「音をのみ泣」くという常の光源氏とは異なる姿が見られたのであるが、それは〈もののけ〉を疑うに十分であったということである。このように、傍から見て人に理解しがたい振る舞いが見られる時に、〈もののけ〉として解釈され名指されることになる。前節⑧の一品女親王・尊子が自ら髪を切ったという行動について、「邪気の致す所」とする受け止め方も、当時の〈もののけ〉観から自然に導かれることであった。前節⑤源氏物語「柏木」において、女三宮が出家したいと訴えるのは当人の本意ではなく、邪気のたぶらかしによるとする、光源氏の言もまた同じ理解に立脚している。

このような〈もののけ〉は「真木柱」巻にも描かれる。外に新しく妻（玉鬘）を設けた鬚黒の大将が、新妻のもとに行こうとするところに、もとからの妻は突如次のような振る舞いに及ぶ。

⑤らうたげに寄り臥し給へりと見るほどに、にはかに起き上がりて、大きなる籠の下なりつる火取をとり寄せて、殿の後ろに寄りて、さと沃《い》かけ給ほど、…うつし心にてかくし給ぞと思はば、又かへり見すべくもあらずあさましけれど、例の御ものゝけの人にうとませむとするわざと、御前なる人々もいとおしう見たてまつる。（「真木柱」三・二二一―二二頁）

この人は、元来「執念《しふね》き御物のけにわづらひ給て、この年ごろ人にも似給はず、うつし心なきおり〳〵」が多かった（「真木柱」三・一一五―六頁）という。北の方のおよそ身分に似合わない行動の激しさ、異常さは、その人本来のものではなくて、〈もののけ〉がそのようにさせている、北の方に妨げをなす何らかの霊的存在（霊物）が、北の方に取り憑き、支配し当人を夫・鬚黒に疎ませようとし向けていると周囲は見ているわけである。

このような理解は、人間の心身と、人間に「つく（付、憑、託）」ところの「もの（霊物）」との関係に対する観念から導かれる。古代中世の人々は、「もの」とそれが「つく」という状態をどのように思い描いていたか。

⑥御目を御らんぜざりしこそ、いといみじかりしか。…桓算供奉の、御物のけにあらはれて申けるは、「御くびにのりゐて、左右のはねをうちおほいまうしたるに、うちはぶきうごかすおりに、すこし御らんずるなり」とこそいひ侍けれ。…されば、いとど、山の天狗のしたてまつるとこそ、さまざまに聞こえ侍れ。（大鏡　一　三条院）

三条院の眼病は、王室に恨みのある桓算供奉の死霊が引き起こしたと考えられていた。邪道に堕ちた僧は天狗となる考えられていたから、桓算の霊は天狗と見なされることもあったであろう。比叡山の天狗の所為と取り沙汰されたと述べる後文とも、大きくは齟齬しない。では、院にはなぜこのような症状があらわれるのか。天狗はしばしば鵄の姿で出現する（今昔物語集、宇治拾遺物語）、あるいは天狗は「頭ならびに身は人のごとくして、その足は鳥に似たり、翅あり」とも「鵄は我等が乗物なり」ともされた（比良山古人霊託）から、天皇の頸に乗り双の翼をもって眼を覆っていると想像されていたのである。「つく」とは、たとえばこのようなことであり、憑かれることによって人の上に起きる現象が〈もののけ〉と見なされた。

憑き―憑かれる状態について、次のように説明する天狗もいる。

⑦玄鑒ノ弟子ノ僧、或宮原ニ参ジテ御邪気ノ加持ヲ致ス所ニ、加持摂縛セラレテ、天狗、人ニ託シテ、「我食ヲ求ンタメニ、宮中ニ参ゼリ。指テ付キ悩マシ奉ルコトナシ。然レドモ我ガ悪気ヲ自ラ貴体ニソミテ悩ミ玉フ也。我ガタメニ早ク食ヲ施サバ退出スベシ」ト云フ。（真言伝巻第四　玄鑒）

天狗の発する悪しき気が身体に染むことによって、人は悩むという。この場合は、天狗が意図的に人間の身体に働きかけたのではなく、天狗という存在の有する性質がおのずとそのような結果をもたらしたということになる。

霊的な存在に触れ、あるいは近づいたために病悩するという事例は多い。

⑧男、不被殺《ころされ》ズ成ヌル事ヲ喜テ、心地違《たが》ヒ頭《かし》ラ痛ケレドモ、念ジテ（今昔物語集巻第一六第三二）

⑨此湯屋ノ極《いみじ》ク臭クテ、気怖シク思エケレバ、木伐人頭痛ク成テ、湯ヲモ不浴《あみ》ズシテ返ニケリ。（今昔物語集巻第二〇第二）

⑧は、百鬼夜行に遭遇してしまった男が、鬼たちに唾を吐きかけられたのち、ようやく解放された場面。⑨は、樵が山中の湯屋に入ると、中にいた老法師二人に咎められた場面で、老法師は天狗であったと後日思い合わされた。

こうして、光源氏が某院で怪異に巻き込まれた後、重く長く病み臥すこととなったのも、そこで夕顔を取り殺した霊物の悪しき気の影響とみるべきである。

⑩御胸せきあぐる心ちし給。御頭《みぐし》も痛く、身も熱き心ちして、いと苦しくまどはれたまへば（源氏物語「夕顔」一・一二九頁）

ただし、光源氏は、夕顔の急死を「荒れたりし所に住みけんもののわれに見入れけんたよりにかくなりぬること」と回想している。原因となった霊物についての光源氏の判断が誤っていないかどうかについては、解釈が分かれている。そして、この廃院での怪異あるいはそこに出現した霊物を、源氏物語本文は「もののけ」と称することはなく、このことには注意を払う必要がある。しかし、光源氏の病悩について、周囲が「御もののけなめり」と見立てたのは、見当違いではない。廃院で接した霊物の強い気が、その本体は離れても光源氏の身体に悪しき結果を残したのであった。

4　憑く―憑かれる

右に検討したように、〈もののけ〉とは、霊的存在の発する気が人間の心身に働きかけて異状をもたらすことである。これに対して、霊物が明瞭な意図をもって人間に攻撃を加える場合もあった。

以下の三例は〈もののけ〉と呼ばれることはないが、憑く―憑かれる関係を具体的に描き出してみせる。これらも、霊物との接触あるいは接近が人間にどのような結果をもたらすかをよく示している。

①天狗託レ人曰、…即為二飛鳶一入レ嚢、晩頭到二於右相家中門一、開二其口一使レ到二寝殿一、以レ足踏二右相胸一、称レ有二頓病一、家中大騒、挙レ足下レ足、或活或死。（続本朝往生伝六　僧正遍照）

②遥ニ奥ノ方ニ入テ見レバ、姫君病ニ悩ミ煩ヒテ臥タリ。跡・枕ニ女房達居《ゐ》並《なみ》テ此ヲ繚《あつかふ》。童其《そこ》ニ男ヲ将行《ゐてゆき》テ、小キ槌ヲ取セテ、此ノ煩フ姫君ノ傍ニ居《すゑ》ヘテ、頭ヲ打セ腰ヲ打ス。其ノ時ニ、姫君頭ヲ立テ病ミ迷フ事無限《かぎりな》シ。（今昔物語集巻第一六第三二）

③寝たりつる夢に、おそろしげなる鬼どもの、我身をとりどりに打ちれうじつるに（宇治拾遺物語集　下第一九二）

これらは、霊物が「つく」ことによって人が病み悩む関係を、それぞれの視点から説明し、描写する。①は、天狗がかつて右大臣を病ませたことがあるのを、人に託して告白するもの。天狗は樵を語らい、鳶の姿となって嚢の中に入り、右大臣家に侵入し、右大臣の胸を踏むと、右大臣はたちまち苦しみはじめる。②は、鬼のために姿が人の眼には見えなくなってしまった男が、怪しげな牛飼童に命じられて、姫君を打ち凌ずるところ。この時用いられた小槌は鬼の呪具である。鬼が小槌を持つことは、

世間ニハ、小サキツチヲモテ、其ノ物《も》ノ出《いで》コト云テ地ヲ打バ、随ニ打テ一物出来ト云。（知恩院本倭漢朗詠注）

などと説かれるが、病を引き起こす疫鬼の手にもあることは、はやく善家異記逸文（政事要略）に記されている。すなわち、三善清行が備中介であった時、疫病が流行し、そこに常人には見えない鬼を見ることができるという優婆塞が来て、「一の鬼椎《つち》を持ちて、府君の侍児の首を打つ」と告げるや、その児が激しく病み苦しむということがあったという。また、春日権現験記巻第八、疫病流行の頃のこと、軒から人家の中を窺って

いる鬼が描かれ、その鬼の腰には槌が差されている。

これらを通じて、古代の人々の病に対する一つの考え方が、あるいはある種の病の原因についての考え方が明らかとなる。病による身体上の障害や苦痛は、目に見えぬ霊物が人の体に力を加えることによって生ずるものであった。〈もののけ〉による心身の不調も例外ではない。

②において、男が姫君をさいなんだのは、牛飼童に指示されたからであった。では、男にそれを命じた牛飼童は何者だったのか。今昔物語集は、末尾に次のように明かす。

彼ノ牛飼ハ神ノ眷属ニテナム有ケリ。人ノ語ヒニ依テ此ノ姫君ニ付テ悩マシケル也ケリ。

すると、どこかにこの姫君をよからず思う者がいて、ある神に姫君の身の不幸を祈願した、あるいは陰陽師などを用いて呪詛したところ、神はこれを納受し眷属（あるいは陰陽師の駆使する式神）を遣わして病ませていたという背景があり、男は鬼の唾の呪力によってたまたま姿が見えなくなっていたことから、牛飼童の姿（当然これも人の肉眼には見えない）の眷属の手先にされてしまったというわけである。病を引き起こす霊物は人の眼には見えない。見えないものに映像を与える方法として、霊物自身の語り（①②）、夢（③）、霊能者の眼（善家異記）を借り用いたのであった。

このように辿ってきて、源氏物語にも右と同じように見えない霊物の働きを描くところがあるのに気づく。それは、六条御息所が葵上をさいなみ、苦しめるくだりである。

④すこしうちまどろみ給夢には、かの姫君とおぼしき人のいときよらにてある所に行きて、とかくひきまさぐり、うつゝにも似ず、猛くいかきひたふる心出で来て、うちかなぐるなど見え給事たび重なりにけり。（「葵」一・三〇四頁）

これは、御息所の、「物思ひにあくがるなるたましゐは、さもやあらむ、とおぼし知らるゝこともあり」（「葵」一・三〇四頁）という自覚の具体的記述である。夢のなかのできごととして、肉体を遊離した魂の経験として説明される。御息所にとっては現実の経験でなくとも、かの姫君すなわち葵上の心身は甚大な影響を受けていた。この叙述の前に置かれた一文に示される。

⑤大殿には、御もの丶けいたう起こりて、いみじうわづらひ給（「葵」一・三〇三頁）

御息所の「ひきまさぐり」「うちかなぐる」という振る舞いに応じて、先掲の①続本朝往生伝、②今昔物語集と同じく、さかのぼれば「おり〳〵は胸をせき上げつゝ、いみじう耐へがたげにまどふわざをし給」（「葵」一・三〇一頁）という状態が生起したのであった。源氏物語には、こうした病悩を、憑かれた葵上に即して語ることはないけれども、何ものかが「我身をとりどりに打ち凌」ずるということを夢としてみていたのにちがいない。

こうして、「葵」巻における〈もののけ〉表現は、平安時代の一般的な疾病観、霊魂観、霊物の憑依に関する共通の理解の上に成り立っているということが知られる。

5　いきずたま・生霊

「葵」巻の〈もののけ〉表現が、平安時代の一般的な〈もののけ〉観に立脚しているといっても、その成因が狐や鬼や天狗などではなく、また死者の霊魂でもなかったというところに特徴があった。〈いきずたま〉である。

「葵」巻における六条御息所の〈いきずたま〉の叙述は、源氏物語の創作的要素が大きいと指摘されている。*5

〈いきずたま〉についての記述は、なるほど記録類には見当たらない。僧伝や説話集類にもまれである。しかし、この言葉そのものは諸資料に載り、そのことを指摘しつつ、源氏物語の位置づけについても適切な説が提出されている。*6 以下に、改めて〈いきずたま〉の用例を整理したうえで、その性格を明らかにする。

①窮鬼［右訓「ノイキスカタ」、左訓「ノイキスタマ」］［夢魂與レ鬼通。言我心中正憶二此十娘一。忽即夢見レ憎。忽此鬼作二夢誑レ我。故罵之曰二窮鬼一也（遊仙窟　無刊記本、金剛寺本も同様）

②窮鬼　遊仙窟云、窮鬼、師説［伊岐須太萬］（和名類聚抄）

③窮鬼　イキズタマ（類聚名義抄）

④生霊　イキスタマ（色葉字類抄）

⑤名おそろしき物。青淵。…生霊《いきすだま》。…牛鬼。碇。名よりも見るはをそろし。（枕草子　第一四六段［新日本古典文学大系］）

⑥中将、責めて言ひそ、のかして、蔵人の少将を中の君にあわせ給へば、中納言殿に聞きて、いられ死ぬばかり思ふ。かくせんとて我はあしかりおきしにこそありけれ、とて、いかでか生きずたまにも入りにしがなと手がらみをし入り給ふ。（落窪物語　第二　一五五頁［新日本古典文学大系］）

⑦前奥州云、佐理卿平生之時、行成卿可レ書二進某所額一之由、蒙二勅命一、不レ被レ奏二先達候之由一、欲二書進一之間、佐理生霊来臨、行成数日病悩云々、予謂二主殿頭公経一之次、語二此事一、公経答云、佐理卿存生之間、按察大納言未曽一度不レ被レ書レ額歟、前中書王隠遁之間、佐理度々依二勅宣一被レ書二無レ止之勅書等一、然間依二小蔵親王生霊一、常以煩給、是奥州僻事也（江談抄　前田家本七八）

⑧其ノ人ノ云ク、「近江ノ国ニ御スル女房ノ、生霊ニ入給ヒタルトテ、此ノ殿ノ、日来不例《れいなら》ズ煩ヒ給ツルガ、

此ノ暁方ニ、「其ノ生霊現タル気色有」ナド云ツル程ニ、俄ニ失給ヌル也。然ハ、此ク新タニ人ヲバ取リ殺ス物ニコソ有ケレ」ト語ルヲ…

此レヲ思フニ、然ハ、生霊ト云ハ、只魂ノ入テ為ル事カト思ツルニ、早ウ、現ニ我モ思ユル事ニテ有ニコソ。

此ハ、彼ノ民部ノ大夫ガ妻ニシタリケルガ、去ニケレバ、恨ヲ成シテ生霊ニ成テ殺テケル也。（今昔物語集巻第二七　近江国生霊来京殺人語第二十）

⑨女人ノ一人生霊ニテ有ツルナ。（比良山古人霊託）

②和名類聚抄以下の辞書に登載される〈いきずたま〉[*7]は、遊仙窟の訓によること明らかである。和名抄のこの訓について、狩谷棭斎の箋注は次のように指摘する。

按伊岐須太萬、又見二源氏物語葵巻及枕冊子一、今俗所レ謂生霊是也、窮鬼蓋謂二無レ所レ帰之鬼一、則以充二伊岐須太萬一非レ是。

しかし、仮名文学に現れる「いきずたま」がどのようなもので、なぜそう呼ばれるのか明らかでないなかで、右の論断はいささか性急ではないか。「樹［神］　コタマ」、「木魅　コタマ」、「稲魂　ウケノミタマ　…ウカノミタマ」、「水［精］［ミヅ］ノタマ」（以上、類聚名義抄）などと同様、「スタマ」も非動物に宿る霊魂の一種であろう。ただ、この語は、和名類聚抄、類聚名義抄、色葉字類抄に載るのみで、平安時代以前の実際の用例がないうえに、「タマ」の性格を規定するはずの「ス」がいかなる意味を持つかも明らかでない。わずかに「イキ」という要素によって、また実際の用法から推して、それが生きている人間に由来するらしいことが知られる。

⑥は、男君道頼のしうちに対して、中納言の北の方つまり落窪の姫君の継母が怒り、口惜しがるところ。本文に乱れもあるらしく、十分読み解けないけれども、「いきずたまに入る」という表現が用いられる。これは決まった表現であったらしく、⑧今昔物語集にも用いられていた。「生霊として入る」ということで、憎し、妬しと思う相手に取り憑くことと解して誤らない。その場合、「入る」とは相手の邸内に入ることか、それとも身体に入ることか、定かでない。いずれにしても、〈いきずたま〉とは、心中の強く深い思いによって身体から霊魂が遊離し、敵対する人のもとに赴き、霊的な力をもって相手に働きかけることであった。

その場合、⑥落窪物語によれば、〈いきずたま〉を差し向けることは当人の意志によってかなうことであると考えられていたらしくもみえる。しかし、⑧今昔物語集によれば、〈いきずたま〉は魂の主の自覚なしに生起し活動すると考えられている。その経緯が次のように語られる。東に下ろうとしている男が一人の女に民部大夫の家を尋ねられ、案内してやる。女は感謝し、自分の家を訪ねるよう勧めて、門の前で「俄ニ掻消ツ失ヌ」（「消ツ」の次に「様ニ」が脱か）。しばらくたって、その家では死人が出た様子、聞くと生霊に取り殺されたとのことであった。男が旅の途次近江の女の家に立ち寄ると、女は先夜の礼を述べ、贈り物などをする。「生霊ト云ハ、…現ニ我モ思ユル事ニテ有ニコソ」というのは、〈いきずたま〉となった当人もまた、そのことに自覚を持つものであったのだ、とする語り手の慨嘆である。このことは、逆に〈いきずたま〉は「只魂ノ入テ為ル事」という通念があったことを意味する。すなわち〈いきずたま〉を生起させる魂は、当人の意志や意識を離れて活動するという理解があったらしい。このことは、魂と心に対する古代人の認識から外れることはない。[*8]

このような〈いきずたま〉観は、源氏物語「葵」巻における六条御息所の〈いきずたま〉発現の状況とも対応する。六条御息所もまた、夢と現の境で魂の遊離を体験するのであって、〈いきずたま〉をその主が統御することはむずかしい。

6　〈いきずたま〉と〈もののけ〉

〈もののけ〉および〈いきずたま〉について、右のようにおおよその概念規定を終えたところで、ではこの二つはどのような関係にあるのか。このことに注意を向けることが、同時に〈もののけ〉概念を明瞭にするはずである。

源氏物語に〈いきずたま〉の語は二例ある。

①もの、け、いきずたまなどいふもの多く出で来て、さまざまの名のりする中に、人にさらに移らず、ただ身づからの御身につと添ひたるさまにて、ことにおどろく〳〵しう、わづらはしきこゆることもなけれど、又、片時離る、おりもなき物ひとつあり。いみじき験者どもにも従はず、しうねきけしきおぼろけのものにあらず、と見えたり。（「葵」一・三〇〇―三〇一頁）

②大殿には、御もの、けいたう起こりて、いみじうわづらひ給。この御いきずたま、故父おとどの御霊など言ふものありと聞き給につけて（「葵」一・三〇三頁）

①には、「もののけ」と「いきずたま」が並列的に置かれ、ところが、なぜか②には「御もの、け」の原因として「この御いきずたま」と「故父おとどの御霊」とが並列的に取り上げられる。また、「御」を付された②と「御」のそなわらない①との違いはどこにあるか。

②の〈もののけ〉は、大殿において起こっているものとして、葵上の心身の症状を指すのであって、「御」

が添えられたのである。その原因とされる「いきずたま」と「霊」に付く「御」は六条御息所とその亡き父大臣に由来するのであって、敬意をもって遇されるのである。

一方、①において、「もの、け」と「いきずたま」とは、「出で来て」「名のりする」ものであった。では、これらが出で来て名のるとはどのようなことであろうか。

③近曾行東宮更衣［右大将済時卿女］修法、猛霊忽出来云、我是九条丞相霊（小右記 正暦四年閏一〇月一四日）

④郁芳門院御悩ノ事アリ。…同五月ニ又ナヤミアリ。是三井ノ頼豪ツキナヤマシ奉ル所也。四日隆明又参ジテ加持シ奉ル。宮ノ霊、頼豪アラハレテ問答ノ事アリ。（真言伝巻第六　大僧正隆明）

⑤今七日延べさせ給へるに、こたびぞいとけ怖ろしげなる声したるもの、け出で来たる。（栄花物語巻第一二「たまのむらぎく」）

〈もののけ〉は修法によって出現する。といっても、それが実体ある姿を現すわけではない。取り憑いている霊物が、直接病者の口を借りてあるいは「物付き」（霊物を駆り移す霊媒）の口を借りて、声により言葉により名のり始めるのである。

とすれば、①の「もののけ」「いきずたま」とは、③④の「霊」に相当する。この場合は、人の心身に現象しているところの〈もののけ〉ではなく、それを引き起こしている本体の謂である。こうして、①の「もののけ」は、人の心身の不調を意味する②の「もののけ」とは、同じ語であって異なる範疇に属する。

具体的な用例にあって、〈もののけ〉という言葉が現象をさしているか、その本体を指しているかは、文脈によっておおむね弁別可能である。ただし、そのいずれを指しているかが、常に必ず明瞭であるわけではない。第三節⑤に引用した、鬚黒大将の北の方を悩ませる「例の御もの、けは」には「御」が付くところから、北の方に生じた現象を指すかのようで、「うとませむとする」という動詞に受けられる点で、その本体としての霊物のようにも聞こえる。

阿部俊子は、源氏物語において「もののけ」という語に「御」がそなわるか否かについて検討し、次のように結論づけた。[*9]

それぞれの人の苦悩する有様として述べる時のみは「御もののけ」、災いをもたらす原因、正体についてのべる時、又一般論としてとり上げる時は「もののけ」と言っている

この認定はおおむね首肯されるけれども、右に見た通り、「御」の有無が現象と本体を分ける指標とはしがたいのであって、そのことは、現象か、本体かを厳密に区別しつつ表現がなされているわけではないことを示すものである。現象とその原因との差異もあいまいなまま、連続的に把握するのが古代人の認識方法であった。

7　むすび

以上の検討を経て、〈もののけ〉に対しては次のような定義を与えることができる。

〈もののけ〉とは「物の気」である。第一に、神ならぬ物すなわち劣位の超自然的存在（人の霊魂、鬼、天狗、狐など特定の動物の霊魂）が発する気（視覚、触覚ではとらえられないが、立ちのぼり、あるいは漂う性質を有する）のこと、そして人間に憑依しあるいは近づいた超自然的存在の発する気が人間に作用することによって引き起こされる心身の不調という現象。第二に、これが転じて、人の心身を不調に至らせる気を発する原因としての超自然的存在。

これをふまえて、古代人が〈もののけ〉をどのように受けとめ、これにどのように対処しようとしたか、

そしてそれらにどのような表現を与えているか、これらの残された課題については後日を期したい。

注

＊1　藤本勝義『源氏物語の〈物の怪〉文学と記録の狭間』（笠間書院、一九九四年）「序」。

＊2　本論文は、先に発表した、「モノノケ・モノノサトシ・物恠・恠異―憑依と怪異現象とにかかわる語誌―」（『国語国文学研究』第二七号、一九九一年九月）、「見えないものを名指す霊鬼の説話」（『論集平安文学』第五集、二〇〇〇年五月）を受けるとともに、「紫式部集の物の気表現」（『中古文学』第六五号、二〇〇〇年六月）、『源氏物語と〈もののけ〉』（熊本大学ブックレット　熊本日日新聞社、二〇〇九年五月）等に述べたところの前提となるべきことがらを、改めて提示するものである。

＊3　源氏物語本文の引用は新日本古典文学大系により、冊と頁の番号を示す。

＊4　今昔物語集巻第二七第一九にもう一例、油瓶の姿の「物ノ気」が載る。この〈もののけ〉は人を取り殺したと語られる。これら霊あるいは精など怪異を引き起こすものと発現した怪異現象（物の気）との関係については、前掲「見えないものを名指す霊鬼の説話」に検討している。

＊5　藤本勝義『源氏物語と〈物の怪〉文学と記録の狭間』（笠間書院、一九九四年）。

＊6　今井上『源氏物語　表現の理路』（笠間書院、二〇〇八年）「Ⅲ　二平安朝の遊離魂現象と源氏物語―葵巻の虚と実―」。

＊7　この語について「イキズタマ」「イキスタマ」の二様の読みがなされる。いま類聚名義抄によることとする。

＊8　古代における魂のありかたについては、西郷信綱『増補詩の発生』（未来社、一九六四年）「源氏物語の「もののけ」について」。また、特に魂と心の関係については「魂と心と物の怪と―古代文学の一側面―」（『美夫君志』第六四号、二〇〇二年四月）に論じられて、源氏物語の〈もののけ〉に及ぶ。

＊9　阿部俊子「源氏物語の「もののけ」その二」（『国語国文論集』第七号、一九七八年三月）。また、阿部俊子「「宿世」と「物のけ」」（『国文学解釈と鑑賞』第四五巻第五号、一九八〇年五月）にも。

物の怪をめぐる言説

―『源氏物語』と女性嫌悪―

立石和弘

『源氏物語』の物の怪としてまず想起されるのは六条御息所であろう。生前は生き霊として、死しては死霊となり、どこまでも光源氏につきまとうその姿には、おぞましき女の業が読み取られてきた。上村松園が六条御息所を描いた『焔』（一九一八年、図1）にも、高貴さを印象づける藤の花と、不気味な蜘蛛の巣の柄が対象性を際だたせている。松園自身が「中年女の嫉妬の炎―一念がもえ上って炎のようにやけつく形相を描いたものであります」と述べるこの絵は、謡曲『葵の上』からヒントを得ており、当初は『生き霊』という題が付けられていた。この印象的な蜘蛛の巣柄は、大和和紀『あさきゆめみし』や岡田嘉夫が描く田辺源氏の挿画、あるいは宝塚歌劇の舞台衣装、ホリヒロシの人形、さらには映画『千年の恋』などにも反復されており、六条御息所を表象する典型的なイメージとして定着している。

図1　上村松園『焔』

　本稿が扱うのは、こうした『源氏物語』の加工作品を通して現代に流通する「物の怪」のイメージである。そこに『源氏物語』を媒介として再生産される女性嫌悪を読み取り、さらには『源氏物語』の言説と相関させることで、相対化の契機を探りたい。

1　物の怪＝中年女性の嫉妬と性欲

まずは映画が描く物の怪表象から見てみよう。六条御息所の物の怪は、これまで四本の映画に登場している。

一九六一年公開の映画『新源氏物語』（大映、図2―4）は六条御息所を描いた最初の映画であり、御息所に中田康子、葵の上に若尾文子、御息所の娘（秋好の姫）は長谷川一夫の娘・長谷川彰子（現・長谷川稀世）がそれぞれ演じている。車争いを経て生き霊事件に至る経緯が描かれているのだが、生き霊化する六条御息所の造型として興味深い特徴を二点指摘しうる。一点目は、六条御息所が意識的に生き霊化することにある。「あの女があの人の子を産む。憎い、憎い、憎い。呪ってやる。とり殺してやる」。呪詛の言葉を吐く御息所は、葵の上への憎悪も露わに生き霊と化し、言葉通りにとり殺す。自ら望んで生き霊へと姿を変え、憎むべき相手を呪い殺す。そうした能動的で意図的な暴力性は加工作品に固有な造型である。

二点目は、生き霊化する原因にある。光源氏から無視され、苛つく御息所が描かれた後、老女房が秋好の姫に語る言葉は次のようなものである。「男を忘れていた女が一度禁断の木の実を口にしたが最後、蘇る若さのほとばしりを抑えようとしても抑えきれず、毎日毎日、日が暮れると体中がうずき出すのです」。これ

図2　「呪ってやる。とり殺してやる」

図3　左の影が生き霊化した御息所

を裏付けるように御息所は、「こんな思いをするくらいなら、初めから会わなければよかった」、「私がこんなに焦がれているのをご存じないのかしら」、「光様が他の女の側にいるかと思うと、胸が煮えくりかえるではないか」と、光源氏への欲望を隠そうとしない。生き霊化の原因には嫉妬があり、その深部には中年女性（「男を忘れていた女」）の性的渇望（「蘇る若さのほとばしり」「体中がうずき出す」）があるという解釈である。さらにはそれが六条御息所個人の問題を越えて、「女」の属性へと敷衍されていくことには注意したい。葵の上の死後、御息所から源氏のもとに届けられる文には、「私も人に言われぬ女の悲しさ、罪深さを身にしみて知りました」と綴られている。「女の悲しさ」「罪深さ」とは、この映画の文脈からは嫉妬と性欲であり、そこに中年女性という限定が添えられる。嫉妬を女の属性として本質化し、さらには中年女性の抑圧された性欲、あるいは淫乱を継ぎ足すのであり、こうした蔑視と言ってよい差別的イメージは、それ自体陳腐な紋切型とも言えるのだが、こうした言説が再生産される場として『源氏物語』があり、後に見るように、これは加工作品に繰り返しあらわれる定型でもある。

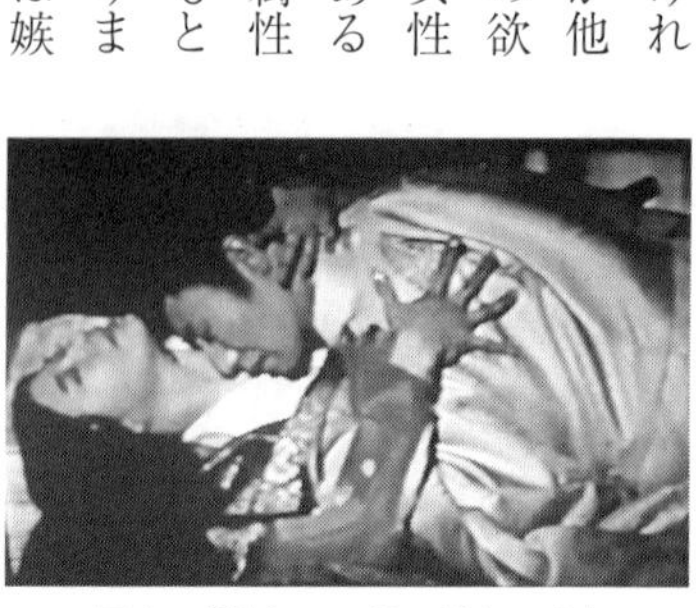

図4　「甘えて、私の愛しい人」

一九六六年に公開された武智鉄二監督の『源氏物語』（源氏映画社、**図5・6**）では、武智の妻である川口秀子が六条御息所を演じている。川口の御息所は中年というよりも老女の風格がある。光源氏の晩年から始発するこの映画では、浅丘ルリ子演じる紫の上に取り憑いた六条御息所の死霊が、光源氏に恨み言を述べるところからはじまる。御息所は紫の上の口を借りてこのように言う。「あなたは偽り多き御方。この私を騙した上に、六条の院も乗っ取られたではございませんか。私の領地の荘園も、この四町四方の邸も、あなたの御立身には役立ちました」。時は遡り、若き光源氏の女性遍歴が辿られるなか、なぜ御息所が物の怪と化し、こうした恨み言を述べるに至ったのかが語られる。それは、年長の六条御息所が若き光源氏の愛情をつなぎとめるために、六条院を始めとする財産の権利を贈与したにもかかわらず、生き霊事件によって見切りを付けられ、疎遠になったことへの恨みであった。むろん原典では、六条邸の周囲に光源氏が三町を買い足し、御息所の遺言により託された秋好中宮の後見を名目に、御息所邸を自邸の一部に組み入れていくことになるのだが、この映画では、「私は何も要りませぬ。ただ愛してさえ頂けるなら」とすがる六条御息所が、いわば若い男に私財を貢ぐことで愛情をつなぎとめるのであり、御息所をしてそうした行動に駆り立てるのは、若さの欠如に対する劣等感と危機意識があるからである。この映画も、御息所の年齢意識に過剰な意味を付与し、若い男へのなりふり構わぬ欲情が、身を持ち崩し、物の怪にまで堕す原因であると描く。

これらに対し最も独創的な六条御息所像を構築しているのは、一九八七年に公開されたアニメーション映画『紫式部　源氏物語』（朝日新聞社・テレビ朝日・日本ヘラルド映画グループ、**図7―9**）であろう。何より筒井ともみの脚本と杉井ギサブローの演出が優れおり、解説的な台詞を極力そぎ落とし、映像と音楽の力で鑑賞者に解釈を促すこの映画において、六条御息所が生き霊化する内的必然は、日常に孕まれた静かな狂気として丁寧に描き出されている。端的に言えば、理性と欲望

図5　財産を譲る御息所

図6　中央が生き霊化した御息所

の葛藤、意識と無意識の相克ということになるが、たとえば生き霊化する瞬間は、御息所がひとり、もの思いにふけりながら写経する場面として描かれている。それまで文字として形をなしていた筆跡が、生き霊化する瞬間、すっと判読不能な線に変わる。かろうじて理性と秩序を保ち続けてきた御息所が、優勢となった欲動に飲み込まれ、自らを律する秩序を手放す。生き霊化の瞬間を筆跡の変化によって暗示する秀逸な表現である。

また、光源氏と六条御息所はフレーム内で向き合うことがない。他の多くの女性たちが光源氏と向き合う横顔のショットが繰り返されるのと対照的である。フレーム内で額を付けて向き合う男女の姿は、淵源に母桐壺更衣と幼い光源氏の記憶があり、いわば鏡像的な母子関係を男女関係に投射する光源氏のメンタリティを象徴するのだが、そうしたレイアウトで描かれることのない御息所は、つまりは鏡像的な母子関係の内面化を拒み、光源氏の欲望に従属することがない。そしてこの思い通りにはならない他者であり続けることが、御息所を支える矜恃となる一方で、二人の関係を損なう原因にもなっていく。抑えきれぬ光源氏への欲望と、それを抑制し理性的に振る舞おうとする御息所の葛藤が自身を追い詰め、生き霊化させていくという描き方であり、けっして「女の嫉妬」や「中年女性の引け目」といった類型に回収し、これをことさら強調するわけではない。

また、前述した二本の映画が、年の差という弱みを反転させ、拠り所として、

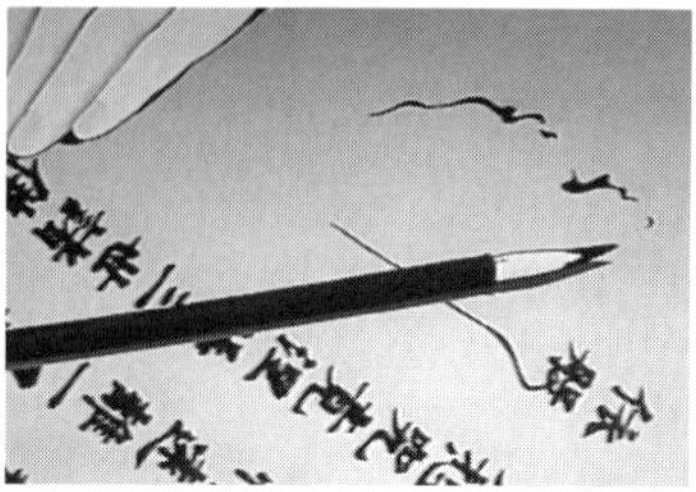

図7　不気味な水茎の跡

図8　光源氏と御息所

光源氏の要求する「母の代替」を積極的に引き受け、演じていくのとも対照的である。むしろこの映画では「母の代替」としての役割を拒絶しているのであり、そのことによって、他の女性とは異なる立脚点を、六条御息所は生きようとしている。

二〇〇一年に公開された『千年の恋　ひかる源氏物語』（図10―12）については、『源氏物語』の映画化と言うよりも、源氏文化の映画化と呼ぶのがふさわしいことをこれまで述べてきた（「映画化された『源氏物語』」『源氏文化の時空』森話社、二〇〇五年）。この映画には、源氏文化の現在が散りばめられている。生き霊化する六条御息所のキャラクタライズについても同様で、現在に流通する六条御息所像の、いわばデフォルメされた典型を見ることができる。

竹下景子演じる六条御息所は、ここでも失われていく若さを嘆いている。「八歳も年下の光源氏。ああ、若いときの私は、もっと美しかったのに。若い時に会いたかった」。松園の『焔』と同様髪をくわえ、鏡と向き合うその形相は鬼か般若のようである。また、「中年女性の性的貪欲さ」も露骨に強調されており、自慰をする六条御息所が「私の若い男を誰にも渡すものか」とうめく。早坂暁の脚本（『恐ろしや源氏物語』恒文社、二〇〇一年）ではこのシーンに「恐ろしや六条御息所」の見出しを立てている。物の怪が外部性を付与された異物であるならば、人として、すでに物の怪の如く描かれる中年女性の性欲もまた、外部性を付与された異物で

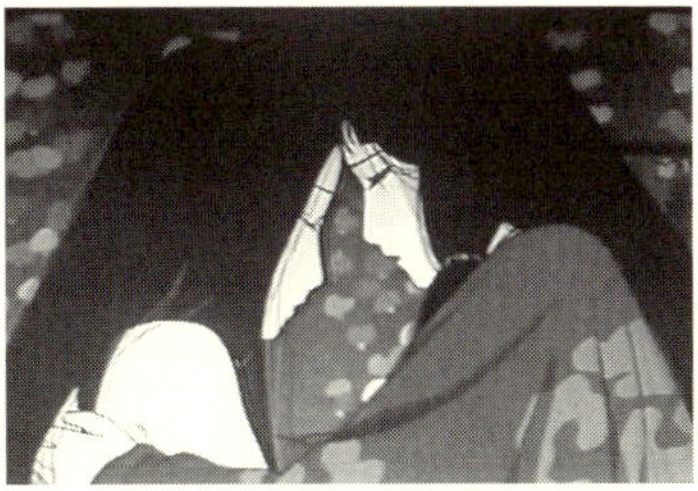

図9　藤壺と光源氏

図10「私の若い男を…」

あるという認識をここに見る。物の怪と化した御息所が、中山忍演じる葵の上にとり憑く場面でも、のたうつ葵の上の背後に六条御息所と光源氏の痴態が映し出されるのは、中年女性の性的欲望こそが物の怪の正体であると言いたいのであろう。

これを観て唖然とするにせよ、苦笑するにせよ、こうした表象がこの映画に限定されるものではなく、むしろ一般化された六条御息所のイメージとして再生産されていることは念頭に置く必要がある。この映画はそれを露骨に、あまりに即物的に描いているのに過ぎない。

『千年の恋』は入れ籠構造になっており、『源氏物語』を描く外側に、この物語を用いて后教育をする紫式部（吉永小百合）や彰子（水橋貴己）たちの現実社会がとり囲んでいる。紫式部が『源氏物語』を用いて何かを語る構図は、『源氏物語』を用いて何が語られているのかを問う本稿の興味に対応する。たとえば、「母への想いが、年上の人へと向かわせて、八歳も年上の六条御息所に迫ったのです」と語るのは、光源氏にとって六条御息所が母の代替であるという、よく見られる解釈である。また、「六条御息所さまの想いは、恐ろしくて、深いものです。光源氏さまの妻を苦しめ、殺してしまわれるのですから」、「ようくおぼえていて下さい。女の嫉妬は恐ろしいことを」といった言葉は、この映画に限らず、『源氏物語』を通して再生産される、性差をめぐる本質主義的言説の一例である。

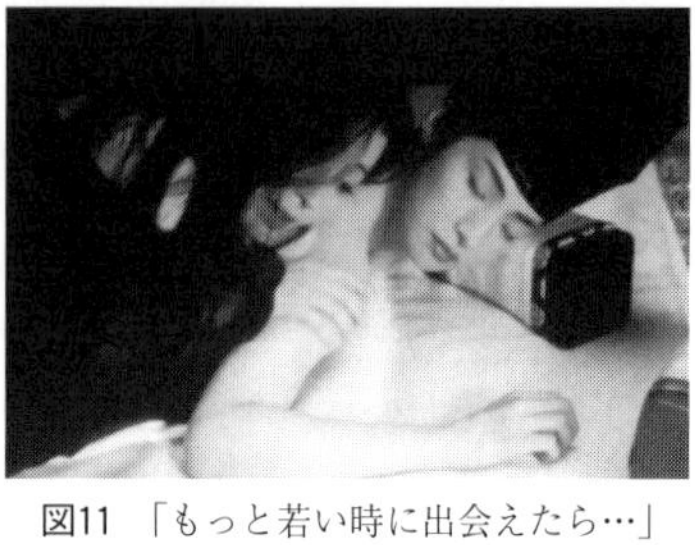
図11　「もっと若い時に出会えたら…」

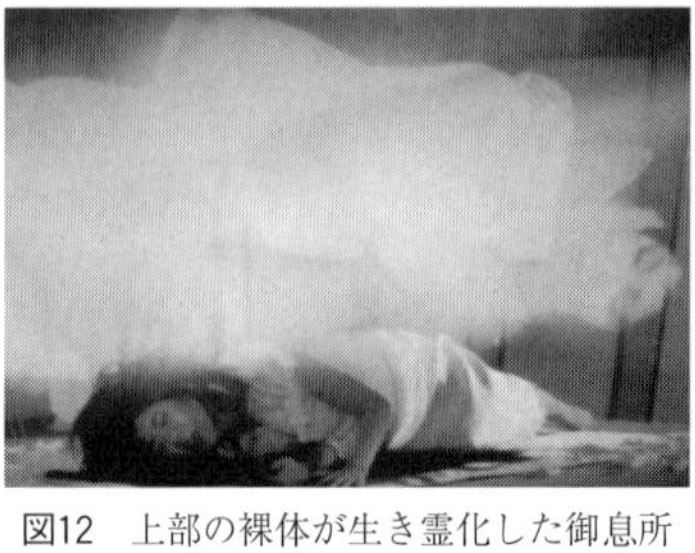
図12　上部の裸体が生き霊化した御息所

このように、『紫式部　源氏物語』という例外はあるものの、映画における物の怪＝六条御息所は、総じて「女の嫉妬」と「中年女性の性欲」という二つの要素に結びつけられて描かれていることが分かる。しかしこれは映画というジャンルに限った現象ではない。

御息所は源氏を男にした最初の女であったのではなかろうか。「夕顔」の巻でいえば源氏はまだ十七歳、それにたいし御息所はほぼ二十四歳、しかも先ごろ夫に死に別れた成熟した女である。（略）つまりこの女によって男になったとすれば源氏はまさにこの女のものであったわけで、だから男が他の女に心を移すと我にもあらず妬みの業火が燃え出すのではなかったか。表向きはどうであれ、性の記憶は肉体に深く刻みこまれていてなかなか消えることがない。一方、男に目覚めた男はこのさだ過ぎた女から離れ、もっと自由でありたいと思う。

（西郷信綱「夢と物の怪」『源氏物語を読むために』平凡社、一九八三年）

ここからは推定にすぎないが、源氏は御息所の気品と美しさに惹かれて、懸命に口説き、ようやく思いがかなって結ばれたが、その秘所の魅力のなさに失望したのではないか。（略）たとえ性的魅力に欠けるとしても、一度関係した女性には、それなりの礼は尽くす。それが王朝の貴族の優しさであり、雅びであったのであろう。

（渡辺淳一『源氏に愛された女たち』集英社、一九九九年）

西郷の文章は、二人の年齢差を強調した上で、肉体に刻まれた「性の記憶」が源氏への独占欲を高め、それがかなわぬ時「妬みの業火」が燃え出し物の怪になるという解釈。映画の解説としてそのまま転用できそうな表現である。また、御息所が美人であり、趣味やセンスもいい高貴な女性であるにもかかわらず、「簡単に捨てられた」のはなぜかを問う渡辺も、その答えとして用意されるのは御息所のセックスであり、そのイメージをもてあそんだ上でとことん蔑む。

物の怪は解釈を誘発するメディアであるが、同時に解釈する側の欲望を映し出すメディアでもある。ここにあるのは差別的な性差意識の正当化であるが、そのために何が行われているかと言えば、性的主体である中年女性に外部性の烙印を押し、理解不能な物の怪として配置するのであり、そうした意味で物の怪とは、スティグマを刻まれた生け贄の表象形態なのであり、罪を負い排除されるものを位置づける解釈装置として機能していることが理解されよう。

『源氏物語』にもそうした、物の怪と社会的欲望の相関図は描かれている。たとえば「葵」巻、葵の上の口から「大将に申し上げたいことがある」との言葉がもれる時、女房は「さればよ。あるやうあらん（やっぱりな。子細があるのだろう）」（新日本古典文学大系「葵」三〇五）と即座に反応する。女房たちはそれが、御息所の生き霊であることを確信している。あるいは取り憑いて離れない強力な物の怪が六条御息所であるとの噂が巷間にささやかれ、御息所を取り囲んでいくのも同様に、正妻の座をめぐる女性同士の確執というストーリーがもっとも分かりやすい解釈であるからで、そうした通俗的で下世話な、なおかつ何ものかをさらし者にし、辱め、排除する物語が、共同体にとっては、ストレスを解消し連帯と安定をもたらす装置として機能するのである。供犠の儀礼と言ってよいそれは、物語社会から抽出される構造であるばかりでなく、『源氏物語』の解釈をめぐって再生産される加工表現においてもまた、女性を周縁化する現実社会の欲望が物の怪解釈の場を借りて現象している。物の怪というメディアに女性蔑視の解釈が好き勝手に投げ込まれる現況において、六条御息所は、物語内社会だけでなく現実社会においても、いわばその恰好のターゲットとして晒し者にされているのである。

2　物の怪＝女の執念・本性・さが・業

物の怪化する六条御息所について語られるとき、しばしば用いられるフレーズに「女の執念」「女の本性」「女のさが」「女の業」がある。類似表現も含め、一例ではあるが列挙してみたい。

私には、シェークスピアのマクベスで、夫と共にダンカン王を弑したマクベス夫人が精神錯乱の末、何度手を洗っても、血の匂いが消えないというあの場面が、この六條の御息所と重なり合って見える。女のもつ我執の恐ろしさがこのような形になって示されているためだろう。

（若城希伊子「六條の御息所」『源氏物語の女』日本放送出版協会、一九七九年）

女の〝さが〟がそのように理屈をこえたものであることを知り尽くした紫式部の人間理解が、物語局面の劇的な転換を図る契機として生霊を作り出したと考えられる。

（大朝雄二「六条御息所の苦悩」『講座　源氏物語の世界』第三集、有斐閣、一九八一年）

私はこういう女の情念の鬼をなぜかいとしく思います。（略）やはり巫女は女にかぎられていることは、精神的、肉体的な構造が、女の方にシャーマンになる可能性が強いということなのでしょうか。

（瀬戸内晴美「六条御息所」『私の好きな古典の女たち』福武書店、一九八二年）

まさかと気にもとめず信じようとはしなかった源氏であったが、しかしながら、いまはそれが否定しがたい事実であることを紛れもなく突きつけられ、女の執念のすさまじさに戦慄した。（略）まさに女の業の深さを体現しているのが六条御息所であったといえようが、なおそうした彼女の姿を支えるものとして怨霊の家系としての御息所の父大臣家のありようを視野に入れるべしとする解釈は傾聴に値しよう。

（秋山虔「六条御息所」『源氏物語の女性たち』小学館、一九八七年）

そこでの出家願望は、単に葵の上の早逝ゆえの無常観に由来するのではなく、物の怪となってあらわれざるをえない女の執念に、人間の救われがたい業の醜さをみてしまったからである。

（鈴木日出男『はじめての源氏物語』講談社、一九九一年）

紫式部は『源氏物語』のなかで、ありとあらゆる恋を書き分けていますけれど、これは年上の女の恋の物語でもあるんですね。この六條の御息所については、世のわけ知りのかたがたは〈共感できる〉と言いますけれど、たしかにある程度の年齢にならなければわからない女の本性といえるかも知れません。

（田辺聖子「車争い」『田辺聖子の源氏がたり（一）』新潮社、二〇〇〇年）

差別的な含みをもつ「女の〜」というフレーズは、近年さすがに耳にすることも少なくなったが、こと『源氏物語』をめぐっては異なるようである。修飾語として「理屈を超えた」が添えられ、述語には「恐ろしい」「すさまじい」「戦慄する」「醜い」などが配される。これら「女の〜」を一言で表すなら、「女は恐ろしい」ということに尽きる。結局言わんとしていることは、『千年の恋』の「女の嫉妬は恐ろしい」と何ら変わることがない。

物の怪について語る際、「女の〜」を落としどころにする言語行為は、ほかならぬ光源氏が得意とするものでもある。「若菜下」巻、紫の上の蘇生に際し顕れた物の怪に、光源氏は「女の身はみなおなじ罪深きもとゐぞかし」（新日本古典文学大系「若菜下」三五七）と苦りきっている。しかし、女をやっかいな存在として持てあまし見下す態度とは裏腹に、この時光源氏は精神的に追い詰められている。紫の上蘇生の喜びもつかの間、物の怪調伏の依りましが六条御息所の死霊であるかのごとく振る舞いだしたからである。世間体を気にする源氏としてはたまらない。余計なことを言い出さぬようこれを押さえつけるが、それでもなお語り続ける依りましを部屋に閉じ込め、紫の上を別室に移す。スキャンダル封じの一手である。今となっては誤報だが、紫の上臨終の報に触れた弔問客が集まるなか、これが自身の男女関係に起因する死霊の仕業であったなどとは、何としても広めたくはない醜聞である。そして、次に源氏が自己防衛のために用意するのが女人罪障観であった。「これだから女の身は、みな同じように罪障のもととなるのだ」と言い落とすことで、男であるというただそれだけの事実にしがみつき、ほかならぬ「女の霊」により傷つけられた自身の立場を優位なものへと立て直す。「だから女は恐ろしい」と、男たる自己を被害者の立場に仕立てることで、死霊を生みだしたかもしれない負い目と、男女関係をめぐる後ろめたさを糊塗し、これと向き合わずに済まそうとしているのである。翻して言えば、女性への恐怖と、女性が恨みを抱えざるをえない一夫多妻制、あるいは男社会を生きることとの引け目が、「女の身」をめぐる女性蔑視・女性嫌悪の言説を生みだしているのだと言えよう。

このように源氏は、物の怪出現をきっかけとする混乱状況にあって、秩序回復をもたらす物語として女人罪障観を利用しているのだが、「女」に罪を負わす女性排除の物語が、男性だけでなく女性も等しく内面化することでホモソーシャルの秩序が維持されていくという構図は、「女の本性」「女のさが」といった多分に女性嫌悪的な本質論を、男性だけでなく女性も口にする先の例（「いとしく思います」「共感できる」）が端的に示していよう。

3　物の怪＝ヒステリー

物の怪化する六条御息所は「ヒステリー」を発症しているという。そうした「物の怪＝ヒステリー説」とでも呼ぶべきものが流通している。

hysteriaという語は、ギリシャ語のhustera（子宮）にもとづくそうだ。今でもこの病い、女人とくに既婚者に多いとされるのを考えると、きわめて古い由来がそこにはあったことになる。子宮の喚びおこす女体の戦慄は、霊の病とつねに紙一重であったのだろうか。

（西郷信綱「夢と物の怪」『源氏物語を読むために』平凡社、一九八三年）

このように、六条御息所は恨み深く、執念深く、自尊心を傷つけられるとヒステリックになる女として描かれています。（略）物語に描かれている六条御息所に関するエピソードや性格描写などをもとに〝クレッチマーの性格検査〟をしてみると、この女性は自己顕示欲が極端に強く、ついで粘着性と内閉性が強いことがわかります。（略）このタイプの女性は、つき合う男性にとって重荷になること確実です。源氏の心が離れていったのも、こんな彼女の性格に息苦しさを感じたからでしょう。

（斎藤茂太「六条御息所」『仕事が面白くなる源氏物語』ダイヤモンド社、一九八七年）

丸谷　「葵」がその一つだという理由として、最初に妊娠と出産、処女喪失、その次にヒステリーでしょう。実にはっきりと女性の生理を集約して書こうとしているということ。これは女流作家としては最も得意の所でしょう。／六条御息所でヒステリーを書いていますね。

（大野晋・丸谷才一『光る源氏の物語　上』中央公論社、一九八九年）

短気で直情的。冷静な判断力を失うヒステリー傾向があります。復讐心が強く冷酷。執念を燃やします。

（小野十傳「六条御息所タイプの恋の変遷」『決定版　源氏物語占い』講談社、二〇〇一年）

斎藤茂太は斎藤茂吉の長男で当時日本精神病院協会会長。『仕事が面白くなる源氏物語』はビジネス本の体裁で『源氏物語』を紹介する。『光源氏の物語』は言語学者大野晋と作家丸谷才一が対談形式で論じた本。最後の『決定版　源氏物語占い』は題名の通り「占い本」だが、あまたある「源氏物語占い」が興味深いのは、お遊びとはいえ、立項された人物の解説に、現代に流通する各キャラクターの最大公約数的な要約が示されているためである。

さて、ここで「子宮」を持ち出し「女体の戦慄」などと言う、西郷のわかりやすい還元主義はそれとして、あえて「物の怪＝ヒステリー説」につき合うなら、確かに彼らの言うとおり、物の怪とヒステリーは似ているところがある。ただしそれは症状においてではなく、あくまで論じられ方の同型性においてである。ヒステリーとして診断される女性は六条御息所だけではない。よく引き合いに出されるのは鬚黒大将の北の方である。

「うつし心なき」ということは、後に突然、鬚黒に香炉の灰を浴びせかけるような、異常な行動をイメージすればよいが、これは、近代医学で言えば精神分裂症まではいかないまでも、ヒステリー症等の精神病的症状に外ならない。（藤本勝義「源氏物語の他の物の怪」『源氏物語の〈物の怪〉』笠間書院、一九九四年）

このようにしてみてきますと、北の方の精神症状は、髭黒の大将との人間関係と産後の影響が重なっての反応性障害、それもやはり、嫌われてもそのようにしか自分の悩みを表せないヒステリー性の精神障害と診断して良いのではないかと考えます。（櫻井浩治「心の病」『精神科医が読んだ源氏物語の心の世界』近代文芸社、二〇〇一年）

藤本勝義の『源氏物語の〈物の怪〉』は、物の怪研究を牽引する著作であり、多義的・多面的な分析を特徴とするのだが、それゆえこうした言説の並記に無防備である。医学博士である櫻井浩治の著書は、精神医学の立場から『源氏物語』の登場人物を症例として診断したもの。

これら「物の怪＝ヒステリー説」には、共同体にとって物の怪とは何であるのかを考える糸口がある。ヒステリーを読み取る論者の幾人かは、ヒステリー化する当人以上に、彼女たちを追い込んだ男性あるいは社会にこそ問題があると指摘している。櫻井は「自分への態度も細やかな思いやりのない、自尊心を傷つけるような髭黒の大将の言動は、北の方にとってはストレスを引き起こす大きな要因であったのかもしれません」、「そうした毎日が続き、産後の影響もあって次第にかたくなな性格に変わってしまい、時々中にこもった心の鬱憤が、火山のマグマのように外へ吹き出るのでしょう」とし、ストレスの原因として鬚黒の言動を位置づけている。西郷は「女がこの病いに犯されるのは、社会の仕組みや生活の秩序がずっと男本位であって、女を従属させていたことと不可分である」とし、ホモソーシャルの秩序が女性を嫌悪し排除する構図にこそ、女性が追い込まれる原因があると論じる。いずれも納得できる洞察であり、論の展開が期待されるところが櫻井は、直後に「ヒステリー性の精神障害」と診断を下して了とし、西郷は「が、そのことはしばらく置く」と述べて深入りしない。問題の所在がどこにあるのかを知りながら、いや知っているからこそ目をそらし、その上で、物の怪あるいはヒステリー症状の原因を女性個人に負わせてこれを排除し、そもそも存在するはずの問題には向き合おうとしない。こうした物の怪をめぐる隠蔽作用は、すでに『源氏物語』自体が対象化し暴こうとしたものである。

「真木柱」巻、あいにくの雪が降り始めた日暮れ、鬚黒は新しい妻となる玉鬘の許に出かけようと気もそぞろである。やっかいなのは北の方への対応であり、これを引け目とする鬚黒は、これまであなたの病に辛抱してきたこと、幼い子どもがいることを持ち出して、北の方にも辛抱するよう促す。だが、もっとも気がかりなのは北の方の父式部卿宮の動向であり、恐れているのは家同士の争いから、権勢家たる光源氏の不興を買うことにある。鬚黒は舅批判をも織り交ぜながら、父宮の気持ちを確かめようと言葉を選ぶ。この対話において卑屈な動揺を隠せないのはむしろ鬚黒であり、北の方は冷静に、夫の欺瞞をものみ込んで理性的な言葉を紡いでいる。北の方の現状認識は的確であり、客観的でもある。世間並みではない自分が物笑いの種となっており、それゆえ実家に戻ってさらなる心労をかけることは考えていないこと、紫の上がらみの復讐劇を想定する父宮が確かにこの事態を快からず思っていることなどを踏まえながら、それは自分にとってどうでもいいことだと断言する。さらには、「雪の降るなかどのようにお行きになるのか、夜も更けたようですよ」と出立をうながすのは、今となってはそれが自身に要求された性役割であることを認識しているからである。鬚黒にしてみれば露わな嫉妬で取り乱してくれた方が家を出やすいが、そうではない以上、ぐずぐずとなぐさめの言葉を紡ぐほかない。しかしその取り繕いは、結局は世間体と保身、そして自己正当化の押しつけでしかないところに、もはや北の方と向き合う気のない鬚黒を印象づける。そうした不実な夫と向き合いながら、北の方はここで伝えておきたいただ一つのことを口にする。「立ちとまり給ひても、御心の外ならんは、中〳〵苦しうこそあるべけれ。よそにても、思ひだにおこせ給はば、袖の氷もとけなんかし」(「真木柱」一二〇)。こちらに留まりなさってもお心が他の女性にあるのは、かえってつらいことでしょう。あなたがよそにいても、思い出してさえいただければ、私の袖の氷もとけることでしょう。体裁や世間体、玉鬘の許に出かけることだけに心を砕く夫に対し、北の方は、あなたが私を大事に思うか、心を寄せるかだけなのだと告げる。それだけが、夫婦関係の拠り所なのだと。それまで饒舌であった鬚黒は、では、こうした思いに応える言葉をいささかなりとも北の方に送り届けてきたか。鬚黒の衣に香を焚きしめる北の方は、この後、香炉の灰を夫に浴びせかける行為に出るのだが、その因果関係に、なんら不合理な点があるとは思えない。ホモソーシャルを生きる夫の自己正当化だけがあって、会話をすればするほどに実感される疎外感と孤絶、要求されるのは抑圧的な性役割だけで自身の存在すら無視される空虚な時間を経て、まったく届くことのない発話をあきらめた北の方が、言葉以外の方法で異議申し立てをする。その経緯を辿れば確かな因果と条理がある。問題は、そのようにして振るわれた暴力に対し、非難されるべきは北の方であって、「物の怪」などではないということである。

だが、鬚黒だけでなく女房たちもまた、「例の物の怪」と即断する。即断することで連帯するこの空間に現前するのは、鬚黒を中心に構成された政治的・経済的な共同体である。北の方の異議申し立ては、鬚黒家の秩序に混乱をもたらすやっかいな夾雑物でしかない。鬚黒はもとより女房たちの経済原理からしても、玉鬘を媒介とした光源氏・内大臣両家との紐帯が有利に働かないはずはない。かといって、そのために北の方と離縁することが状況を改善させるわけでもない。鬚黒が心を砕くように、式部卿宮家との関係がこじれることで、光源氏の不興を買う恐れがある。そうした状況にあって、妻を夫婦関係に囲い込んだまま、その異議申し立てのみを無効化する巧みな装置が機能する。それが「物の怪の仕業」という解釈行為である。抑圧的な性役割に抗する意思表示が「物の怪」によるものと判断されることで、行動主体はその主体性を剥奪され、働きかけはその実行力を失う。共同体の側からは、「物の怪」の責任に転嫁することで、こちらに向けられた批判と抵抗に向き合わず済ませることができ、ほころびを見せた秩序は何事もなかったかのように回復する。そうした、物の怪をめぐる共同体の連帯と排除の力学を、この「灰騒動」は語っているのである。

またそうした力学は、「女のヒステリーが始まった」と揶揄する紋切型ともよく重なる。こちらも同様に、相手に冷静な判断能力がないと断ずることで主体性を奪い、抵抗そのものを失効させ、異議申し立てと向き合わずに済ませる言語行為である。「物の怪」と「ヒステリー」に類同性があるとすればその点においてであって、繰り返し言うが症状においてではない。そうした意味で、先に見た「物の怪」と「ヒステリー」を結びつける言説が、ストレスフルな夫鬚黒の言動や、男社会を構成する女性排除の原理に一瞥を投げながらも、それを遠景化する操作を加え、終局で物の怪とヒステリー症状とをともども女性に背負わせ排除する論理構成は、性役割の衣装を都合良く纏わせたまま、反抗する北の方の主体性を抹消してみせた鬚黒や女房らの系譜に連なる、ホモソーシャル維持の言説、そのものなのである。

4　物の怪＝解釈行為・言語行為

ここまで、排除を原理とする共同体維持の装置として物の怪を位置づけてきた。排除されるものは時代ごと社会ごとに異なろうが、現代においては、中年女性の嫉妬や性欲、女の執念、女のさがや本性と呼ばれるもの、あるいは性役割をめぐる女性の抵抗・拒絶などが、扱いにくいもの、目を背けたいものとして物の怪に付会され、『源氏物語』の物の怪言説を構成し、大衆文化とアカデミズムの垣根を越え、現在に流通している。

こうした分析は、実体として物の怪を論じるのではなく、解釈行為・言語行為として物の怪を位置づける立場と言ってよいが、そうした視座からの論は少数派ながらこれまでにも積み重ねられており、物の怪を必要とし利用する社会の動機づけや目的、あるいは物の怪というメディアが果たす意味作用が論じられている。

藤本勝義は「男社会といえる王朝貴族社会の、階層的一夫多妻制の下に、翻弄される女性たちの心の痛みは、時には理解されぬまま、物の怪憑依という原因が持ち出されることによって、韜晦されることがあったと思われる」（「源氏物語の他の物の怪」『源氏物語の〈物の怪〉』笠間書院、一九九四年）とし、『栄華物語』が語る三条院崩御後の敦明の東宮退位に関する叙述からは、「物の怪を前面に押し出すことによって、真相を隠蔽せんとする手法とまで思われる」（「栄華物語の物の怪」同）と論じるのは、ある人物、ある共同体にとって、理解不能なもの、もしくは都合の悪い事実を「韜晦」「隠蔽」する装置として物の怪が利用されていることの指摘である。

三谷邦明はこれを「責任転嫁」という言葉で説明する。「なお、夕顔巻の巻末場面に記されていた、「荒れたりし所に棲みけん物」は、物の怪を六条御息所と解釈すると、光源氏が、自己欺瞞的に、責任をなにがし院の物の怪に転嫁したと言えるだろう。彼は誤読し、夕顔の死を、自己と関係しない、物語内の実在さえ確認されていない「物」に、無意識的に責任を転嫁させていたのである」（「誤読と隠蔽の構図」『源氏物語の言説』翰林書房、二〇〇二年）との解釈は、夕顔を死なせた自己責任を、物の怪に転嫁することで回避する光源氏の言語行為の分析である。これと同様、女三宮出家と物の怪の相関をめぐっては、「読み取れる発話の作術の一つは、責任を〈物の怪〉に転嫁しているということであり、もう一つは、女三宮の出家も仕方がないと内心では思いながら、自分では勧めていないと偽っていることである」（三谷邦明「暴挙の行方・〈もののまぎれ〉論（二）」『源氏物語の方法』翰林書房、二〇〇七年）とあるのも、女三宮が出家の意志を示した原因として光源氏の責任が問われる場面で、源氏は物の怪に責任転嫁することで保身をはかるという指摘である。

三田村雅子は物の怪を「関係性の病」と位置づけ、「もののけという第三項を排除することで、こちら側の人々（わたしとあなたという第一項と第二項）の共同体としての団結を確かめる装置なのである」（「もののけという〈感覚え『源氏物語の魅力を探る』翰林書房、二〇〇二年）とまとめる。今村仁司の第三項排除論を踏まえた定義である。三田村の物の怪解釈は『源氏物語』全編にわたり多岐に及ぶ。本稿と深く関わるところでは、女三宮出家の原因を物の怪の仕業と決めつける源氏に「相手をみつめるためというよりも、相手から目をそらすための果てしない言い訳」を読み取り、女三宮の精一杯の自己主張を「切り捨て」る、「解釈への努力」の「放棄」を指摘する。また灰騒動からは、「「もののけ」とは、そこには居ない第三者を想定し、そこに責任のすべてを押しつけることによって、こちら側のすべてが傷つかないように配慮された責任回避システムである」との定義を導く。

これら緒論は、本稿も含め、大枠で同じことを言っている。それは、物の怪とは解釈行為であり、そこには必ず遂行的な意味作用があるということである。

物の怪は解釈行為のなかに現象するのであって、実体の有無は問題とはならない。たとえ現実に霊的な兆候が見られる場合でも、それを物の怪と認識、解釈しなければ物の怪としては存在しえない。そして、物の怪を解釈し、あるいは物の怪として解釈する行為には、無意識的なもの、自動化されたシステムをも含め、必ず動機や目的が存在し、果たされる力の作用がある。たとえば、「韜晦」や「隠蔽」、「責任転嫁」や「責任回避」、あるいは「理解放棄」がすでに指摘され、社会システムとして作動する「第三項排除」の、「連帯と排除の力学」と言い換えてもよい、隠微な力の作用がある。

そうした立場から、いわば多数派の物の怪論、物の怪の正体やその内実を意味づける緒論と向き合うとき、『源氏物語』の物の怪を対象化し、解釈することを目的としながら、同時にその解釈行為を通して物の怪が生みだされていく構図に気づかされる。たとえばそれは、これまで見てきた「女の本性」や「女の嫉妬」といった偏見であり、論者が切り捨てようとするもの、恐れるもの、見たくないものがそこに顕在化している。また、そうした排除によって、論者が守ろうとするものが一方に確保されてもいく。たとえば女性嫌悪を共有する解釈共同体がそれであるというのは、見やすい道理であろう。

御息所が周囲の噂で知らぬうちに物の怪にまつりあげられてしまう様子は、中世ヨーロッパの魔女狩りにも近いものがあります。（略）そうなると、実は御息所こそ、もっとも同情すべき犠牲者だったといえます。

（桜澤麻伊「解説・物の怪騒動は平安時代の魔女狩りか!?」『源氏恋物語　狂おしくもせつない6つのLove Storys』アスキー、二〇〇〇年）

一種「魔女狩り」のように、「女」の後ろにあらぬ「もののけ」の妄想を見ているのは、ここでは研究者・注釈者自身ではないだろうか。

（三田村雅子「もののけという〈感覚〉」『源氏物語の魅力を探る』翰林書房、二〇〇二年）

物の怪を解釈し、物の怪として解釈することは、「物の怪」を生みだすことと同義である。『源氏物語』研究を魔女狩りにしないためには、まずはこのことの自覚が必要である。

六条御息所の「もののけ」

―交錯する視線の中に―

原岡文子

はじめに

葵の巻での車争いをきっかけとする生霊事件、そして二十五年の歳月を経ての二度に亙る死霊としての登場など、『源氏物語』正篇において六条御息所は「もののけ」[*1]と関わって最も大きく登場する女君である。正篇を貫く六条御息所の「もののけ」については、取り憑く側の命題を深く掘り下げ、女君としての苦悩を描き込めるまことに画期的なものであったことが、歴史資料の精査を踏まえ藤本勝義氏[*2]によって指摘されるところであった。

一方六条御息所、そしてその「もののけ」登場に関わる箇所を顧みる時、「見る」こと、視線の様々な交錯が浮かび上がることに気づかされる。『源氏物語』に固有の「もののけ」の在り方は、この視線の交錯の中に鮮やかに具象化され、重い意味を込められたものとして捉えることができるのではないか。以下考察を試みることとする。

1　「見られる」六条御息所

六条御息所が「徹底的に見られる存在である」ことは、鈴木日出男「車争い前後」[*3]に大きく指摘されている。当該論を踏まえつつ、「見られる」六条御息所の在り方について、改めて目を向けてみよう。

　六条わたりも、とけがたかりし御気色をおもむけきこえたまひて後、ひき返しなのめならんはいとほしかし。されど、よそなりし御心まどひのやうに、あながちなることはなきも、いかなることにかと見えたり。女は、いとものをあまりなるまで思ししめたる御心ざまにて、齢のほども似げなく、人の漏り聞かむに、いとどかくつらき御夜離れの寝ざめ寝ざめ、思ししをるることいとさまざまなり。

（『源氏物語』夕顔（一）一四七頁）[*4]

夕顔の巻に「六条わたり」として登場した女君は、やがて物語の再編成に伴い葵の巻で「六条御息所」と据え直される女君とほぼ重なるものと捉えて差し支えあるまい。「六条わたり」の、光源氏よりも年上で、風雅な邸に「心にくく」（夕顔　一四二頁）暮らす高貴な女君、という在り方は、そのまま六条御息所に流れ込む属性であった。加えて「齢のほども似げなく、人の漏り聞かむに、いとどかくつらき御夜離れの寝ざめ寝ざめ、思ししをるることいとさまざまなり」の部分には、「人」の目、「見られる」ことを畏怖する在り方が浮かび上がる。説かれるように「人の漏り聞かむに」という推量形は、葵の巻での切迫した視線の交錯とは隔たりのあるものではあろうが、[*5]ともあれこの女君は「見られること」、人のまなざしを極度に意識する人物としてその当初より立ち現れていた。

まことや、かの六条御息所の御腹の前坊の姫宮、斎宮にゐたまひしかば、大将の御心ばへもいと頼もしげなきを、幼き御ありさまのうしろめたさにことつけて下りやしなまし、とかねてより思しけり。院にも、かかることなむと聞こしめして、「故宮のいとやむごとなく思し時めかしたまひしものを、軽々しうおしなべたるさまにもてなすなるがいとほしきこと。斎宮をもこの皇女たちの列になむ思へば、いづ方につけてもおろかならざらむこそよからめ。心のすさびにまかせてかくすきわざするは、いと世のもどき負ひぬべきことなり」など、御気色あしければ、わが御心地にもげにと思ひ知らるれば、かしこまりてさぶらひたまふ。

（葵（二）一八頁）

「世の中変りて後」（葵一七頁）と、桐壺帝譲位に伴う政情の変化を語って開始される葵の巻冒頭部、「六条御息所」と据え直されたその女君は、「まことや」の語によって引き出された。桐壺帝と光源氏、そして左右大臣家という華麗な栄華の世界の裏側から、その「反世界側の物語」[*6]として語り起こされたのが六条御息所の物語であった。軽い思いつきを表すはずの「まことや」という転調の言葉は、実は『源氏物語』において殆どの場合重い意味を担っているという。[*7]六条御息所の父は、後に「故父大臣」(葵　三五頁)の名で姿を現す。華やかな光源氏世界の裏側に、日の目を見ることなく沈められた六条御息所の亡父大臣、そして夫であった亡き「前坊」の夢とその挫折とが、闇の中の幻さながらに浮かび上がろうか。そしてその「前坊」妃であった女君は、今「頼もしげな」い光源氏の態度に、いっそ娘と共に伊勢に下ってしまおうかとまで心痛する人となった。

この時、桐壺院ははっきりと光源氏の六条御息所に対するつれない態度を「聞こしめし」た上で、「御気色あし」く息子の「すきわざ」を叱責している。こうした光源氏の女性関係をめぐる帝の心配はもとよりはじめてのことではない。例えば紫の上との噂を耳にした帝の、葵の上、左大臣家の厚志を忘れぬように窘める姿が既に紅葉賀の巻に見える。ただしこの時には、父の諫めに恐縮する光源氏を、帝は「いとほしく」(三三五頁)見るばかりであった。さしたる好色沙汰の噂もないのに、「いかなるものの隈に隠れ歩きて、かく人にも恨みらるらむ」などと嘆息する帝は、この時点では光源氏の女性関係について何ほどの明確な情報も持ちえぬまま、葵の上方への漠然とした同情を口にしたにすぎない。

比べて葵の巻の場合、帝の情報、噂を踏まえる事態の把握は極めて具体的で明確である。そしてその噂の主六条御息所を慮っての叱責は、「人のため恥がましきことなく、いづれをもなだらかにもてなして、女の恨みな負ひそ」とまで畳み掛けるように重ねられた。恐縮しつつも光源氏は、この父に藤壺のことが知られたら、とむしろそちらに畏怖の念を抱くのであった。だからこそ彼は、父の諫めを思い、また六条御息所への痛みを弁えながら、けれど相も変わらず彼女の処遇を表立って整えぬままである、と続く。

こうして光源氏のつれなさが桐壺院の耳にも達し、さらにそれが「世の中」の風評となった事実に、「いみじう思し嘆きけり」（一九頁）と、深く傷つくのは六条御息所その人であった。つまり葵の巻当該箇所では、六条御息所の置かれた状況が極めて具体的に、そして明確に院、また世間の目に晒され、さらにそのように見られ、噂されることが刃となって六条御息所を傷つける構図がくっきりと示されていることになる。紅葉賀の巻の帝の諫めは、少なくとも葵の上方に何らかの形で影響を与える力を負うことがなかった。

『源氏物語』の中で、これまで基本的にそれぞれ個別に光源氏と関係を築いていた女君、その物語が明確な情報として父帝の耳に届き、逆にそのことでさらに傷つく女君を描く、という構造は、物語世界がやがてそれぞれの女君の物語を関係づけ、長編物語へと再構築しようとする動き[*8]に連なるものでもあったろうか。既に「いづれをも」の、院の言葉に葵の上方と六条御息所方との葛藤関係が像を結び始めている。綱目のような関係構造の構築が、ここに図られ、やがて葵の上と六条御息所との対立、葵の上の死、そして二人の退場を経て、紫の上と光源氏との一対の長編物語の展開が図られることとなった。

こうした六条御息所をめぐる風評を踏まえ、「かかることを聞きたまふにも、朝顔の姫君は、いかで人に似じと深う思せば、はかなきさまなりし御返りなどもをさをさなし」（葵　一九頁）という朝顔の姫君の反応が記されたのも、「相対的な確かさをもって御息所という他者を見つめることのできる一つの重要な視点[*9]」の提示となるものであろう。六条御息所の在り方を見据えることで、朝顔の姫君はその轍を踏むまいとする自身の生き方を確かなものとする。例えばかつて藤壺は、「世がたりに人や伝へん」（若紫（一）二三二頁）と、光源氏との道ならぬ逢瀬の行方を案じた。けれども当然のことながらそうした風評、噂は物語の中で実体に裏づけられたものとなることなく終わっている。その意味で、六条御息所という女君は、『源氏物語』においてその人の置かれた状況をめぐる極めて明確な情報、風評をはじめて実体を踏まえるものとして現実化し、様々な視線に具体的に晒される姿を刻まれ、さらにそのことを自ら知っていっそう傷つく姿を刻まれる存在にほかならないと述べることが許されるであろう。

こうした外からの視線に晒され、「見られる」ことによって深く傷つく六条御息所の在り方を最も端的に示すことになるのが、車争いの場面にほかならない。生霊発現の最大の契機となったこの事件は、先に触れたかつての「前坊」妃の誇りを無慙にも踏みにじる源氏の扱いへの心痛の中で、伊勢下向をさえ考え迷う「もの思し乱るる」（葵　二二三頁）日常の慰めにもと、御息所が密かに出掛けた斎院御禊の物見の際の出来事であった。葵の上一行が無理矢理さし退けさせた車の中に、「網代のすこし馴れたるが、下簾のさまなどよしばめるに、いたうひき入りて、ほのかなる袖口、裳の裾、汗衫など、物の色いときよらにて、ことさらにやつれたるけはひしるく見ゆる車二つ」があったという表現により、六条御息所の物見を暗示するのは、もとより高雅な風情を湛える、夕顔の巻の「六条わたり」形象の延長上に六条御息所を位置付けてのことである。

同時に「見ゆる」の語が、御禊の喧噪のただ中の人々の視線を浮かび上がらせる。六条御息所は、ありありその風雅な風情を「見られる」存在としてクローズアップされた。だからこそ身をやつしての物見を、それと知った葵の上の供人たちが、「さばかりにては、さな言はせそ。大将殿をぞ豪家には思ひきこゆらむ」と、真っ向から「前坊」妃の矜持を深く抉る言葉と共に、車を押し退ける展開が拓かれる。

つひに御車ども立てつづけつれば、副車の奥に押しやられてものも見えず。心やましきをばさるものにて、かかるやつれをそれと知られぬるが、いみじうねたきこと限りなし。榻などもみな押し折られて、すずろなる車の筒にうちかけたれば、またなう人わろく、悔しう何に来つらんと思ふにかひなし。

（葵　二三頁）

右の箇所について、『岷江入楚』が、「心やましきとは車なとやりのけられて物もみえぬさま也　それよりもわさとやつし忍ひ給へるをはや御息所としりていよ〱さしのけたる所をねたう口おしう思ひ給ふと也是物のけになるへきはしめ也」[10]と述べるのは示唆深い。ここでは「ものも見えず」以下、六条御息所に関する敬語が全く消滅する。六条御息所と従者たちとの共通感情が、語り手の共感によって取り押さえられてい[11]るとも考えられるところだが、人目に「それと知られ」たことを最大の恥とし、また車の榻を折られたことを「人わろく」思うという感情は、「六条わたり」の「人の漏り聞かむに、いとどかくつらき御夜離れの……」と、人目を顧慮する条を思い起こさせる。

さらにこの心情は、車争いの後、思い切って伊勢へ、と決断しようとしつつ「世の人聞きも人笑へにならんこと」（葵　三一頁）と惑う六条御息所その人の固有に貫かれる感覚、「人笑へ」と見事に符合するものにほかならない。あたかも六条御息所の心情に憑かれように、語り手が生のままのかたちでその心情を表現するが故に、敬語が消滅しているとみるべきところであろう。

六条御息所に関して以後明らかに敬語が消滅するのは「かの姫君と思しき人のいときよらにてある所に行きて、とかくひきまさぐり、現にも似ず、猛くいかきひたぶる心出で来て、うちかなぐる」（葵　三六頁）など、あくがれ出た魂、「もののけ」のなす行為の場合である。例えば若き日の光源氏をめぐる「さるは、限りなう心を尽くしきこゆる人にいとよう似たてまつれるがまもらるるなりけり、と思ふにも涙ぞ落つる」（若紫　（一）

二〇七頁）の敬語消滅の条も思い起こされる。若紫を垣間見た光源氏は、密かな思慕の対象である藤壺との相似に驚き、この少女に吸引される。この時藤壺への思慕に発するもの狂おしさに憑かれ、乗り移られたかのように、語り手は光源氏の心情を生のまま語り出し投げ掛けるのだった。

2　「見る」六条御息所へ

六条御息所の場合も、その内面のもの狂おしさ、言い換えれば「もののけ」への可能性を孕む情動の故に、語り手は敬語を忘れ、その心情を我知らず憑かれるように伝えることになったのである。古注の「是物のけになるへきはしめ也」とは、その意味で極めて妥当な見解と言える。

そのただならぬ思いが、煎じ詰めれば、「それと知られ」たことに発していることは、葵の巻冒頭以来の桐壺院、朝顔の姫君をはじめとする人々に「見られ」ており、また「見られること」に傷つく在り方に裏付けられる時、六条御息所の強い自尊心と裏腹な恥の感覚、屈辱感を証し立てるものとして重く機能する。「見られること」に傷つき、そして「人笑へ」に戦くこと、これを見られている自分を顧み、見られている自分を「見る」感覚と捉えることも許されるであろう。六条御息所の「ねたきこと限りなし」という強い心情は、「人笑へ」の感覚の延長に発した。

ものも見で帰らんとしたまへど、通り出でん隙もなきに、「事なりぬ」と言へば、さすがにつらき人の御前渡りの待たるるも心弱しや、笹の隈にだにあらねばにや、つれなく過ぎたまふにつけても、なかなか御心づくしなり。げに、常よりも好みととのへたる車どもの、我も我もと乗りこぼれたる下簾の隙間どもも、さらぬ顔なれど、ほほゑみつつ後目にとどめたまふもあり。大殿のはしるければ、まめだちて渡りたまふ。御供の人々うちかしこまり心ばへありつつ渡るを、おし消たれたるありさまこよなう思さる。

影をのみみたらし川のつれなきに身のうきほどぞいとど知らるる

と、涙のこぼるるを人の見るもはしたなけれど、目もあやなる御さま容貌のいとどしう出でばえを見ざらましかばと思さる。（葵　一二三～一二四頁）

続く場面では、「帰らんとしたまへど」「御心づくしなり」等々、敬語が復活する。六条御息所は、ここで鮮やかにに光源氏を「見る」存在として象られることとなった。「見で」「見ざらましかば」の二つはもとより、「見る」の語は、「ささの隈檜隈川に駒とめてしばし水かへ影をだに見む」の『古今和歌集』歌を踏まえる「笹の隈」なる引き歌表現の背後にも潜められている。また、「みたらし川」に「見」るが掛けられていることは言うまでもない。六条御息所の車のあることさえ知らずに、つれなく「御前渡り」する光源氏の姿が、専ら六条御息所の視線に添った語り手により浮き彫られていく。ほほ笑みながら様々に趣向を凝らした車に目を止め、また左大臣家の姫君葵の上の車の前を、「まめだち」通る光源氏の、常にも増しての美しさはどうであろう。語り手は、押し退けられつつも光源氏の姿を待たずにはいられない六条御息所の在り方を、「心弱しや」と批評しつつ、御息所の目に添って光君の見事な風姿を刻むのであった。副車の奥、さりげなく風雅に装われた車の中で、つれない男の姿に人知れず凝らされた視線、その心象は、「笹の隈」との引き歌表現を踏まえて語られ、さらに「影をのみ……」と自らの身の憂さを噛み締める歌によって哀切に象られた。身を苛む屈辱感の一方で、「出でばえを見ざらましかば」と嘆息する六条御息所の愛執、光源氏への執着はしめやかだが底深い。

先に引いた夕顔の巻の場面には引き続いて「霧のいと深き朝、いたくそそのかされたまひて、ねぶたげなる気色にうち嘆きつつ出でたまふを、…見たてまつり送りたまへとおぼしく、御頭もたげて見出だしたまへり」（二四七頁）とあり、光源氏を見送る「六条わたり」の視線が沈められるところであった。「御頭もたげて見出だし」た女君の視線の先に朝帰っていく光源氏の美しい風姿が浮かび上がる。そもそも「六条わたり」は、その登場の場面から『源氏物語』の女君たちの中で、すぐれて光源氏の「朝明の姿」（夕顔　一四二頁）を見送る姿を象られる存在[*12]でもあった。風雅な感性故にも、とりわけ惹きつけられずにはいられない光源氏の風姿の魅惑に囚われつつ、帰り行くその人を見送る「六条わたり」の視線が、車争いの場面にいっそう鮮やかに立ち現れることとなったと言うべきであろう。

視線を媒介に、「もののけ」が立ち現れる構図がほの見えてこよう。傷ついた誇りを胸に、風雅であること故にも、誰にもまして光源氏に深く惹かれ、その輝かしさを、食い入るように「見」つめる女君が、葵の上方から「見られ」、車を押し退けられ、決定的なものとなった光源氏との距離を実感した時の愛執の深さはいかばかりか。視線の交錯の果てにまさしく「もののけ」は立ち現れる。

果たして車争いをきっかけに、御息所の悩ましさは「ものを思し乱るること年ごろよりも多く添ひにけり」（葵　三〇頁）と募り、一方、葵の上方では「御物の怪めきていたうわづらひたま」うという状況が示され、何事かを暗示するかのような不気味さが浮び上がる。二人の女君の様を交互にクローズ・アップしながら、六条御息所その人の「もののけ」発動の瞬間を盛り上げる物語の方法は見事と言うほかあるまい。

大殿には、御物の怪いたう起こりていみじうわづらひたまふ。この御生霊、故父大臣の御霊など言ふものありと聞きたまふにつけて、思しつづくれば、身ひとつのうき嘆きよりほかに人をあしかれなど思ふ心もなければ、もの思ひにあくがるなる魂は、さもあらむと思し知らるることもあり。
（葵　三五～三六頁）

六条御息所が耳にしたのは、葵の上が「もののけ」のために病んでいるという情報に止まらなかった。取り憑いた生霊が御息所その人の「故父大臣」の霊だというのである。「まことや……」の語に込められた政治の闇が不意にまたここで浮かび上がる趣でもある。「聞」いたその人は改めてわが身を振り返る。わが身には「身ひとつのうき嘆きよりほかに」人を害しよう、などという心は少しもない。けれど、「思し知らるることもあり」という言葉で明かされるのは、あの御禊後、「夢」に葵の上らしき高雅な姫君を「うちかなぐる」わが姿が「見え」ることが重なった、という状況であった。

当該箇所に先立って、葵の上に取り憑いた「もののけ」について、「この御息所、二条の君などばかりこそは」（三二頁）と葵の上方は噂している。けれど正体不明のままの「もののけ」の跳梁に、桐壺院の見舞いもしきりなのをはじめ「世の中あまねく惜しみきこゆる」様を、六条御息所は「聞きたまふ」につけて、「ただなら」ぬ思いであったと記されている。六条御息所はまず、噂を耳にする。自らがどう見られているのか、どう噂されるのか、もとよりそれはその人への、世の人々の視線を意味する。「見られる」こと、視線に晒され、そのことに傷つき、逆に自身を顧みる構図がここにも再び鮮やかに浮上する。さらに顧みた自身の内側には、「人をあしかれ」と願う思いはさらにないのだけれど、夢に「見」るのは高貴な姫君への思い寄らぬ暴力行為だという。視線の交錯はここにも執拗に繰り返されることに気づかざるをえない。車争いの折に哀切な光源氏へのまなざし、「見る」姿を刻まれた六条御息所は、ここでは「見られる」ことを契機に、傷を負いつつ自らを顧みる、という形で再び自身を「見る」姿を現すこととなった。

やがて葵の上は結局無事に出産する。と、それを「聞」いた六条御息所の胸の内には「ただなら」ぬ（四二頁）ものがあったという。さらに自身を顧みれば、葵の上に危害を加える自覚などいっこうないままに「あやしう、我にもあらぬ御心地」のまま、なぜか護摩に焚く「芥子の香」の染みついて離れぬままの「御衣」は「疎まし」く、まして「人の言ひ思はむこと」に思いを致すにつけ、茫然自失の状態はひとしおのものとなるばかりであった。

「もののけ」発動は、六条御息所の幻影のようにも、またまぎれもない現実であるかのようにも描かれる。染みついた「芥子の香」さえ、六条御息所の心身の弱体化、痛みがそれを実感させるようにも読みとれる。ともあれ視線の交錯の中に六条御息所の身体の「違和[*13]」はひとしお加速し、一方の左大臣家では無事男子出産の安堵の中で光源氏、左大臣以下参内の隙をつくかのように「御胸をせきあげ」た（四六頁）葵の上が絶命する。視線の交錯の果てに遂に最後の事態がもたらされたのであった。

先立っての「もののけ」と光源氏との対面の場面に立ち戻ろう。

……、例はいとわづらはしう恥づかしげなる御まみを、いとたゆげに見上げてうちまもりきこえたまふに、涙のこぼるるさまを見たまふは、いかがあはれの浅からむ。

あまりいたう泣きたまへば、心苦しき親たちの御事を思し、またかく見たまふにつけて口惜しうおぼえたまふにやと思して、「何ごともかうな思し入れそ。さりともけしうはおはせじ。いかなりともかならず逢ふ瀬あなれば、対面はありなむ。大臣、宮なども、深き契りある仲は、めぐりても絶えざなれば、あひ見るほどありなむと思せ」と慰めたまふに、…（葵　三九頁）

産褥に苦しむその人を労る光源氏は、思いがけず常の端然とした「御まみ」と異なる葵の上の弱々しげなまなざしと、にもかかわらぬ凝視のいじらしさに心打たれる。泣き続ける葵の上に、縁も深い夫婦、そして親子の間柄なのだから、例え万一のことがあっても、……、と慰め続ける光源氏に返されたのは思い寄らぬ言葉だった。

「いで、あらずや」の打ち消しに続いて詠まれた、「なげきわび空に乱るるわが魂を結びとどめよしたがひのつま」の歌に込められた愛執の念は切なくも激しく、、その姿はまぎれもなく六条御息所その人だったという。つまりまざまざと光源氏の前に姿を現す「もののけ」を刻む直前に置かれたのが、この葵の上産褥のまなざしなのであった。葵の上が身体も弱り行く中で常とは異なるまなざしに捉えられた、ということなのでもあろう。けれどこのまなざしは、加持祈祷の最中「すこしゆるべたまへや。大将に聞こゆべきことあり」（三八頁）と、葵の上が語り、左大臣夫妻さえ場を少し退いて後の、夫婦の対面の最中に置かれたものである。さらにその直後に「もののけ」発動の露わな叙述が続くことを顧みる時、ここに二重写しに六条御息所その人の光源氏への愛執のまなざしが浮かび上がることは否めまい。

光源氏を、「いとたゆたげに見上げ」たままじっと見守り続ける女君、――「見る」女君、六条御息所の在り方がここに再び浮かび上がろう。一方左大臣夫妻すらやや身を遠ざけた当該場面では、葵の上その人にはっきりと向き合うのは光源氏その人に限られていた。「その人にもあらず変」（四〇頁）ってしまった女君の風情の前で、「あやしと思しめぐら」した光源氏は「もののけ」の正体を六条御息所その人と確信する。

　人のとかく言ふを、よからぬ者どもの言ひ出づることと、聞きにくく思してのたまひ消つを、目に見す見す、世にはかかることありけれと、疎ましうなりぬ。（四〇頁）

六条御息所の生霊という人々の噂を、光源氏もまた「聞」いていた。けれど噂をうち消していた彼が、にもかかわらず目の当たりにしたのが六条御息所その人の気配だったのである。「目に見す見す」と、光源氏その人の視線が前面に迫り出される。「もののけ」をめぐって、ここでは光源氏のまなざし、そしてまた世の人々のまなざし、噂の交錯が確認されることを付け加えておこう。

中宮の御事にても、いとうれしくかたじけなしとなむ、天翔りても見たてまつれど、道異になりぬれば、子の上までも深くおぼえぬにやあらん、なほみづからつらしと思ひきこえし心の執なむとまるものなりける。（若菜下（四）二三六頁）

さて二十五年を経て、紫の上の瀕死の床に姿を現した死霊は、「天翔りても見たてまつれど」と語っている。六条院を遙かに天翔り中宮のこと、また源氏のことを見守り続けてきた目が在ったことがまず明かされた。

人はみな去りね。院一ところの御耳に聞こえむ。おのれを、月ごろ、調じわびさせたまふが情けなくつらければ、同じくは思し知らせむと思ひつれど、さすがに命もたふまじく身をくだきて思しまどふを見たてまつれば、今こそ、かくいみじき身を受けたれ、いにしへの心の残りてこそかくまでも参り来たるなれば、ものの心苦しさをえ見過ぐさでつひに現はれぬること。さらに知られじと思ひつるものを。（同　二三五頁）

死霊自らの言葉の中に、源氏を「見たてまつ」り続け、そして女楽の後の紫の上との物語の折、「心よからず憎かりしありさま」が語り出されたことへの怨めしさを契機に噴き出た「心の執」故に、紫の上に取り憑いたものの、その人の病を嘆く源氏の姿を「見過」ごすことができず姿を現した、とある。まつわりつくように光源氏をなお見続ける六条御息所の愛執のまなざしがありあり確認される。そしてまた愛執は、紫の上との間で話題にされたこと、噂の種となったことを契機にものけとなって噴き出すこととなる展開である。

「見られる」こと、噂、そして「見る」ことという視線の交錯はなお生々しく刻まれる命題であった。

女三の宮出家後、死霊は再登場する。「かうぞあるよ。いとかしこう取り返しつと、一人をば思したりしが、いとねたかりしかば、このわたりにさりげなくてなむ日ごろさぶらひつる。今は帰りなむ」（柏木（四）三一〇頁）と、「うち笑」い、哄笑の中に遙かに去って再び姿をみせることのない死霊は、もはや光源氏を「見る」という六条御息所固有の属性を伴わない。六条御息所の「もののけ」の終焉としてまことに象徴的と言うべきだろう。

そしてまた、紫の上に取り憑く死霊は、「同じくは思し知らせむ」と激情を語り、「髪を振りかけて泣くけはひ」さへうとましいが、一方に、「なほみづからつらしと思ひきこえし心の執なむとまるものなりける」と愛執の恐ろしさを自覚し、「今は、この罪軽むばかりのわざをせさせたまへ」と罪に思いを致し、切実に救いを求める姿をみせていることが浮かび上がる。怨みと妬みとの一方で、その目がもう一度自分に回帰するという固有の構造も、しかしもはや女三の宮をめぐる死霊には見出し得ない。今一つの目を失った「もののけ」、また「見る」という属性を失った「もののけ」は、これ以上六条御息所と結び付く必然性を持たず、それ故この後の登場の可能性は断ち切られたということでもあろう。

3 「もののけ」、交錯する視線の中に

さて『源氏物語』の「もののけ」を問題にする時に、常に引き合いに出される『紫式部集』の歌にしばらく目を転じたい。

絵に、物の怪のつきたる女のみにくきかたかきたる後に、鬼になりたるもとの妻を、小法師のし

ばりたるかたかきて、男は経読みて物の怪せめたるところを見て

亡き人にかごとをかけてわづらふもおのが心の鬼にやはあらぬ

返し

ことわりや君が心の闇なれば鬼の影とはしるく見ゆらむ[*14]

（一三一～一三二頁）

先に触れたように葵の巻で六条御息所の「もののけ」を目の当たりにしたのは、煎じ詰めれば光源氏その人に限られていた。死霊自ら「人はみな去りね。……」などと語る以上、第二部の死霊出現の場面にも、この原則はどうやら貫かれているようである。とすれば、男、光源氏の「心の鬼」が、「もののけ」の像をありありと結ばせる、という図式は『源氏物語』に一貫するものにほかならない。「心の鬼」とは、「疑心暗鬼」、「気のとがめ」、或いは「内面の奥底にある心の働き[*15]」を意味するものであるという。自身の心の側の痛みが、「もののけ」の像を結ばせる、という考え方はいかにも近代的[*16]な合理性を持つ考え方であって、光源氏の六条御息所への心の痛み、疚しさが「もののけ」出現の源にある、ということなのだとすれば、作者紫式部は、古代の人々の中にあってまことに突出した「もののけ」観を負い、それによって六条御息所の「もののけ」を刻んだことになる。

確かに紫式部が、学び得た法相唯識の思想[*17]を踏まえ、光源氏の「心の鬼」でもあるかのように、そしてまた先に辿り見たように心身を病む六条御息所の幻影でもあるかのように、六条御息所をめぐる「もののけ」を創造したことは事実だろう。そしてそこに、「もののけ」となるまでの女君の苦悩を描き込める、『源氏物語』の「もののけ」の固有の深みが見出されることも確かである。

けれども一方で、ふと疑問が心を過ぎる。それは作者の突出したはずのもののけ観を、「ことわりや」とい

ともさりげなく受け止めた返歌[*18]の詠み手の存在に関わる。「紫式部が〈もののけ〉を実体のないはずの幻影にすぎないと見抜いていると賞賛する一方で、それを見抜けるのも心が闇に閉ざされているから」だと、詠み手は「揶揄[*19]」する。往時にあって極めて突出した「もののけ」観を示されたのだとしたら、多少なりとも驚嘆、或いは受け止めかねる衝撃がむしろ示されるべきではないのか。「揶揄」の中に逆にその衝撃が封じ込められたのだとしても、「ことわりや」の出だしはいかにもさりげなく穏やかに見える。

また『紫式部日記』を顧みれば「御物の怪どもかりうつし、かぎりなくさわぎののしる。月ごろ、そこらさぶらひつる殿のうちの僧をばさらにもいはず、山々寺々をたづねて、験者といふかぎりは、残るなく参りつどひ、三世の仏も、いかにかけりたまふらむと思ひやらる。陰陽師とて世にあるかぎり召し集めて、やほよろづの神も、耳ふりたてぬはあらじと見え聞こゆ[*20]」（一八頁）「西には、御物の怪うつりたる人々、御屛風ひとよろひを引きつぼね、局口には几帳を立てつつ、験者あづかりあづかりののしりゐたり。南には、やむごとなき僧正・僧都かさなりゐて、不動尊の生きたまへるかたちをも呼び出であらはしつべう、頼みみ、恨みみ、声みなかれわたりたる、いといみじう聞こゆ」（一八～一九頁）等、寛弘五年九月十日、中宮彰子の敦成親王出産をめぐる「もののけ」跳梁を見据える紫式部の目は、繰り広げられる現象を修験者や高僧の加持祈祷の尊さに感動しつつ緊張の中に辿る趣である。ここには実体のない幻影を見ている、といった視座は到底見受けられない。つまり紫式部は、一方に「もののけ」の跳梁をいとも自然に受け止めつつ、彰子のお産の行方を案じる記事を留め、他方六条御息所の「もののけ」描写に深く繋がる「心の鬼」という視座を贈歌に残し、しかもその視座に答歌の詠み手はさほどの衝撃を見せずに向き合っているということになる。こうした様々な齟齬をどう読み解くべきなのか。

そもそも「もののけ」とは何であろう。「人にとりついて悩まし、病気にしたり死にいたらせたりするとされる死霊・生霊・妖怪の類。また、それらがとりついて祟ること。邪気」（『日本国語大辞典』第二版）とある。これらはまた「修法・加持祈祷などによって調伏する」（『岩波 古語辞典』）ものであった。例えば「前典侍為邪霊被狂、與大臣拏攫、其意気忽怒不可謂云々」（『権記』[*21]長保二年十二月十六日）など、霊や邪気の跳梁を記す記録の記事は様々に溢れる。『紫式部日記』も、そして数多の記録も極めてリアルな現実として「もののけ」跳梁を書き記した。紫式部も含め、往時の人々が「もののけ」、そしてその跳梁を、実体として受け止めていたことは疑いもない。

『……御物の怪こはくて、いかがと思し召ししに、大嘗会の御禊にこそ、いとうるはしくて、わたらせたまひにしか。「それは、人の目にあらはれて、九条殿なむ御うしろを抱きたてまつりて、御輿のうちにさぶらはせたまひける」とぞ、人申しし。げにうつつにても、いとただ人とは見えさせたまはざりしかば、ましておはしまさぬ後には、さやうに御まぼりにても添ひ申させたまひつらむ』

『さらば、元方卿・桓算供奉をぞ、逐ひのけさせたまふべきな』

（『大鏡』[*22]一七一頁）

試みに掲げた『大鏡』の一節の話題は、狂疾に悩む「冷泉院」の存在である。師輔一統の繁栄の礎石ともなった安子所生の冷泉帝は、元方の「物の怪」による狂疾をその幼時より悩む皇子であった。ところが「大嘗会の御禊」の折、当の帝には心配された醜態もなく、滞りなく行幸は終えられた。それについて、背後から、帝を抱き支えるほど祖父師輔、「九条殿」の霊の守護が固かったのだと、「人」が噂したのだと、世次は語る。と、侍はそれなら当の「元方卿・桓算供奉」の怨霊をも退けられそうなもの、と茶化してみせる。

この展開は図らずも往時の「もののけ」、霊なるものの受け止め方の一方の側面を示すもののように思われる。師輔の霊が現れ冷泉帝を守護した、という在り方は「人申しし」と語られるものであった。つまり霊や「もののけ」の正体、取り憑く理由などについては、自明のことであるより、ある解釈、人の噂、推測といった問題に繋がる場合が少なからず存在する、ということではなかったか。「もののけ」の存在自体、「もののけ」の跳梁を、自明のこととして受け止めつつ、なおその正体や取り憑く理由等については、外側から人々が推測し、考え、噂する事柄として受け止める、という側面を往時の人々もまた併せ持っていた。だからこそ世次の、「人」がそのように語っていた、という伝聞を踏まえる解釈を、侍はもしそうだとしたら簡単に元方などの怨霊だって退けられそうなもの、と異なる解釈の可能性を持ち出して茶化す展開が可能となった。

ちなみに『大鏡』の「物の怪」の語例を顧みると、敦明親王の東宮退位の願いをめぐり、道長の「ただ冷泉院の御物の怪などの思はせたてまつるなり」（一二五頁）と、自身の判断を述べる条や、「御物の怪のするなり」（一二九頁）と、気丈に判断して「御祈ども」をさせる母娍子の姿を描く箇所など、特定の人物の判断や人の噂、言葉に関わるものが意外に多いことに気づかされる。平安時代においても、「もののけ」は跳梁の実体への無条件の信頼と同時に、その正体や取り憑く理由に関しては、解釈や噂と不可分な要素を負っていたことが確認されよう。

だからこそ逆に例えば『栄花物語』は、「ただ冷泉院の御物の怪のせさせたまふなるべし」[*23]（花山たづぬる中納言　一三三頁）など、花山院の出家の意向について、冷泉院に取り憑いている元方の霊のなせるわざか、と推測する中納言義懐の姿を描くことで、兼家等の謀略の真相隠蔽の一助ともしているのではなかったか。或いはまた、『源氏物語』において瀕死の柏木を案じる父大臣の呼び寄せた「陰陽師など」（柏木　一九三頁）は、柏木に取り憑いたものを「女の霊」とする。密通事件の果ての病いという事の真相など思いも寄らない父の悲痛な努力の空転を、柏木が「何の罪とも思しよらぬに。占ひよりけむ女の霊こそ、まことにさる御執の身にそひたるならば、厭はしき身をひきかへ、やむごとなくこそなりぬべけれ」と、小侍従に語るアイロニーも想起される。

『紫式部集』の歌に立ち戻ろう。突出した紫式部の「もののけ」観を、にもかかわらずさりげなく受け止めた詠み手の在り方は、こうした往時の「もののけ」と、それを見る人の推測や解釈、噂との結びつきを顧みる時、極めて自然な向き合い方として納得される。紫式部の固有の視座は、むしろ往時の人々の漠然とした無意識の中に息づいていた、「もののけ」をめぐる解釈や推測、視線、人の噂といった問題を、はっきりと意識化し、それを歌に詠んだということにあった。

それかあらぬか当該歌にもまた、「…物の怪せめたるところを見て」「しるく見ゆらむ」など視線がまつわり続ける。[*24]「もののけ」は、解釈し、推測し、そしてそのように噂するものであったという意味で、「見る」こと、「見られる」ことと極めて密接に繋がる命題にほかならない。

ここにこそ六条六条御息所と、「見る」「見られる」との結びつきが改めて必然的なものとして浮かび上がろう。光源氏の六条御息所へのつれなさは、風評となって院の耳に達し、さらに院の心痛までも含めた噂が六条御息所に届く。「もののけ」の正体や、取り憑く理由をめぐり立ち現れることとなる噂、風評、推測というものが、まず「六条御息所」の登場にまつわりつくのは偶然であるまい。「もののけ」発動の伏線が既にここに在る。風評、視線の中で「人笑へ」に六条御息所は戦く。やがての車争いは、「見られ」、押し退けられたわが身を顧みる屈辱と、光源氏を「見る」その人の哀切なまなざし、という視線の交錯をまざまざ実感させる。

「もののけ」発動は、こうした六条御息所をめぐる視線の交錯の突出のただ中に立ち現れるものであった。「もののけ」の正体を「六条御息所」、「故父大臣」の霊と推測し、噂する人々が一方にある。それはまた、「まことや」と引き出された、光源氏世界の裏側の「前坊」「故父大臣」をめぐる政治的野望とその挫折の闇を窺わせる物語の叙述が、必然化する風評でもあった。

六条御息所は、そのように見られ、噂されることにより深く傷つきつつ、自身の内側を顧み、身体の違和をいっそうのものとするほかない。六条御息所は、まさに視線の交錯の中に、取り憑く側の心身の揺れ、苦悩を刻み上げられる存在として、『源氏物語』が新たに創造した女君であった。

おわりに

視線の交錯は、世の人々のまなざしと、六条御息所の光源氏への憧れを込めたまなざし、そしてまた自身の内面を顧みる六条御息所のまなざしに連なることに止まらない。同時に光源氏その人の視線、六条御息所への痛みの命題をも炙り出すことをも確認したい。様々な視線の交錯の中に、女君の苦悩と、そして対する主人公光源氏の生の冥い翳を浮き彫りにするものとして、六条御息所の「もののけ」はまことに固有の重さを持つものとなっている。

注

＊1　もともと眼に見えぬ霊的存在の「けはひ」が「物の気」とされたのであり、従来の「物の怪」と表記は、むしろ「物の気」と考えるべきだという（南波浩『紫式部集全評釈』（一九八八年、笠間書院）二六一頁、森正人『源氏物語と〈も

ののけ〉』（二〇〇九年、熊本大学ブックレット⑤）。こうした見解を踏まえ以下本稿での表記は「もののけ」とする。

＊2 『源氏物語の〈物の怪〉』（一九九四年、笠間書院）など。

＊3 鈴木日出男『源氏物語虚構論』（二〇〇三年、東京大学出版会）

＊4 『源氏物語』の本文は、小学館新編日本古典文学全集による。

＊5 ＊3に同じ。

＊6 小林美和子「複線型叙述の物語に於る効果」『王朝の表現と文化』（一九九九年、笠間書院）

＊7 例えば若菜下の巻で、密事を引き起こす柏木も、「まことや、衛門督は中納言になりにきかし」と呼び起こされる。

＊8 大朝雄二『源氏物語正篇の研究』（一九七五年、桜楓社）三七二頁。

＊9 ＊3に同じ。

＊10 『岷江入楚』葵　四六二頁（一九八四年、武蔵野書院）。なおこの辺りの問題については拙稿「六条御息所考」『源氏物語の人物と表現』（二〇〇三年、翰林書房）参照。

＊11 ＊3に同じ。

＊12 ＊10の「六条御息所考」参照。

＊13 三田村雅子「もののけという感覚」『源氏物語の魅力を探る』（二〇〇二年、翰林書房）、なお三田村論文は「もののけ」を「関係性の病」と指摘する。

＊14 『紫式部集』本文は、新潮古典集成による。

＊15 ＊1の『源氏物語と〈もののけ〉』参照。

＊16 『紫式部集全評釈』（＊1参照）、ただし同書は「心の鬼」について、さらに夫の死後の、自身の運命をめぐる「煩悩」と響き合うものとする。

＊17 丸山キヨ子「源氏物語の仏教―その源泉の一部について―」『源氏物語の仏教』（一九八五年、創文社）

＊18 返歌の作者については、侍女、宣孝、兄弟姉妹など諸説分かれるところである。

＊19　＊15に同じ。
＊20『紫式部日記』本文は、新潮日本古典集成による。
＊21『権記』本文は、増補史料大成による。
＊22『大鏡』本文は、小学館新編日本古典文学全集による。
＊23『栄花物語』本文は、小学館新編日本古典文学全集による。
＊24「亡き人に…」の四四番歌から四七番歌まで、「四首の歌絵の歌」（山本淳子「紫式部集の方法」『紫式部集論』（二〇〇五年、和泉書院））が続いており、「絵」と関わる以上当然のことながら「見る」の語は後半の二首にも現れる。ただし四五番歌の「見ゆらむ」は特別な使い方であろう。

『源氏物語』における〈物の怪コード〉の展開

―六条院の物の怪・再論―

土方洋一

序

『源氏物語』におけることばのコード的機能[1]の特徴として、次の二点が上げられる。

ひとつは、物語の重要なコードの多くが、歴史的コンテクストによって意味づけられているということ。これは従来、「准拠」とか「モデル」等の用語で説明されてきたこととある程度重なるが、そこでのコードは単なるイメージ上の問題ではなく、物語展開の方向を決定する磁場になっているという意味で、物語を読み解く上で見過ごすことのできない観点である。

今ひとつは、この物語の中に張り巡らされている複数のコードは、個々に独立して機能しているのではなく、互いに連動する形で機能しているということ。本稿で以下に検討を加える例でいえば、二つのコードが表裏の関係にあり、一方が物語の表面で作動しているときには、一方は背後に沈んでいて、表面で作動していたコードが後退すると、それと入れ替わりに背後にあったコードが浮上してくる、というような現象が見られる。

こうした物語の特徴について、かつていくつかの論文で私なりに考察を加えてみたが[2]、それから少なからず時間が経過していることでもあり、与えられた機会に改めて検討を加えてみたいと思う。

1　死霊の登場

若菜下巻、六条院において華麗な女楽が催される。盛儀が果てた後、紫の上はにわかに発病し、やがて病床は二条院へ移される。二条院は、紫の上が少女時代から長く光源氏とともに暮らした邸宅で、「わが御私《わたくし》の殿とおぼす」（若菜上④93）[*3]本願の地であった。

光源氏は紫の上の看病のため二条院にいることが多くなり、女房たちも移動して、六条院は人少なになる。柏木の侵入は、その隙に乗じて起こった事件であった。紫の上の発病が、柏木と女三の宮との密通事件の引き金になっていることは明らかである。女三の宮の降嫁に始まる紫の上の懊悩の日々は、その発病と六条院における紫の上の不在という事態を招き寄せ、それがまた密通事件を惹き起こすという負の連鎖が、光源氏の栄華を象徴する邸宅である六条院を凋落へと導くのである。

柏木の密通事件の直後、二条院では紫の上が危篤に陥る。ひとたび息が絶えたかのように見えた紫の上は、駆けつけた光源氏の懸命の加持により息を吹き返すが、「小さき童」に駆り移された物の怪は、自らが六条御息所の死霊であることを告白する。

いみじく調ぜられて、「人はみな去りね。院一ところの御耳に聞こえむ。おのれを、月ごろ、調じわびさせたまふが情なくつらければ、同じくは思し知らせむと思ひつれど、さすがに命もたふまじく身をくだきて思しまどふを見たてまつれば、今こそ、かくいみじき身を受けたれ、いにしへの心の残りてこそかくまでも参り来たるなれば、ものの心苦しさをえ見過ぐさでつひに現はれぬること。さらに知られじと思ひつるものを」とて、髪を振りかけて泣くけはひ、ただ、昔見たまひし物の怪のさまと見えたり。

（若菜下④235）

「ただ、昔見たまひし物の怪のさまと見えたり」というのは、葵の上に取り憑いた六条御息所の生霊と対面した折のことを指す。憑坐に乗り移った物の怪の言動が、閃光のように、光源氏の脳裏に忌まわしい生霊の記憶を蘇らせるのである。

紫の上の病苦の原因が六条御息所の死霊であったことが、ここで判明する。澪標巻で死去してから実に十八年、御息所の亡魂は消滅することなく、六条院のあたりをさまよい続けていたというのである。それは、この物語をはじめて読む読者にとっては意表を衝かれる展開のはずである。

六条御息所は誇り高く、「心の執」の強い女性として造型されている。物語世界への正式の登場は葵巻においてだが、登場する早々、年下の愛人、光源氏から冷淡に扱われ、屈託した日々を送っている様が語られている。そのうちに、光源氏の正妻、葵の上が懐妊する。葵の上は左大臣家の姫君で、光源氏にとっては添臥にあたる。しかし、御息所とて大臣家の娘で前東宮妃、身分上の遜色はないという気位がある。さらには、賀茂の斎院の御禊の日、葵の上一行との間で車争いが起こり、多くの見物の面前で屈辱的な目に遭わされる。御息所が生霊となって葵の上に取り憑く経緯については、充分な心理的背景が設定されている。

あさましい生霊となった姿を見られ、かつ葵の上が死去したことにより、光源氏との仲は決定的に破綻する。御息所は新斎宮に卜定された娘に付き従って、伊勢へ下向する決意を固める。この伊勢下向は、事実上、御息所と光源氏との別離を意味するのだが、下向の直前には、嵯峨野の野宮を舞台に、訪問した光源氏との間に嫋々たる別れの場面が用意されている。数年後に帰京したあと、御息所は病を得て死去するが、その際にも、見舞いに訪れた光源氏に別れを告げ、娘の斎宮の後事を託すという場面が用意されている。

このように、物語世界から退場するにあたっての御息所への処遇は、それなりに手厚いと言えるのであり、御息所と源氏との恋の物語は、御息所の死とともに終わったものとして読むほかはない。はるか後年になって、死霊となって出現し、祟ることがあるかもしれないという予想が成り立つようには書かれていないのである。*4

若菜下巻では、女楽の果てた後、光源氏が紫の上との対話の中で過往のことを回想し、交流のあった女君たちの人柄を懐かしむ。その会話の中で、御息所の人柄について触れたことが、死霊の発動のきっかけになったことが示唆されている。

しかし、光源氏が他の人物との会話の中で御息所のことを話題にする場面なら、もっとその死に近い時期、薄雲巻で斎宮女御と語り合う場面にもある（薄雲②459〜460）。そこではまったく御息所の霊が発動する気配はない。

斎宮女御は御息所の娘だからかまわないので、紫の上のように御息所がライヴァル視する女君との間で話題にされたことがその誇りを傷つけたということか。あるいは、その人柄について批判的に言及されたことが気に障ったのか。

詮ずるところ、二人の対話の場面は直後の紫の上の発病を予定してのもので、その原因となる死霊の登場への準備として、対話の中で御息所が話題にされているというのが実情であろう。

御息所の死霊は、紫の上の発病の直接の契機として設定されているけれども、紫の上が発病に至るほどの心労を抱えていたことは、女三の宮の降嫁以来の叙述の中で充分に語り尽くされている。紫の上の発病は、長年にわたり光源氏との間で築きあげてきたと信じていた愛情の紐帯が引き裂かれたと感じ、しかもその苦悩を表に出すことを自制してひたすら忍従の日々を送ってきたことに由来する。発病の原因として、ことさらに六条御息所の死霊を十八年ぶりに召還しなければならない理由はない。御息所の死霊の出現は、一見物語の展開上必然性に乏しく、読者にとっても意表を衝かれる出来事であるという意味で、唐突の感を免れない。

しかしながら、そのような唐突さにもかかわらず、この場面には異様なリアリティがあり、さもありなんと感じさせられるような説得力があることも事実である。本稿では、物語のコードという視点から、このあたりの錯綜を解きほぐすことを試みる。

2　物の怪の言い分

六条院の女楽の前年には、冷泉帝が退位している。この冷泉朝の終焉が、六条御息所の死霊の発動と関わりを持つという見解も、広く行われている*5。

冷泉朝の中宮（秋好中宮）は御息所の娘、かつての斎宮女御で、御息所の遺言を護った光源氏の後見により、中宮としてときめいていた。そのことにより、御息所の亡魂は鎮まっていたと考えるのである。娘が中宮であることによって御息所の怨恨が鎮められるという観念も、わかりやすいものではないが、仮にそうであるとして、しかし冷泉帝は皇嗣を持たぬまま譲位し、秋好中宮の栄華も一代限りのものとして終わってしまう。その結果、死霊が再び発動すると見るのである。

この仮説は、長い間姿を消していた御息所の霊が、なぜ若菜下巻において出現するのかという問題に、一つの解答を与えてくれる。冷泉帝の退位→死霊の発動→紫の上の発病→女三の宮の密通、と、事件は直線的に連鎖していることになる。ということは、六条院世界に決定的な亀裂を生ぜしめた女三の宮密通事件のそもそもの発端は、冷泉帝の退位にあったということになり、六条院の繁栄は、冷泉が帝位にあることと密接に関連していたことを証しているということにもなる。

そのような読み方が可能であることを認めた上で、御息所の死霊の発動にはなお引っかかる点がある。死霊が口にしているように、御息所の亡魂がさまよっている根本の原因が光源氏に対する執着にあるのだとすれば、死霊が発動する対象は光源氏に対してであるべきで、紫の上に取り憑く理由は薄い。

具体的に、物の怪の言い分を見てみよう。

「①中宮の御事にても、いとうれしくかたじけなしとなむ、天翔りても見たてまつれど、道異になりぬれば、子の上までも深くおぼえぬにやあらん、なほみづからつらしと思ひきこえし心の執なむとまるものなりける。②その中にも、生きての世に、人よりおとして思し棄てしよりも、思ふどちの御物語のついでに、心よからず憎かりしありさまをのたまひ出でたりしなむ、いと恨めしく。今はただ亡きに思しゆるして、他人《ことひと》の言ひおとしめむをだに省き隠したまへとこそ思へ、とうち思ひしばかりに、かくいみじき身のけはひなれば、かくところせきなり。この人を、深く憎しと思ひきこゆることはなけれど、まもり強く、いと御あたり遠き心地してえ近づき参らず、御声をだにほのかになむ聞きはべる。③よし、今は、この罪軽むばかりのわざをせさせたまへ。修法、読経とののしることも、身には苦しくわびしき炎とのみまつはれて、さらに尊きことも聞こえねば、いと悲しくなむ。④中宮にも、このよしを伝へきこえたまへ。ゆめ御宮仕《みやづかへ》のほどに、人ときしろひそねむ心つかひたまふな。斎宮におはしまししころほひの御罪軽むべからむ功徳のことを、かならずせさせたまへ。いと悔しきことになむありける」

（若菜下④236～237）

この長大な物の怪のことばの内容は、四点に要約される。

①中宮への手厚い処遇に対しては感謝しているが、それよりも源氏に対する「心の執」のほうが強い。

②紫の上との対話の中で、自分の人柄について批判的に言及したのが恨めしい（紫の上本人に対しては怨みは

ない)。

③自分の亡魂の滅罪のために祈祷をしてほしい。

④中宮にも、自分のことを念頭に功徳を積むように伝えてほしい。

①と②は、物の怪となって出現した理由に関する内容であり、③と④とは、自分の亡魂を救うための手当てを依頼する内容であると整理することができる。

ここで注意されるのは、冷泉帝の退位にはまったく触れるところがないこと、また光源氏への「心の執」が強いが、源氏は「まもり」が強いために、代わりに紫の上に憑いたように述べていることである。

このことばをそのまま受け取るならば、物の怪の発動は、やはり光源氏その人への執着が動機であり、紫の上はいわばその代替物にすぎないということになる。

光源氏への執着ゆえに、あさましい死霊の姿になっている、というのが物の怪自身の言い分である。物の怪が紫の上に取り憑く理由も、従来このことばの延長線上で理解されてきている。葵の上、紫の上、女三の宮と、六条御息所の霊が取り憑くのがみな光源氏の正妻格の女性であることも、御息所の憑霊現象が愛執ゆえのものであることの証左だと見なされている。

しかしながら、葵巻の生霊事件の折には、御息所の妄念を察し、強い衝撃を受けていた源氏が、死霊になった御息所に対しては、高貴なかつての愛人に対する敬意をまったく払っていないことをどう考えるか。

物の怪に対ひて物語したまはむもかたはらいたければ、封じこめて、上をば、また他方に忍びて渡したてまつりたまふ。(同④237)

死霊のことばは、ひたすら光源氏へ向けて、長々とかき口説くように続くが、それに対して源氏は「かたはらいたし」としか思わず、そのまま調伏の手を緩めず封じ込めてしまう。物の怪は、六条御息所の霊でありつつも、「いとつらし、つらし」（同④236）と泣き叫ぶなど、おぞましい悪霊的側面を見せている。そのせいもあってか、光源氏は物の怪の六条御息所的な側面にまったく顧慮しようとせず、ただ性の悪い物の怪として調伏しにかかるのである。御息所の死霊出現を、悲しい女の愛執のためと見る見方からすると、この源氏の態度は冷酷で非情なものと映りかねない。

源氏は物の怪の襲来をわが身の報いととらえてはいるようだが、紫の上が蘇生した後に、

言ひもてゆけば、女の身はみな同じ罪深きもとゐぞかしと、なべての世の中いとはしく、かの、また、人も聞かざりし御仲の睦《むつ》物語にすこし語り出でたまへりしことを言ひ出でたりしに、まことと思し出づるに、いとわづらはしく思さる。（同④241）

とも内省しているように、御息所の物の怪発動を、女の身の罪深さに一般化してとらえており、女性的なるもの全般に対する嫌悪とも受け取れる感情を抱くに至っている。源氏が若き日に犯した罪の応報として、その罪が集約された形で物の怪が出現するという見方も、源氏の側にその意識が乏しいという意味では、物の怪事件の一面をとらえたものに過ぎないと言わざるをえない。

六条御息所の死霊が唐突に出現する理由は、なお不透明なままである。

3　王権からの断絶

六条御息所は、はじめから心に傷を負った女性として物語に登場する。それは直接には、すでに光源氏の気持ちが離れていることによるのだが、その誇りと傷心の根底にあるのは、彼女自身としては一度も口にす

ることのない、前東宮妃という立場の女性であるということでなければならない。

彼女の父親は、当時威勢のあった大臣で、御息所はその姫君として、桐壺朝の最初の東宮である前坊の妃として宮中に上った。前坊がそのまま位につけば立后も夢ではなく、父大臣も外戚として政治の実権を掌握する寸前まで行っていた。しかるに、前坊が夭折し、おそらくその失意のために父大臣も死去し、一族の野望はもろくも崩壊した。葵・賢木両巻の記述からは、そのような物語前史を読みとることができる。[*6]

御息所が光源氏を通わせるようになったのは、おそらくその後のことである。

前坊妃の恋愛は、絶対のタブーというわけではないのかもしれないが、好ましいものとは考えられていなかった。[*7]桐壺院が御息所にたえず心を配り、疎略に扱わぬよう源氏に訓戒したりするのも、元東宮妃という格式の重さから来るものであろう。

『紫明抄』は、夕顔巻の注に、

六条御息所［秋好中宮御母前坊御息所］六条院［干時中将］密通事（割注を［　］で示す）

と記し、源氏と御息所との恋の始発を〈密通〉と表現している。前坊の死後のことであっても、二人の関係は倫理的に問題のある関係だったと捉えているのであろう。

葵巻冒頭で語られる前坊妃の設定からは、藤原忠平女貴子のイメージが浮かび上がってくる。貴子は、醍醐朝の東宮保明親王の妃となり、保明親王の死後、弟宮の重明親王に再嫁したと、『大鏡』は記す。その記述に従う文献も少なくないが、貴子が重明親王に再嫁したという明証はなく、おそらく貴子の妹寛子が重明親王の妃となったことによる混同である。重明親王と寛子との間に生まれたのが徽子女王で、後に村上天皇の後宮に入り斎宮女御と呼ばれた。伊勢の斎宮の経歴があるからだが、彼女は後に娘の規子が斎宮に卜定された時、付き従って再び伊勢に下向している。前坊妃にまつわるこのいわば歴史的な混同が、六条御息所の造型に影を落とし、御息所の伊勢下向、娘の斎宮女御（秋好中宮）の冷泉帝への入内という展開の言語的磁場となっている。

一方、大臣の娘で同じく東宮保明親王妃であった女性に、藤原時平女仁善子がいる。仁善子と東宮との間に姫君はいなかったようだが、藤原時平の娘にして東宮妃というイメージは、同じく時平の娘で宇多院の寵妃であった褒子を連想させる。褒子は、宇多院が主たる御在所を六条院から河原院へ移した際に唯一帯同した妃とも言われ（『大和物語』）、京極御息所という呼称は六条京極の河原院に在住したことに由来する。六条御息所の前坊妃という設定が、仁善子経由で京極御息所褒子にまで及ぶ連想を誘うのは、それ以前に夕顔巻という一巻が存在することも影響している。[*8] 夕顔巻で起こる「なにがしの院」の怪異事件は、正体のわからない物の怪の仕業と解されるが、葵巻で六条御息所の生霊事件が起こる際に、読者の連想が遡及的に夕顔巻の怪異事件に及ぶのは避けられない。河原院はもと源融の邸宅で、融の死後、子息の昇が朝廷に献上して、宇多上皇の別院となっていた。

その河原院に、宇多院と京極御息所が滞在しているとき、源融の霊が現れ、二人を脅かしたという有名な説話（『江談抄』等）は、夕顔巻の怪異事件に投影している。

葵巻での前坊妃六条御息所の登場は、一見唐突なようだが、夕顔巻と葵巻とをリンクさせ、その背後に前坊保明親王の周辺の女性を想起させる強力なイメージ喚起力を持っているのである。

その京極御息所は、宇多院の在世中から、色好みの皇子として知られる元良親王と密かに通じていたらしい。[*9] 宇多院の寵妃が、「一夜めぐりの君」[*10] とあだ名された色好みの元良親王と関係を持ったことは、前坊妃である六条御息所と光源氏との間の関係がそうであるのように、重大なスキャンダルであった。

この六条御息所の背後にちらつく京極御息所のイメージは、澪標巻で死去する際に改めて浮上してくることになる。澪標は、光源氏の住吉参詣にちなんだ巻名だが、歌語としての澪標は、あまりに有名な元良親王の歌のイメージと結びつく。[*11]

わびぬればいまはたおなじ難波なるみをつくしても逢はむとぞ思ふ

『後撰集』に「事出で来てのちに、京極御息所につかはしける」という詞書とともに入集している歌である。『元良親王集』によってたどることのできる元良親王と京極御息所との密通の秘話は、当時の人々には共有されている知識であった。物語の中では正面から語られることのない六条御息所と光源氏との恋の内実は、京極御息所と元良親王との恋の逸話でイメージ的に補塡されるように書かれているのである。[*12]

澪標巻で御息所が死去するのを契機に、この京極御息所コードは後退し、代わって斎宮女御の父、重明親王の妃のイメージと紛れる「前坊妃」のイメージが浮上してくる。重明親王の娘、斎宮女御徽子女王が村上天皇の後宮に入ったように、前坊妃の娘、斎宮女御（秋好中宮）が冷泉帝の後宮に入り、光源氏の後見を受けて繁栄する。

その冷泉朝が終焉すると、斎宮女御コードは消滅し、それと入れ替わるように、背後に沈んでいた京極御息所コードが再び浮上してくる。京極御息所コードは、別名〈物の怪〉コードであり、同時に〈密通〉コードでもある。六条御息所と光源氏との関係の内実を補塡していた〈密通〉のイメージは、御息所の死後歳月が経った今では、別の人間関係に変換されて機能することになる。宇多院の生前から発生していた京極御息所と元良親王との密通のイメージが、光源氏の〈妃〉である女三の宮と柏木との密通へとスライドされていくのである。

冷泉朝の終焉が六条御息所の死霊の発動につながる理由は、物語を生成してゆくコード関連性という側面からも、確かに確認できるのである。

4　六条院の鎮魂の構造―野分巻について―

ここで六条御息所の死去と、その死霊の出現の間に位置する、第一部の六条院物語について考えてみる。光源氏の本邸は、母更衣の里邸の二条院であったが、松風巻でその東隣に二条東院が造営され、さらに少女巻にいたり、にわかに六条院が造営され、女君達はあわただしく新造の六条院へ引き移る。

八月にぞ、六条院造りはてて渡りたまふ。未申の町は、中宮の御旧宮なれば、やがておはしますべし。辰巳は、殿のおはすべき町なり。丑寅は、東の院に住みたまふ対の御方、戌亥の町は、明石の御方と思しおきてさせたまへり。もとありける池山をも、便なき所なるをば崩しかへて、水のおもむき、山のおきてをあらためて、さまざまに、御方々の御願ひの心ばへを造らせたまへり。（少女③78）

光源氏の邸宅に関する、わずか数年の間のあわただしい動きは、構想の変更という観点から多くの論がなされているが、薄雲巻で藤壺宮が崩御し、それを契機に、冷泉帝が出生の秘密を知ることと関係があるかもしれない。冷泉帝の父親として影の皇統譜に組み込まれた光源氏の〈御所〉として位置づけられる本邸が必要になったということではないか。少女巻のはじめのほうで斎宮女御が立后することも、六条院造営の動機の一つと考えられる。それまで放置されていた六条御息所邸が、中宮の里邸として位置づけられることになったとき、その場所を中心に光源氏の本拠を拡大するという構想が生まれたのであろう。*13

六条院の四方四季の構成は、民間信仰に類例をもつが、[*14]四つの町にそれぞれ女君を配するという構図は、「擬似王権」とも呼ばれるように、後宮をイメージさせるものでもある。[*15]同時に、その四つの町は、それぞれ、藤壺（春）・夕顔（夏）・六条御息所（秋）・桐壺更衣（冬）という、死者たちの霊を鎮魂する機能をも担っていた。六条院は王権をイメージさせる場所であると当時に、鎮魂の構図を秘めた儀礼的な空間でもある。[*16]

これも古註以来指摘されているように、六条京極というその場所は、源融の営んだ風雅な邸宅、河原院を彷彿とさせる。源融の亡魂が死後も河原院にとどまって出現するのは、嵯峨天皇の皇子でありながら王権から遠ざけられた怨みと関わるように解釈されている（『大鏡』基経伝、等）。六条院の落成は、そこが六条御息所の故地であることに、再び読者の眼を向けさせる。

六条院を主な舞台とする以後の物語は、玉鬘を中心に展開するが、ここで注目されるのは野分巻の存在である。

野分巻の冒頭では、八月の野分によって六条院の庭園が蹂躙されたことが語られるが、その八月は「故前坊の御忌月」であるとされている。

これを御覧じつきて里居したまふほど、御遊びなどもあらまほしけれど、八月は故前坊の御忌月なれば、心もとなく思しつつ明け暮るるに、この花の色まさるけしきどもを御覧ずるに、野分例の年よりもおどろおどろしく、空の色変りて吹き出づ。花どものしをるるを、いとさしも思ひしまぬ人だに、あなわりなと思ひ騒がるるを、まして、草むらの露の玉の緒乱るるままに、御心まどひもしぬべく思したり。

（野分③263〜264）

中宮の父前坊のことも、賢木巻で新斎宮として参内したとき以来、久々に話題になることだが、この文脈で八月が「故前坊の御忌月」であることが明示される必要は特にない。六条院を襲う野分が、前坊及び御息所の怨念と何らかの関わりを持つことが暗示されているのではないか。いわば、物の怪発動の一歩手前まで行っている感がある。

この時点で、内大臣の娘で光源氏の養女格である玉鬘の入内の可能性が視野に入ってきているが、玉鬘が冷泉帝の後宮に入れば、すでに立后しているとはいえ、秋好中宮と競合する関係になる。こうした成り行きが、秋好の守護霊たる御息所の霊を刺激していると読むことが可能である。

この直後に、六条院に見舞いに訪れた夕霧が、紫の上を垣間見るという場面が来る。

大臣は、姫君の御方におはしますほどに、中将の君参りたまひて、東の渡殿の小障子の上より、妻戸の開きたる隙を何心もなく見入れたまへるに、女房のあまた見ゆれば、立ちとまりて音もせで見る。御屏風も、風のいたく吹きければ、押したたみ寄せたるに、見通しあらはなる廂の御座にゐたまへる人、ものに紛るべくもあらず、気高くきよらに、さとにほふ心地して、春の曙の霞の間より、おもしろき樺桜の咲き乱れたるを見る心地す。あぢきなく、見たてまつるわが顔にも移り来るやうに、愛敬はにほひ散りて、またなくめづらしき人の御さまなり。御簾の吹き上げらるるを、人々押さへて、いかにしたるにかあらむ、うち笑ひたまへる、いといみじく見ゆ。花どもを心苦しがりて、え見棄てて入りたまはず。（中略）けはひ恐ろしうて、立ち去るにぞ、西の御方より、内の御障子ひき開けて渡りたまふ。

（野分③264～265）

この夕霧の垣間見は、将来起こるかもしれなかった夕霧と紫の上との密通の伏線になっていると読める。[*17]

その夕霧の垣間見は、時ならぬ野分という出来事を契機として発生した。御息所の霊が依然として〈密通コード〉を背負っていることの、一つの表われと見ることができる。

しかし、御息所の霊のあからさまな発動も、夕霧と紫の上との密通も、可能性として伏在するだけで、この時点では実現しなかった。冷泉帝と秋好中宮の存在が、それらの実現を阻んでいる。

六条院物語の時点での〈物の怪コード〉の潜在を、以上のようにとらえることができるとすれば、冷泉帝の退位により、その潜勢力が抑圧しきれず現実化するのが、若菜下巻の死霊の発動であり、同時にそれは柏木の密通事件につながるものでもあるという脈絡が見えてくる。

5　光源氏の栄華の深層

若菜下巻が始まる早々、冷泉帝が退位し、秋好中宮とともに上皇御所である冷泉院へ引き移る。中宮の里邸という六条院の中核的な性格、御息所鎮魂の中心的な機能が、ここで失われる。

こうして長年物語の背後にうごめいていた御息所の霊が発動する契機が生じるが、光源氏自身は神仏の守りが強く、取り憑くことができない。その身代わりとして、御息所の死霊は紫の上を襲う。

紫の上に襲いかかる六条御息所の死霊は、本稿の呼称によれば〈物の怪コード〉の具体化された形象であるが、物語のストーリー上の所与の性格を超えた、諸々の歴史上の敗者のイメージがそこに覆い被さった複合的な負のエネルギーの集合体のようなものだと考えた方がよい。

光源氏の異数の栄華は、多くの政治的敗者の怨念の上に成り立っていた。その諸々の敗者の怨念は、消滅せず負のエネルギーとして潜在することで、逆に光源氏の栄華を支えていた。冷泉帝が皇嗣を得ないまま退位し、秋好中宮も六条院を去った今、政治的敗者の怨念は再び顕在化する。それが、若菜下巻の死霊発動の真の意味である。

光源氏自身もまた、劣り腹の皇子として王権から疎外され、立坊から即位へという正規のルートとは異なる形で異数の栄華へと到達した主人公であった。物語の中で生動している政治的敗者の怨念は、一面においてそうした光源氏の栄華を支えるエネルギーとなり、また逆向きに働けば、光源氏世界を崩壊へと突き動かす負のエネルギーともなる。

物語の進行に応じて、その正負両面を持つ言語的エネルギーが反転を繰り返しつつ表われるところに、この物語を領導していくことばの力の特異性がある。

その物語を領導していくことばの力が、最後に、かつ負の力が極まった形で表出するのが、女三の宮の出家の場面である。

出家を望む女三の宮は、「常よりもいとおとなびて」（柏木④301）おり、源氏の必死の説得にも「頭ふりて、いとつらうのたまふとおぼしたり」（同④307）という仕草も、若菜下巻で出現した折の物の怪の仕草と同じである。物の怪の仕業で心ならずも出家に駆り立てられることがあるとは、朱雀院と源氏との会話の中でも話題になっていることで（同④306）、ひたすら出家を望む女三の宮の、いつになくかたくなな態度の背後には、物の怪の働きかけのあることが暗示されている。

そして、女三の宮がついに出家を遂げた直後に姿を現わす物の怪。それはもはや六条御息所的な要素をすっかり失った悪霊そのものであるように感じられる。

後夜の御加持に、御物の怪出で来て、「かうぞあるよ。いとかしこう取り返しつと、一人をば思したりしが、いとねたかりしかば、このわたりにさりげなくてなむ日ごろさぶらひつる。今は帰りなむ」とてうち笑ふ。いとあさましう、さは、この物の怪のここにも離れざりけるにやあらむ、と思すに、いとほしう悔しう思さる。（同④310）

この物の怪のことばによれば、攻撃の対象は紫の上から女三の宮へと移ったものの、祟っている真の対象はやはり源氏その人であったように読める。そして、「今は帰りなむ」というのが、これを最後に退散するという意味であるとすれば、物の怪の目的は、女三の宮が出家したことで達成されたということになる。

この物の怪の最後の登場場面で古註以来指摘されているのは、敦明親王妃延子の事例である。右大臣顕光の娘延子は、後一条朝の最初の東宮敦明親王の妃となったが、道長方からの圧力により敦明親王が東宮位を辞退したこと、さらには道長女寛子が敦明に嫁したことを怨み、死後、父顕光とともに怨霊となって寛子に取り憑き、出家に追い込んだ（『栄花物語』「みねの月」）。

顕光と延子の霊は、王権から遠ざけられたことを怨み、王権と一体化して栄えている道長一族に祟る怨霊であり、そうした政治的理由で怨霊化する霊こそが、当時の読者にとってなじみの深いものであった。

そうした経緯をふまえて考えるならば、御息所の死霊が女三の宮に憑くのには、おそらく光源氏の正妻ゆえという理解を超えた深層の理由があることが見えてくる。

冷泉朝の終焉後も、光源氏は朱雀院の皇女女三の宮を正妻にしており、今上帝との結びつきも深い。代替わりをしても、朱雀院皇統と密着している光源氏家は従前同様に繁栄を約束されている。女三の宮の出家は、光源氏家と朱雀院皇統とのつながりを断ち切る意味を持っている。もちろん、今上帝には明石の女御が入内していて、その間に東宮も生まれ、依然として光源氏家は皇統とつながっているのではあるが、そのような光源氏家の繁栄を呪詛する意志として、〈物の怪コード〉が機能していることには変わりがない。そのコードの持つ政治性を、光源氏という超絶的な主人公に対する女の妄執というイメージでコーティングするところに、それが一貫して六条御息所の霊でなければならない理由があった。

おわりに

すでに多くの指摘がなされているように、『源氏物語』というテクストは、作中の事績、人物等の多くの側面において、歴史上実在した出来事や人物への強い配慮を示している。それは、『源氏物語』以前の物語にも、以後の物語にもほとんど見られない、独自の物語世界創造の方法である。

本稿で取り扱った〈物の怪〉出現の場面においても、それぞれに先行する史実や説話的話柄が背後にあることを指摘できるのだが、物語を通して〈物の怪〉の主題がそれだけ重要な意味を持つということは、歴史的には敗者のイメージをもって見られている人々への意識がそれだけ強いということを意味している。

一般に言われているように、この物語の制作の場が、一条天皇中宮、彰子の後宮であったとすれば、この物語がとりわけ強く歴史的敗者へ視線を投げかけていることをどう考えればよいのか。

また、コード化された形で物語の中に織り込まれた、それらの歴史的敗者への眼差しは、個々に独立して布置されているのではなく、相互に関連づけられ、精妙に連動する形で物語のストーリーを形成していくためのエネルギーとなっている。そこに見られる精妙にして巧緻なことばの組み立ては、物語制作者個人の構想や執筆意図というような次元を超えているもののようにも感じられる。

この物語が、こうした精緻な言語世界を達成するに至ったのは、どのような経緯からであるのか。依然として、筆者はこれらの問いに答えることができない。

なお考え続けたいが、現時点で感じていることを付け加えるならば、『源氏物語』というテクストの創造の根底には、おそらく物語を紡ぎ出すことによって諸霊の怨念を鎮めるという、鎮魂の発想がある。それはあるいは、〈ものがたり〉という行為の始原的なあり方といえるかもしれない。一方そこには、歴史的事実をある種の因果律によって把握し、再構成してみたいという強い意志のようなものの働きも感じられる。[*18] こうした志向がなぜ『源氏物語』において強く発現するのかは、まだ充分に解明することができないが、少なくとも、平安時代を通じて、仮名物語が娯楽性の強い消費財として享受されていたことと対比するならば、『源氏物語』の創造は、物語を超えた、別の何かに近づいていく試みであったということは言えるのではないだろうか。〈物の怪〉という形をとった政治的敗者への眼差しの、この物語の筋立て上の重要性は、おそらくそうした文学史上の突然変異現象と密接に関わっているように予想される。

注

*1　本稿で使用する〈コード〉という用語は、「出来事や場面の背後に潜在する記号化された意味」のことをいう。

*2　土方『源氏物語のテクスト生成論』（二〇〇〇年、笠間書院）に収めた諸論文。特に複数のコードの連動に関しては、「第2章　六条院の光と影」を参照のこと。

*3　以下、本文の引用は小学館新編日本古典文学全集により、巻数頁数を示す。

*4　御息所が死去した後、光源氏が娘の前斎宮に贈る哀傷歌に、「降りみだれひまなき空に亡きひとの天かけるらむ宿ぞかなしき」（澪標②315）とあるのを、御息所の亡魂が再来する構想を示すと見る説があるが、結果から遡っての推論か。原岡文子「六条御息所考」（『源氏物語の人物と表現』二〇〇三年、翰林書房）参照。

*5　武者小路辰子「若菜巻と六条御息所」（『源氏物語　生と死と』一九八八年、武蔵野書院）、日向一雅「怨みと鎮魂」

(『源氏物語の主題』一九八三年、桜楓社)

*6 桐壺巻における朱雀帝の立坊との間にある年紀上の矛盾に関連して、廃太子説など様々な議論があるが、物語から素直に読み取れる前史はここに記したような経緯であろう。

*7 前坊妃ではないが、花山天皇女御であった為平親王女婉子が、天皇の退位後、藤原実資の北の方になったという例がある。この例につき、『大鏡』の語り手は「いとあやしかりし御ことどもぞかし」(師輔伝)とコメントしているが、やはり例外的な事例であったからだろう。

*8 夕顔巻がいわゆる玉鬘系の巻であることは、いま考慮に入れていない。現行巻序による読みの問題として論じているからだが、玉鬘系後記挿入説自体に対しても筆者は懐疑的である。

*9 『元良親王集』35番歌の詞書に「京極の御息所を、まだ亭子院におはしけるときけさうじたまひて、九月九日にきこえたまける」とあり、36番歌の詞書には「夢のごと逢ひたまてのち、みかどにつつみたまふとてえ逢ひたまはぬを、宮にさぶらひける清風よみける」とある(歌番号は『新編国歌大観』による)。

*10 『元良親王集』『大和物語』に見える監命婦の歌「あふことの方はさのみぞふたがらむひと夜めぐりの君となれれば」による。

*11 『源氏物語』以前の歌語「みをつくし」の用例は、元良親王の歌のほか、「君恋ふる涙の床にみちぬればみをつくしとぞ我はなりぬる」(古今集・恋一567 藤原興風)など数首あるが、あまり多くはない。

*12 皇妃に破滅的な恋をする元良親王のイメージは、おそらく桐壺帝譲位後の賢木巻あたりでの光源氏と藤壺との交渉の場面にも投影していると考えられるが、別途論じる機会を得たい。

*13 入内を予定されている明石の姫君のための里邸をあらかじめ用意しておくという側面もあり、物語の進行につれてそうした多機能的な邸宅の必要性が高まったものと考えられる。

*14 三谷栄一「源氏物語と民間信仰」(『物語史の研究』一九六七年、有精堂)

*15 深沢三千男「光源氏像の形成 序説」(『源氏物語の形成』一九七二年、桜楓社)

＊16　土方「テクスト空間の儀礼」（『源氏物語のテクスト生成論』二〇〇〇年、笠間書院）

＊17　高橋亨「可能態の物語の構造」（『源氏物語の対位法』一九八二年、東大出版会）

＊18　ここで、「歴史的事実をある種の因果律によって把握し、再構成してみたいという強い意志のようなもの」と述べているのは、〈作者〉と呼ばれるような個人の〈意志〉というよりは、テクストそのものから浮かび上がってくる〈指向性〉のようなものを指している。

憑く女君、憑かれる女君

―六条御息所と葵の上・紫の上―

湯淺幸代

1

娘への伝言

若菜下巻、光源氏の前に現れた死霊・六条御息所は、一通り己の苦しみを訴えた後、次の言葉を娘の中宮に伝えるよう依頼した。

ゆめ御宮仕のほどに、人ときしろひそねむ心つかひたまふな。斎宮におはしましころほひの御罪軽むべからむ功徳のことを、かならずせさせたまへ。（「若菜下」四―二三七頁）[*1]

宮中における「心」の保ちようと斎宮時代の「罪」の贖い――これらは御息所自身の経験に基づく、娘への誡め、そして願いであった。生前、光源氏の夜離れに苦しんだ御息所の嘆きは、生霊として正妻・葵の上に向かい、その死後も、紫の上との睦言の中で自分を貶められたために、死霊となって現れた。そのような御息所の「もののけ」化は、斎宮と共住みすることによる仏教忌避の生活、あるいは仏教を忌避する神事・賀茂祭の最中に起こっている。[*2] つまり、御息所の言う「人ときしろひそねむ心」（他人と張り合い嫉む心）とは、他者への、あるいは他者と比べられることへの過剰なまでの自意識を指し、そこに成る「心の執」（強い執念）を浄化することの難しい環境が相俟って、六条御息所の「もののけ」は生まれたのである。

……なほみづからつらしと思ひきこえし心の執なむとまるものなりける。その中にも、生きての世に、人よりおとして思し棄てしよりも、思ふどちの御物語のついでに、心よからず憎かりしありさまをのたまひ出でたりしなむ、いと恨めしく。今はただ亡きに思しゆるして、他人の言ひおとしめむをだに省き隠したまへとこそ思へ、とうち思ひしばかりに、かくいみじき身のけはひなれば、かくところせきなり。
（「若菜下」四―二三六・二三七頁）

死霊となった御息所は、明確に自分の「心の執」と「恨み」の感情を自覚している。また、光源氏の言動を非難する言葉の中に、他者の存在（傍線部）が意識されていることも確かである。しかし、生前の御息所は、「身ひとつのうき嘆きよりほかに人をあしかれなど思ふ心もなけれど」（「葵」）と、他者を恨む心に無自覚であり、[3]表現の上においても「憎し」「恨めし」といった言葉は使われていない。[4]御息所の生霊は、本人が嫉妬や怨恨といった感情を自覚する以前の、まさに累積した「もの思ひ」によってあくがれ出る魂として表現されているのである。[5]ただし、葵の上方との車争いにおいて、御息所は「人わろく、悔しう」と感じているし、葵の上が男子を出産したと聞いては「ただならず」思っており、それが後に、中宮への誡めとする「人ときしろひそねむ心」であったことは間違いない。六条御息所と中宮は、対照的ながらも運命共同体とも言うべき関係にあり、[6]特に密着した母娘関係を築いていた。[7]御息所は「もののけ」化した自分と同じ道を娘に歩ませたくなかったのである。

また、この場面における死霊の登場については、源氏の罪障意識や愛執の問題を焦点化する意義が指摘される一方、[8]深刻なもの思いに苦しむ紫の上に呼応し、女君が宗教的悟達を目指すことと対応するように死霊の登場を捉える意見もある。[9]実際、御息所と紫の上との密接なつながりは、女三の宮の元を訪れていた時、光源氏の夢に現れた「もののけ」のような紫の上にも示されている。

御息所の死霊は、紫の上に取り憑いたことについて、「この人を、深く憎しと思ひきこゆることはなけれど」（「若菜下」）と言い、源氏には仏神の加護が強くて取り憑くことができなかったように述べている。御息所の死霊が、光源氏に愛されている紫の上を憎くないはずはないであろうが、紫の上に取り憑いたのは、死霊の言葉通り、光源氏の身代わりというだけでなく、紫の上本人が既に「もののけ」化の疑われるような状態であったことと深く関っていよう。かつて、生霊化した六条御息所と同じく、紫の上にも、今は自己を揺さぶる正妻・女三の宮の存在がある。御息所の憑依を許したのは、何よりその感情と共振する紫の上自身だったのではないか。

御息所の「もののけ」に憑かれる女君が「もの思わしき女」であり、その内面こそ御息所の悪霊の良導体となることは既に指摘されている[*10]。しかしこの論考では、そのことをさらに憑く者と憑かれる者との共振・同化現象と位置づけ、その過程を物語の表現に即して検討していきたい。中でも最終的に命を落とす葵の上と紫の上に注目するが、六条御息所の死霊が、女君たちの苦悩に呼応し、光源氏の愛執の問題を浮き彫りにする理由も見えてくるはずである。

2 葵の上の「心」と六条御息所―藤壺と若紫の存在

葵の上は、左大臣家の皇女腹の姫君で、東宮からの参入要請もあったが、桐壺帝の意向を受けて光源氏の妻となる[*11]。また、元服時の添臥しであったため、源氏はまだ幼く、逆に葵の上は少し年長で、「似げなく恥づかし」と感じていた。この頃の光源氏は、元服したとはいえまだ十二歳。「上（父桐壺帝）の常に召しまつはせば」（「桐壺」）という状態であり、藤壺への思いが大きく胸の内を占めていた。また「幼きほどの心ひとつにかかりて」（「桐壺」）と語られるように、光源氏は母恋の延長で藤壺を求めており、葵の上が愛情の対象となりえなかったのも、主として源氏側の事情による。しかし、数年後、青年となった光源氏の目に、葵の上は次のように映っていた。

おほかたの気色、人のけはひも、けざやかに気高く、乱れたるところまじらず、なほこれこそは、かの人々の棄てがたくとり出でしまめ人には頼まれぬべけれと思すものから、あまりうるはしき御ありさまの、とけがたく恥づかしげに思ひしづまりたまへるを、さうざうしくて、中納言の君、中務などやうのおしなべたらぬ若人どもに、戯れ言などのたまひつつ、暑さに乱れたまへる御ありさまを、見るかひありと思ひきこえたり。（「帚木」一―九一頁）

「けざやかに気高く」というのは、皇女の血を引く深窓の姫君らしいが、雨夜の品定め中、人々が「棄てがたく」と言っていた信頼できる実直な妻として、光源氏は葵の上を眺めている。たとえ品定め中寝たふりをしていても、議論にあった夫婦としてのありよう、妻としての理想を、光源氏はしっかりと受けとめていたのである。[*12]『花鳥余情』では、この帚木巻の品定め論を受け、葵の上を紫の上とともに「女の本様」として高く評価しており、『無名草子』でも、葵の上は「めでたき女」にその名を連ねていた。[*13]これらの評価には、当時の儒教的価値観が影響していることも考えられるが、実際、光源氏自身、葵の上が世に言うところの「理想的な妻」であることを認識していたのである。それでも、そのあまりにきちんとした様子が気詰まりで、女房たちに戯れかかるのは、左馬頭の指喰いの女の体験談にあるように、「若きほどのすき心地」（「帚木」）のせいであり、「よるべとは思ひながら、さうざうしくて、とかく紛れはべりしを」（「帚木」）といったところなのだろう。おそらく、葵の上に「乱れたるところ」がないからこそ、逆に源氏は「乱れたまへる」のであり、女主人の代わりを務める女房が相手となる点でも、葵の上の関心を惹きたい様が窺える。

また、光源氏は、この後に描かれる左大臣の挨拶に対し、「暑きに」と漏らして女房たちに笑われ、「あなかま」と言って脇息に寄りかかる。語り手にも「いと安らかなる御ふるまひなりや。」と言われており、光源氏もすっかり左大臣家になじんでいた。

しかし、光源氏の藤壺への恋は、源氏の「国の親」たる宿命を帯びて動きだす。人妻・空蟬との恋は、藤壺との最初の逢瀬の代替として語られていると見る説[*14]もあるが、夕顔巻には次のような記述がある。

秋にもなりぬ。人やりならず心づくしに思し乱るることどもありて、大殿には絶え間おきつつ、恨めしくのみ思ひきこえたまへり。

六条わたりも、とけがたかりし御気色をおもむけきこえたまひて後、ひき返しなのめならんはいとほしかし。されど、よそなりし御心まどひのやうに、あながちなることはなきも、いかなることにかと見えたり。女は、いとものをあまりなるまで思ししめたる御心ざまにて、齢のほども似げなく、人の漏り聞かむに、いとどかくつらき御夜離れの寝ざめ寝ざめ、思ししをるることいとさまざまなり。

（「夕顔」一―一四六・一四七頁）

傍線部の「（源氏の君には）自らが原因となる物思いにお心を乱されることが色々あって」とは、恐らく藤壺との関係において、何らかの進展があったことを意味していよう。そのために、源氏の左大臣家への訪れは途絶えがちになる。「恨めしくのみ思ひきこえたまへり。」とは、葵の上を中心とする左大臣家の人々の心情である。また、同時に語られるのが六条御息所のありようで、こちらは恋が成就した途端、扱いが疎かになり、既に「夜離れ」の状態にあるという。波線部の御息所の様子は、葵の上ともよく似ており、上流階級の女性らしいことが窺えるが、新婚間もないこちらの女君の方が悩みはより深刻である。しかし、葵の上方も、藤壺の存在によって同じく動揺し、「恨めしく」と語られる状態であることには、やはり注意しておきたい。

そして、ついに若紫巻では、光源氏と葵の上とが不和の状態であることが語られる。女君は、父親に促されなければ、源氏の元へ渡らないようにまでなっており、光源氏は年々隔て心を強くする女君に対し、言葉を尽くして恨んでいる。しかし、既にこの時、光源氏は、藤壺によく似た少女・若紫に出会っており、実際気もそぞろであったことを思えば、葵の上の態度ばかりを責めることはできないだろう。後の紅葉賀巻で、出産のため退出した藤壺との逢瀬を期した光源氏は、再び左大臣家から足が遠のくが、さらに若紫が二条院へ引き取られることを聞いた葵の上は、「いと心づきなし」と不快に思っている。またその思いは、直接言葉にはせずとも光源氏に伝わるものであった。源氏は「心うつくしく例の人のやうに恨みのたまはば、我もうらなくうち語りて慰めきこえてんものを」（「紅葉賀」）と、葵の上が素直に「恨み」を述べないことを非難するが、一方で「つひには思しなほされなむと、おだしく軽々しからぬ御心のほどもおのづからと、頼まるる方はことなりけり。」（「紅葉賀」）と、最終的には思い直してくれるだろうと葵の上に全幅の信頼を置いていた。この思いこそ、夕霧の誕生につながるのだろうが、その頑な性格のために、葵の上の感情は内に隠りがちである。また物語中の用例から、左大臣邸における葵の上の「這ひ隠る」行為を源氏に対する「恨み言」の代替と位置づけ、葵の上が唯一漏らした言葉「問はぬはつらきものにやあらん」（「若紫」）の引歌が、物語の「もののけ」が言う「つらし」に通じるものであったとの指摘[*15]もあるように、その感情の奥底には「恨み」が沈められていた。

……わざと人すゑてかしづきたまふと聞きたまひしよりは、やむごとなく思し定めたることにこそはと心のみおかれて、いとど疎く恥づかしく思さるべし、しひて見知らぬやうにもてなして、乱れたる御けはひにはえしも心強からず、御答へなどうち聞こえたまへるは、なほ人よりはいとことなり。

（「紅葉賀」一―三二二・三二三頁）

源氏の邸へ引き取られている若紫を、大切に思い定めた妻だろうと認識している葵の上は、そればかりが気になるが、あえて知らないふりをしている。このような態度は、後述する女三の宮降嫁後の紫の上にも通じるものである。しかし光源氏は、葵の上方で戯れかかる態度を続けており、女君もつい解れて返事をしてしまうことがあるように、夫婦関係はいまだ修復可能な状態である。源氏も「何ごとかはこの人の飽かぬところはものしたまふ、わが心のあまりけしからぬすさびにかく恨みられたてまつるぞかし」（「紅葉賀」）と、夫婦不和の原因は、葵の上に不足があるからではなく、自分の心があまりにも不埒で気まぐれなせいだと感じている。また源氏は、そのような自分が葵の上から恨まれていると推測するが、女君は相変わらず直接恨んだり憎んだりすることはないのである。

しかし、葵の上が二条院の君を気にしていたことは確かであり、実際、光源氏が賀茂祭の見物に伴ったのは、この二条院の君―若紫であった。そして光源氏に同行することのなかった二人の妻が、車争いを起こすのである。光源氏は最初、葵の上の思いやりのなさに言及し、六条御息所に同情するが「なぞや。かくかたみにそばそばしからでおはせかし」（「葵」）と、最終的には両者の疎々しさ、互いの振る舞いに嘆息を漏らす。源氏に対する父帝の諫めが、この二人の女君への扱いに向けられていたように、源氏にとって二人の妻は、その身分上、同等の重さがある反面、若紫と異なり「藤壺の代わりになれない」ことにおいてもやはり同質であった。[16] しかし、この葵の上方からの「後妻打ち」[17] とも言える車争いにより、御息所は対外的な己の立場を自覚し、源氏の子を宿す葵の上を明確に意識することになる。また光源氏は、葵の上が様々な「もののけ」に苦しんでいる折、忍び歩きを遠慮し、二条院へも「ときどきぞ渡りたまふ」と語られるが、後に紫の上が病気で二条院に移された際、女三の宮のいる六条院への訪れが「まれまれ渡りたまひて」とあることに鑑みれば、苦しみの中にあって、葵の上もまた若紫という他者の存在を意識せざるをえなかったのではないか。[18] このような折、六条御息所の生霊の憑依によって、葵の上から光源氏へと言葉が発せられるのであるが、この言葉は、必ずしも御息所のものだけではなかったかもしれない。

「もの思ふ人の魂はげにあくがるるものになむありける」　（「葵」二一―四〇頁）

葵の上の魂は、夕霧出産後、源氏不在の折に天へ召された。光源氏は、生まれた夕霧が藤壺との間に生まれた若宮によく似ていたことから、宮中に参内せずにはいられなくなり、[19] いまだ生気の戻らない葵の上を置いて出かけてしまう。ただし出かける直前、葵の上のひどくやつれた様子を見た光源氏は、痛ましく思うのと同時にその美しさに感じ入り、いつになく優しい言葉をかけている。また、光源氏を見送る葵の上の様子も「常よりは目とどめて見出して臥したまへり。」とあることから、この時点においてようやく夫婦としての連帯を確認できたとする意見も多い。[*20] しかし、秋の除目のためとはいえ、源氏の外出先は、まず「院などに参りて」と、藤壺の居所が挙げられており、葵の上の見つめる光源氏が「いときよげにうち装束きて出でたまふ」と語られることに注意したい。この時の葵の上の「見出す」行為については既に指摘があるが、[*21] やはり単に男君を送り出すだけでなく、後の紫の上や雲居雁のように、愛する男を他の女の元へ見送る意が含まれていたのではないだろうか。紫の上は、朝顔の姫君の元へ向かう光源氏の「鈍びたる御衣どもなれど、色あひ重なり好ましくなかなか見えて、雪の光にいみじく艶なる御姿」（「朝顔」）を、また雲居雁は、落葉の宮の元へ向かう夕霧の「なよびたる御衣ども脱いたまうて、心ことなるをとり重ねてたきしめたまひ、めでたうつくろひ化粧じ」た姿（「夕霧」）をともに「見出し」ている。葵の上の場合は、これらの例ほどあからさまではないが、やはり大層美しく身支度を整えて出かける光源氏を見送っており、その先には藤壺や若宮がいるのである。葵の上はその事を知らないにしても、自分を置いて出かける光源氏が葵の上の見た最後の姿となったのは何とも皮肉である。また「見る」女として造型されている六条御息所のまなざしも、[*22] 葵の上のまなざしとともにその身体に交錯していたとの指摘もあり、[*23] 二人の共振・同化状態は、光源氏の外出によってさらに強められた可能性がある。

実際、葵の上にしぶとく取り憑いて離れなかった「もののけ」に対し、「この御息所、二条の君などばかりこそは、おしなべてのさまには思したらざめれば、恨みの心も深かからめ」（「葵」）と、御息所と若紫の二人がその正体として疑われていたが、葵の上自身、その性格から「恨みの心」をうまく表現することができず、その感情を内に秘めていた女君なのである。自ら生霊となるほど強い「心の執」ではなかったにしても、他者より「もののけ」の正体として俎上に上った若紫への意識は御息所の憑依を許すものであり、また藤壺の元へ向かう光源氏を追いかける遊離魂[*24]として、葵の上の魂もまた身体から抜け出したのではなかったか。無論、仏神の加護の厚い光源氏が葵の上の傍を離れた途端、勢いを取り戻した「もののけ」によって導かれた「死」とも考えられるが、葵の上の魂は、ついにその身に戻ることはなかったのである。

3　紫の上の「心」と六条御息所—藤壺と女三の宮の存在

葵の上の死後、二条院で新枕を交わし、光源氏の妻となった紫の上が、初めて嫉妬した相手は明石の君であった。

……我はまたなくこそ悲しと思ひ嘆きしか、すさびにても心を分けたまひけむよ、とただならず思ひつづけたまひて、我は我とうち背きながめて、「あはれなりし世のありさまかな」と、独り言のやうにうち嘆きて、

思ふどちなびく方にはあらずともわれぞ煙にさきだちなまし　（「澪標」二―二九二・二九三頁）

光源氏は、須磨流謫中、受領の娘・明石の君との間に一女を儲けたことを紫の上に告白する。その際、源氏は「憎みたまふなよ」と最初から女君の感情を牽制したこともあり、仕方なく紫の上は明石の君とのことを当座の慰みとして整理をつける。しかし、光源氏が明石の君のことを詳しく語る内、再び心にもたげてき

たのが右記の心情と歌である。

源氏との別離をひたすら悲しんでいた自分に対し、源氏は一時の慰めであっても、他の女君と心を通わせていた。そのことに思い至った時、「ただならず思ひつづけたまひて」と、生霊化の回路にもつながりかねない「思ひ」の累積が見られるが、「我は我」という紫の上独自の矜持がその回路を遮断する。自分より格下の明石の君にではなく、光源氏に対して向けられる「我は我」意識は、「君は君われはわれともへだてねば心々にあらむものかは」[*25]（和泉式部）等の和歌表現の蓄積を介し、孤／個を獲得した新たな表現であることが指摘されている。[*26] 元々和泉式部の歌は、敦道親王の歌「われひとり思ふ思ひはかひもなしおなじ心に君もあらなむ」の返歌であり、この歌を踏まえるならば、他の女に「心」を分けた源氏とは当然「おなじ心」ではいられない、それゆえに導かれた紫の上の「我は我」表現であったとも考えられる。また、「あはれなりし世のありさまかな」と源氏との親しい夫婦仲を過去のものとし、「思ふどちなびく方にはあらずともわれぞ煙にさきだちなまし」と、自らの「死」による愛憎関係からの脱却が示される点には、執着や同化を意図しない魂のもう一つのあくがれ方を見ることができる。この時点で、紫の上が光源氏という他者への執着に苛まれ、それに同化する（取り憑く）ことがなかったのも、光源氏側の加護や思考の問題があるにせよ、まずはこのような紫の上の心のあり方に因ると言えよう。とはいえ、それがあくまで「仮想」として詠われ、そのような形で源氏に直接訴えることができる間は、「思ひ」の累積も深刻ではない。光源氏自身、この時の紫の上の態度を「をかしう見どころありと思す。」と、余裕を持って捉えることができるのも、そのような嫉妬の様が、他者に執着し沈殿していくような性質のものではなかったからであろう。

しかし、明石の君とは異なり、紫の上の立場、いわゆる自己の存在を脅かす女君が現れた時、嫉妬の様も変化する。藤壺の死後、光源氏は故式部卿宮の姫君である朝顔の前斎院に接近するが、二人が結婚にまで至れば、この姫君が源氏の正妻となることが予想された。同じ親王の娘でも兵部卿宮の庶子である紫の上は身分的に格下であり、さらに源氏の愛情が移ればこれまで最愛の妻として扱われてきただけにその苦悩は深まる。

> 同じ筋にはものしたまへど、おぼえことに、昔よりやむごとなく聞こえたまふを、御心など移りなばはしたなくもあべいかな。年ごろの御もてなしなどは立ち並ぶ方なくさすがにならひて、人に押し消たれむことなど、人知れず思し嘆かる。かき絶えなごりなきさまにはもてなしたまはずとも、いとものはかなきさまにて見馴れたまへる年ごろの睦び、あなづらはしき方にこそはあらめ、などさまざまに思ひ乱れたまふに、よろしきことこそ、うち怨じなど憎からず聞こえたまへ、まめやかにつらしと思せば、色にも出だしたまはず。
>
> （「朝顔」二―四七八・四七九頁）

人の噂から源氏が朝顔の姫君に執心していることを知った紫の上は、自分の立場が脅かされることに独り思い嘆き、また親もなく源氏のみを頼りにしてきたこれまでの気安い関係ゆえに軽んじられるのだろうと、様々なことに思いを巡らす。また波線部のように、その思いが深刻であるために、源氏に対して容易に恨みかけることもできず、顔色にさえ出さない状態であると語られる。またこの本文の続きには、物思いに耽り明らかに怪しい様子の光源氏と、そのような源氏を見て噂が真実であることを確信し、この件について源氏から何も話がないことを厭わしく思う紫の上の姿が描かれる。光源氏が葵の上に対し、二条院の君について明確に説明することがなかったように、源氏は藤壺への思いの代替である朝顔の姫君への執心[*27]を当然のことながら説明できない。その代わり紫の上に対しては、源氏の女性評が展開される。藤壺の素晴らしさを述べるくだりが最も長く、源氏の思いのほどが知られるが、その血を引く紫の上を「すこしわづらはしき気添ひて、かどかどしさのすすみたまへるや苦しからむ。」（「朝顔」）と言い、朝顔の姫君については「さうざうしきに、何とはなくとも聞こえあはせ、我も心づかひせらるべきあたり、ただこの一ところや、世に残りたまへらむ」（「朝顔」）と評している。斎院という禁忌のイメージや、式部卿宮の姫君であるという重々しさは、気安い夫婦関係にある紫の上とは異なる緊張感や風流なやりとりを生み出し、まさに藤壺との関係が偲ばれる間柄であったのだろう。

　しかし、この時朝顔の姫君は源氏の気持ちに応じなかったため、紫の上の不安は杞憂に終わった。ただし、藤壺を思いながら就寝し、死霊・藤壺を夢に見る（同化させてしまう）ほど藤壺を求める源氏のありようからは、紫の上でさえ藤壺の代わりたり得ないことが明白となる。光源氏の飽くなき藤壺への思慕は、若菜上巻、藤壺の姪である女三の宮降嫁で再燃し、再び紫の上を苦しめるのである。

　三日がほど、かの院よりも、主の院方よりも、いかめしくめづらしきみやびを尽くしたまふ。対の上も事にふれて、ただにも思されぬ世のありさまなり。げに、かかるにつけて、こよなく人に劣り消たるることもあるまじけれど、また並ぶ人なくならひたまひて、はなやかに生ひ先遠く侮りにくきけはひにて移ろひたまへるに、なまはしたなく思さるれど、つれなくのみもてなして、御渡りのほども、もろ心にはかなきこともし出でたまひて、いとらうたげなる御ありさまを、いとどありがたしと思ひきこえたま

ふ。（「若菜上」四―六二一・六二三頁）

紫の上は、女三の宮の盛大な輿入れの様子に、平常心を保っていられない。朝顔の姫君の時とは異なり、「こよなく人に劣り消たるることもあるまじけれど」と、これまで六条院の女主人として君臨してきた自信も窺えるが、一方で「はなやかに生い先遠く」と年を重ねた自分とうら若い女三の宮とが比較され、新たな不安も加わっている。それでも「つれなくのみもてなして」とあるのは、紫の上の自尊心からの振る舞いであり、かつて葵の上が若紫への意識を「しひて見知らぬやうにもてなして」と語られた時よりもさらに自我を抑えた対応である。紫の上は、この降嫁の話を告げられて以来、「をこがましく思ひむすぼほるるさま世人に漏りきこえじ」、また「人笑へならむこと」など、六条御息所同様[28]、他者の視線を気にかけ「いとおいらかにのみもてなしたまへり。」という状態にあった。このように、他者に対して精一杯自己を取り繕うありさまは、光源氏と女三の宮の新婚三日目、紫の上の今後を心配する女房たちの嘆きに対し、「つゆも見知らぬやうに、いとけはひをかしく物語などしたまひつつ、夜更くるまでおはす。」と語られるところに顕著である。ましてや、この結婚を喜ばしいものとし、女三の宮を擁護する発言まで行うに至っては、特に親しい女房たちから「あまりなる御思ひやりかな」と言われるように、紫の上自身かなりの無理をしていたことが窺える。結果、六条御息所と同じく、他者への、あるいは他者と比べられることへの過剰なまでの自意識―特に紫の上の場合は強い自己抑制によって、魂が身体からあくがれ出ることになる。

わざとつらしとにはあらねど、かやうに思ひ乱れたまふけにや、かの御夢に見えたまひければ、うちおどろきたまひて、いかにと心騒がしたまふに、鶏の音待ち出でたまへれば、夜深きも知らず顔に急ぎ出でたまふ。

（「若菜上」四―六八頁）

光源氏の夢に紫の上が現れた。無論、藤壺の時のように、光源氏が紫の上を相当気にかけながら休んだことは確かであろう。しかし、傍線部のように、語り手も紫の上の「思ひ」の乱れに言及し、その意識がまるで光源氏の夢にもぐりこんだかのような言い方をしている。この事件は、これまで紫の上自ら「憎げにも聞こえなさじ」と、負の感情を封印してきただけに、強い自己抑制によって累積した「思ひ」が引き起こした現象として読み取れる。六条御息所ほど明確なものではないが、これも「もののけ」（生霊）発現の一形態と見ておきたい。

また、紫の上が発病に至る原因についても、この「思ひ」の累積が疑われるが、当初加持祈祷においで「もののけ」が現れることはなかった。しかし、源氏が二条院を離れ、女三の宮のいる六条院に滞在していた折、紫の上死去の報が伝えられる。源氏はすぐさま二条院に戻り、蘇生のための祈願を必死に行わせ、六条御息所の死霊らしき「もののけ」をようやく出現させた。紫の上は一命を取り留める。

いみじく調ぜられて、「人はみな去りね。院一ところの御耳に聞こえむ。おのれを、月ごろ、調じわびさせたまふが情けなくつらければ、同じくは思し知らせむと思ひつれど、さすがに命もたふまじく身をくだきて思しまどふを見たてまつれば、今こそ、かくいみじき身を受けたれ、いにしへの心の残りてこそかくまでも参り来たるなれば、ものの心苦しさをえ見過ぐさでつひに現れぬること。さらに知られじと思ひつるものを」とて、髪を振りかけて泣くけはひ、ただ、昔見たまひしもののけのさまと見えたり。
（「若菜下」四―二三五頁）

光源氏不在の折、女君が息を引き取るという経緯は、葵の上と同様であり、仏神の加護が厚い源氏がいない隙に「もののけ」が力を振るったとも、また他の女君の所にいる源氏を追いかけるように紫の上の魂があくがれ出たとも、考えることは可能である。ただ、この「もののけ」は幾月も加持祈祷に苦しめられたと言っており、紫の上の発病時から関わっていたことになる。発病直前の紫の上は、「人よりことなる宿世もありける身ながら、人の忍びがたく飽かぬことにするもの思ひ離れぬ身にてややみなむとすらん、あぢきなくもあるかな、など思ひつづけて」（「若菜下」）とあり、女三の宮降嫁による光源氏の夜離れに苦しんでいた。当初は、宮に物足りなさを感じていた源氏も、自分の言うことを聞き、琴を無心に練習する宮の姿に、心を動かし始めている。そのような変化に、紫の上も気づいていたのかもしれない。誰を恨むというわけでなく、「もの思ひ離れぬ身[29]」と、その苦しみを自らの宿命として終わることに思い至った時、六条御息所のかつての「もの思ひ」と共振し[30]、その死霊を受け入れてしまったとしても不思議ではない。紫の上は、葵の上同様、藤壺とその影に自己の存在を脅かされ続けた。「もののけ」・六条御息所は、唯一、そのような女君たちの苦しみを直接源氏に訴えうる存在でもあったのである[31]。

4 結語

六条御息所の「もののけ」については、東宮妃時代の父大臣家と左大臣家[32]、あるいは先帝系の一族[33]との対立を示唆するなど、物語の政治性と絡めて論じられてきた。死霊の出現を娘の中宮に子がないまま冷泉帝が退位したことによるとする意見[*34]も、御息所を家の祖霊として考える当時の思想・信仰に拠っている。このことは、「もののけ」が共同体による解釈の産物であり、内部に発生した危機を第三項として排除すべく生み出されているとの指摘[*35]とも合致する。現実の問題を政変等によって追いやられた者のせいとするのは、共同体内の良心の呵責であり居直りでもある。それは個人のレベルにおいても、六条御息所の「もののけ」は、女性たちの苦しみを直視しない光源氏の妄想と見ることが可能である。ただし、御息所の「もののけ」は、特に生霊の場合、取り憑く側と取り憑かれる側の双方に足場を置き、もの思いによりあくがれ出る魂の共振・同化現象として、リアルに描き出されている。一方、『紫式部集』の「もののけ」調伏の絵を見て詠まれた紫式部の歌にある「おのが心の鬼」も、近年その主体は取り憑かれた妻であることが指摘されている[*36]。物語中においては、女君自身、「もののけ」の口を借りて、また「もののけ」のせいにして自己の存在を主張し、命をかけて最後の思いを訴えているのである。女三の宮の出家も、むしろ御息所が力を貸したというべきかもしれない。

物語は、光源氏がはじめに六条御息所に執心した理由を語っていない。元東宮妃であり、一人娘の母であり、身持ちの堅い教養ある年上の女性に、光源氏は何を求めたのか。それがやはり藤壺の面影であったなら、六条御息所は、取り憑かれる女君たち同様、光源氏の藤壺思慕に翻弄された一人であったことになる。この藤壺思慕に隠されているのが、宮中生活のために横死した母、そしてその一族の願いである皇位への到達であったことを思えば、六条御息所の死霊は、それらへの思いに執着し続ける光源氏[*37]に引導を渡すのである。

注

*1 『源氏物語』の本文引用は、新編日本古典文学全集本（小学館）を使用し、巻名・巻数・頁数を記した。なお、傍線・波線等は適宜私に付し、表記を一部改めた。

*2 藤本勝義「六条御息所の死霊―賀茂祭、鎮魂―」（『源氏物語の〈物の怪〉』笠間書院、一九九四年）

*3 大朝雄二「六条御息所の苦悩」（『講座　源氏物語の世界』第三集、有斐閣、一九八一年）は、「御息所は葵の上をひどく恨んだり激しい嫉妬に苦しむというようには描かれていない」と言い、御息所の怨念や嫉妬が生霊出現に直結しているものでないことを指摘する。

*4 今井上「六条御息所　生霊化の理路―「うき」をめぐって―」（『源氏物語　表現の理路』笠間書院、二〇〇八年）

*5 *4に同じ。御息所の生霊化には、「もの思へば沢の螢も我が身よりあくがれいづる魂かとぞ見る」（和泉式部）等の和歌固有の発想が梃子となっていることを指摘する。

*6 奥村英司「娘の内なる母―秋好中宮造形論―」（『むらさき』二八、一九九一年一二月）

*7 拙稿「秋好中宮と仏教―前斎宮の罪と物の怪・六条御息所について―」（『源氏物語と仏教―仏典・故事・儀礼―』青簡舎、二〇〇九年）

*8 森一郎「六条御息所の造型―その役割と問題―」（『源氏物語作中人物論』笠間書院、一九七九年）、鈴木日出男「紫の上の罹病」（『源氏物語虚構論』東京大学出版会、二〇〇三年）等。

*9 奥出文子「六条御息所の死霊をめぐる再検討―第二部における紫上と関連して―」（『中古文学』一八、一九七六年九月）

*10 深澤三千男「六条御息所悪霊事件の主題性について」（『源氏物語とその影響　研究と資料』六、武蔵野書院、一九七八年）

*11 吉井美弥子「葵の上の「政治性」とその意義」（『人物で読む源氏物語』五、勉誠出版、二〇〇五年、初出一九九三年）は、葵の上がその登場から死後にわたるまで「政治性」から逃れられない人物であることを指摘する。

＊12　日向一雅「「雨夜の品定」の諷諭の方法」（『源氏物語の準拠と話型』至文堂、一九九九年）は、帚木巻の雨夜の品定が諷喩・教誡の文学というべき独自の方法と性格を持つことを指摘する。

＊13　伊井春樹「葵上の悲劇性―源氏物語享受の変遷にふれて―」（『源氏物語論考』風間書房、一九八一年）

＊14　岡一男『源氏物語の基礎的研究』（東京堂、一九五四年）四三二頁、村井利彦「帚木三帖仮象論」（日本文学研究資料叢書『源氏物語Ⅳ』有精堂、一九八二年所収）等。

＊15　針本正行「大殿の姫君論」（『人物で読む源氏物語』五、勉誠出版、二〇〇五年）。また「とはぬは……」の引歌について、猿渡学「とはぬはつらきものにやあらむ―葵上試論」（『文藝研究』一三五、一九九四年）が、葵の上の情感の発動を指摘している。

＊16　山田利博「死に続ける女・葵上―その機能的側面からのアプローチ―」（『国文学研究』一一四、一九九四年）は、葵の上と六条御息所の造型が極めて近似していることを指摘する。

＊17　林田孝和「源氏物語の祭りの場と車争い」（『源氏物語の鑑賞と基礎知識』九、至文堂、二〇〇〇年三月）

＊18　原陽子「葵巻における葵の上―六条御息所の嫉妬とのかかわりにおいて―」（『中古文学論攷』一五、一九九四年一二月）は、六条御息所と葵の上との同質性、共通性が、六条御息所の「もののけ」によって葵の上の若紫に対する嫉妬心の存在を証立てるとする。

＊19　「若君の御まみのうつくしさなどの、春宮にいみじう似たてまつりたまへるを見たてまつりたまひても、まづ恋しう思ひ出でられさせたまふに忍びがたくて、参りたまはむとて」（「葵」二―四三頁）と、光源氏の外出の目的が宮中へ参内するためであることが語られている。

＊20　＊11の吉井論文では「初めて二人が夫婦であることを意識しあったと言える場面」とし、＊15の猿渡論文でも「ようやく完成した一対の男女としての個人的情感の交錯の場」と見る。また新編日本古典文学全集本の鑑賞欄には「源氏と葵の上がはじめて、互いに情愛で結ばれた場面」とある。

＊21　太田敦子「葵上の最期のまなざし―「葵」巻の死をめぐる表現機構―」（『人物で読む源氏物語』五、勉誠出版、二〇

〇五年）
＊22　原岡文子「六条御息所考―「見る」ことを起点として―」（『源氏物語の人物と表現』翰林書房、二〇〇三年）
＊23　＊21に同じ。
＊24　今井上「平安朝の遊離魂現象と『源氏物語』―葵巻の虚と実―」（『源氏物語　表現の理路』笠間書院、二〇〇八年）など、物語の生霊が、平安時代の遊離魂現象（恋するあまり相手の元へと魂が遊離してしまう恋歌の発想等）を投影していることが諸氏によって指摘されている。
＊25　新編日本古典文学全集『和泉式部日記』（小学館）七四頁。続く敦道親王の歌も同書より引用。
＊26　三村友希「紫の上の〈我は我〉意識」（『姫君たちの源氏物語―二人の紫の上―』翰林書房、二〇〇八年）
＊27　鈴木日出男「藤壷から紫の上へ―朝顔巻論―」（『論集　平安文学』四、勉誠社、一九九七年）は、光源氏が朝顔の姫君との交渉に、藤壺と関わり続けた過往の日々を重ね合わせていることを指摘する。
＊28　鈴木日出男「光源氏の女君たち」（『源氏物語とその影響　研究と資料』六、武蔵野書院、一九七八年）
＊29　原岡文子「紫の上の「祈り」をめぐって」（『人物で読む源氏物語』六、勉誠出版、二〇〇五年、初出二〇〇〇年）は、紫の上の「もの思ひ」の用例が、第二部に入ってから他者と比べて目に立つことを指摘する。
＊30　「共振」とまでは述べられていないが、＊9奥出論文や山田利博「六条御息所の機能―紫上との関わりをめぐって―」（『日本文学』三八―一一、一九八九年一一月）は、六条御息所と紫の上との深い関係を指摘する。
＊31　＊30山田論文では、六条御息所の「もののけ」が、理想性のために自身で嫉妬の情を顕わにしたり障害を排除したりすることができない紫の上に代わってその願望を実現する役割を果たすことを述べている。ただし、本論では、そのような御息所の「もののけ」の役割は、紫の上だけでなく、御息所が憑く女君たち全員に及ぶものと考える。
＊32　坂本曻「故前坊妃六条御息所」（『源氏物語構想論』明治書院、一九八一年）等。
＊33　浅尾広良「源氏物語における物の怪―六条御息所と先帝―」（『源氏物語の准拠と系譜』翰林書房、二〇〇四年）
＊34　藤井貞和「光源氏物語主題論」（『源氏物語の始原と現在』定本、冬樹社、一九八〇年）、高橋亨「源氏物語の〈こと

ば〉と〈思想〉」(『源氏物語の対位法』東京大学出版会、一九八二年)、日向一雅「恨みと鎮魂―源氏物語への一視点―」(『源氏物語の主題―「家」の遺志と宿世の物語の構造』桜楓社、一九八三年)

＊35 三田村雅子「もののけという〈感覚〉」(フェリス女学院大学編『源氏物語の魅力を探る』翰林書房、二〇〇二年)

＊36 森正人「紫式部集の物の気表現」(『中古文学』六五号、二〇〇〇年六月)は、紫式部の歌にある「亡き人にかごとはかけてわづらふ」の主体をもののけに病悩する現在の妻とし、もののけの正体を亡き先妻とする「おのが心の鬼」を妻の疑心暗鬼、良心の呵責とするのを歌の主意と見るが、この解釈は、これまで夫の「心の鬼」としてきた解釈(亡妻の霊を鎮めようと困惑苦慮している)を排除するものではないとする。

＊37 拙稿「『源氏物語』に見る太上天皇の算賀」(日向一雅編『源氏物語 重層する歴史の諸相』竹林舎、二〇〇六年)では、『源氏物語』の算賀が、王権の世代交代を描くとともに、それを受け入れることができない光源氏の存在を暴くモチーフとして機能することを指摘している。

『源氏物語』に見える「夢」

倉本一宏

はじめに

摂関期の貴族の日記（古記録）に見える平安貴族の見た夢を分析し、その歴史的な（あるいはその日記を記した記主の個人的な）背景を考えたことがある。[*1] 彼らが実際に見、そしてほとんど潤色を加えないまま、夢から覚めた直後に古記録に記録した夢を分析することによって、王朝貴族、ひいては日本人の精神世界に近付こうという試みであった。

平安貴族が、夢を単なる「神仏からのメッセージ」と考えていたという「常識」をいったん白紙に戻し、彼らが夢を見たメカニズムは、脳生理学による説明（直前の記憶や情報、知識のよみがえり）を一歩も出るものではなかったということを明らかにした。

一方、古記録に見える「夢」、つまり平安貴族が実際に見た夢（顕在夢）を分析するための前提として、平安朝文学に見える「夢」に関する考察も、別に発表した。[*2]

その結果、物語の中の場面で、比喩として使われたもの、歌中に出て来るものを除いた、実際に登場人物が見たとされる「夢」（顕在夢）が登場する作品は、実は限られた特定のものだけであり、「夢」という語を頻繁に使用した『源氏物語』『浜松中納言物語』と『栄花物語』『大鏡』の特異性が浮かび上がった。すなわちまた、物語文学の中で、『源氏物語』こそが、「夢」という語を作中に効果的に使用した嚆矢であるとも言えるのである。

ここでは、平安朝文学に見える「夢」のうち、『源氏物語』に見える顕在夢を見ていきたい。前稿と重複するところがあることは避けられまいが、すべての顕在夢について分析していきたい。

1　『源氏物語』に見える「夢」

『源氏物語』には、合わせて一六八回、「夢」という語が登場する。そのうち、顕在夢は六〇回見られる[*3]（他に比喩として九三回、歌中に一五回）。

これは、他の平安朝物語文学と比較すると、格段に多い頻度である。しかも、これから示すように、紫式部は『源氏物語』の重要な局面において、顕在夢の描写を繰り込んでいる。特に、死者が生者の夢に現われるという夢の用い方は、紫式部が格別の執心を抱いていたと指摘されるところである[*4]。

また、巻によるばらつきが、特に顕在夢について大きいのも特徴的である。a群・b群と称されるような『源氏物語』の巻毎の特性を、この結果とどのように関連付けることができるのか、私にはわからないが、少なくとも自己の物語世界の展開における重要な巻において、「夢」という語を使用したであろうことは、「夢」の登場回数や顕在夢の登場回数の多い巻の名を考えてみれば、容易に推察されるところである[*5]。

実は紫式部という人は、自身の日記や歌集においては、あまり「夢」という語を使っていない。自己の作り出した虚構の世界においてのみ、「夢」を巧みに使って物語の展開を印象づけようとしたのであろうか。

2　『源氏物語』第一部に見える「夢」

それでは、『源氏物語』に見える「夢」を、順に見ていくことにしよう。まずは光源氏が父帝の后藤壺と密通し、生まれた皇子が冷泉帝として即位するといった「罪」を犯すという、第一「桐壺」巻から第三三「藤裏葉」巻までの第一部に見える「夢」を見てみよう[*6]。

帚木

顕在夢1（伊予介→空蝉）一―一〇四頁

女、身のありさまを思ふに、いとつきなくまばゆき心地して、めでたき御もてなしも何ともおぼえず、常は「いとすくすくしく心づきなし」と思ひあなづる伊予の方のみ思ひやられて、「**夢**にや見ゆらむ」とそら恐ろしくつつまし。

当時あったとかいう、「人を思うとその人の夢に自分が現れるという俗信」を考えるよりも、当然の脳内の働きを考えた方がよかろう。空蝉は、夫の伊予介の夢に、光との逢瀬が出ては来ぬかと心配しているのであるが、当然のこと、伊予介には京に残した若い後妻の不倫を懸念する気持があったであろうし、空蝉の側には夫が自分を疑っているであろうとの不安が存在したと設定されているはずである。空蝉の懸念も、脳内で起こり得ることとして読まれたことであろう。

夕顔

顕在夢2（光→六条御息所）一―一六七頁

「なほ持て来や。所に従ひてこそ」とて、召し寄せて見たまへば、ただこの枕上に**夢**に見えつる容貌したる女、面影に見えてふと消え失せぬ。

夕顔は、光と逢っていると他の女が自分を恨んでいるであろうと予測し、光の方は、夕顔と逢っているとあの女が自分および夕顔を恨んでいるであろうと予測するという、脳内の当然の営為によって、このような夢が現れる。本文には明記されていないが、夕顔には、さらに激しいかたちで光の女が現われたはずであり、その苦しみによって命を落とすことになる。読者にとっても、三者の気持が我が事として認識され、これは当然であろうと認識されたはずである。

顕在夢3 (光→六条御息所) 一―一九四頁

君は「**夢**をだに見ばや」と思しわたるに、この法事したまひてまたの夜、ほのかに、かのありし院ながら、添ひたりし女のさまも同じやうにて見えければ、「荒れたりし所に棲みけんものの我に見入れけんたよりに、かくなりぬること」と思し出づるにも、ゆゆしくなん。

光は、死んでしまった夕顔に夢でもいいから逢いたいと思っていると、何と夢に見えたのは夕顔を取り殺した物怪の女(六条御息所)であった。光は魔物が見させたものとしているが、当然のこと、あの女が夕顔を殺したのだという意識があったからであろう。

若紫

顕在夢4・5 (光→紫上) 一―二一二頁

昼の面影心にかかりて恋しければ、「ここにものしたまふは誰にか。尋ねきこえまほしき**夢**を見たまへしかな。今日なむ思ひあはせつる」と聞こえたまへば、うち笑ひて、「うちつけなる御**夢**語りにぞはべるなる。尋ねさせたまひても、御心劣りせさせたまひぬべし。……と聞こえたまふ。

北山で藤壺に似た少女を見出した光は、僧都に、少女が誰かを尋ねたいという夢を見たと語り、僧都は笑って、「突然な夢語りですな」と言いながら、少女の身の上を明かす。

作為の夢を口実に、少女の身の上を聞き出そうとする光と、それが虚偽の夢であることをわかっていながらも語る僧都が描かれている。これによって、少女と藤壺が縁続きであることが明らかとなり、紫上の物語が展開していくことになるという、重要な場面である。お互いが夢を口実として、話を進めていく様子が印象的である。

顕在夢6・7・8（光→皇子）一—二三三〜二三四頁

中将の君も、おどろおどろしうさま異なる**夢**を見たまひて、合はする者を召して問はせたまへば、及びなう思しもかけぬ筋のことを合はせけり。「その中に違ひ目ありて、つつしませたまふべきことなむはべる」と言ふに、わづらはしくおぼえて、「みづからの**夢**にはあらず、人の御事を語るなり。この**夢**合ふまで、また人にまねぶな」とのたまひて、心の中には、「いかなることならむ」と思しわたるに、……

光は異様な夢を見る。夢解きを呼んで尋ねると、まったくあり得ないような、想像もつかぬ筋のことを解き合わせる。光は、自分の夢ではないと言って口止めする。そこへ藤壺が懐妊したという噂が届き、光も、あの夢はこういうわけがあってのことだったのかと思い合わせる。

夢解きが説いた内容は、光が帝の父になるという、皇位継承に関わるものだったはずである。ただし、夢による「神からのメッセージ」というよりは、藤壺との密通（光も藤壺も贈答歌の中で、その行為を「夢」と表現している）の自覚と、藤壺から皇子が生まれれば当然立太子するであろうという情勢判断によって、皇位継承を象徴する内容の夢を見たものと考えるべきであろう。

葵

顕在夢9（六条御息所→葵）二—三六頁

すこしうちまどろみたまふ**夢**には、「かの姫君と思しき人のいときよらにてある所に行きて、とかくひきまさぐり、現にも似ず、猛くいかきひたぶる心出で来て、うちかなぐる」など見えたまふこと度重なりにけり。

六条御息所は、賀茂斎院御禊の後は、夢の中で葵を乱暴に引き回すということが度重なった。これは当然ながら、葵に対する怒りと憎悪と劣等感の感情による夢である。怨霊となる側も、その感情の表出が怨霊となるのであるが、一方では怨霊に苛まれる側もまた、怨霊に襲われるという自覚の感情によって、怨霊を見てしまうのである（これに噂が加わるはずである）。

明石

顕在夢10（光→竜王）二―二二三頁

御**夢**にも、「ただ同じさまなる物のみ来つつ、まつはしきこゆ」と見たまふ。

光の夢に異形の者が出てきては付きまとう。風雨が止まないという状況のなか、異郷に暮らす不安感が見させたものであろうが、紫上の使者が来たり、故院が夢に現われたりという予兆として造形されたものであろう。

顕在夢11（光→故院）二―二二九頁　顕在夢12・13（光→故院）二―二三〇頁

「御供に参りなん」と泣き入りたまひて、見上げたまへれば、人もなく、月の顔のみきらきらとして、**夢**の心地もせず、御けはひとまれる心地して、空の雲あはれにたなびけり。年ごろ**夢**の中にも見たてまつらで、恋しうおぼつかなき御さまを、ほのかなれどさだかに見たてまつりつるのみ面影におぼえたまひて、……なごり頼もしううれしうおぼえたまふこと限りなし。胸つとふたがりて、なかなかなる御心まどひに、現の悲しきこともうち忘れ、「**夢**にも御答へをいますこし聞こえずなりぬること」といぶせさに、「またや見えたまふ」とことさらに寝入りたまへど、さらに御目もあはで暁方になりにけり。

暴風雨が静まった日、ついうとうとした光は、亡き父桐壺院を夢に見た。「夢の心ちもせず」というのは、深く寝入った後の夢というのではなく、入眠時の幻想に近いものとして描かれているのであろう。

院は、「どうしてお前はこんな所にいるのだ。早く舟を出してこの浦を去れ。自分はこれから朱雀帝に奏すことがあるので京へ上る」と言って立ち去る。お供に参上したいと光は願うが、もう眠ることはできない。夢の中ででも返事をしておくのだったと悔やむのであった。夢の続きを見ようという発想は注目される。

顕在夢14（光↓故院）顕在夢15（明石入道↓竜王）顕在夢16（武丁↓説）二―二三一頁　顕在夢17（光↓竜王）顕在夢18（光↓故院）二―二三二頁

君の、御**夢**なども思しあはすることもありて、「はや会へ」とのたまへば、舟に行きて会ひたり。「さばかりはげしかりつる波風に、いつの間にか舟出しつらむ」と心得がたく思へり。「去ぬる朔日の**夢**に、さまことなる物の告げ知らすることはべりしかば、『信じがたきこと』と思うたまへしかど、『十三日にあらたなるしるし見せむ。舟をよそひ設けて、かならず雨風止まばこの浦に寄せよ』とかねて示すことのはべりしかば、こころみに舟のよそひを設けて待ちはべりしに、いかめしき雨風、雷のおどろかしはべりつれば、他の朝廷にも、**夢**を信じて国を助くるたぐひ多うはべりけるを、用ゐさせたまはぬまでも、このいましめの日を過ぐさず、このよしを告げ申しはべらん」とて、舟出だしはべりつるに、あやしき風細う吹きて、この浦に着きはべりつること、まことに神のしるべ違はずなん。……君思しまはすに、**夢**現さまざま静かならず、さとしのやうなることどもを、来し方行く末思しあはせて、「……今日かく命をきはめ、世にまたなき目の限りを見尽くしつ、さらに後のあとの名をはぶくとても、たけきこともあらじ、**夢**の中にも父帝の御教へありつれば、また何ごとをか疑はむ」と思して、御返りのたまふ。

朝になり、明石から入道が舟に乗ってやって来る。光は、竜王の夢と父院の夢のことを思い合わせ、入道と対面する。入道は、「朔日の夢に異形の者が『十三日に舟を出して須磨に漕ぎ寄せよ』と言うのでやって来ました。」と言う。光は、父院の夢のさとしもあって、入道の誘いに乗り、明石に着く。

須磨に流謫の日々を送っていた光が、何日も続いた暴風雨という非常事態のなか、父院恋しさに見た夢として設定されているのであろう。これからの光の運命の変転の序曲として、重要な場面となる。

入道の夢というのも、娘かわいさと悲願（後に入道の夢語りによって明らかとなる）、光が須磨に滞在しているとの情報によって、暴風雨という状況の中で見たものであろう。ただ、光がそれを受け容れたというのも、夢告げを信用している社会、あるいは夢を有効な口実として利用している社会が、背景にあるからであろう。

顕在夢19（朱雀帝→故院）二―二五一頁

三月十三日、雷鳴りひらめき雨風騒がしき夜、帝の御夢に、院の帝、御前の御階の下に立たせたまひて、御気色いとあしうて睨みきこえさせたまふを、かしこまりておはします。聞こえさせたまふことども多かり。源氏の御事なりけんかし。

一方、三月十三日、雷が鳴り閃めいた夜、朱雀帝は、父桐壺院が清涼殿の御階の下に立ち、機嫌悪そうに帝を睨んでいる夢を見た。院は様々のことを帝に注意するが、それは光のことだったのであろう。

帝はそれを母后に申し上げるが、后は「荒れた夜は思い込んだことを夢に見るのだ」と一喝する。ところが、帝は院と目が合ってしまったので、眼病を患う。朱雀帝には、「光を朝廷の後見とせよ」という桐壺院の遺詔に背いたという負い目があった。光を須磨に追いやってしまったという自意識は、このような形で院に睨まれるという夢となって現われたのであろう。ただ、夢の神性を信じない弘徽殿大后の存在は、案外に紫式部をはじめとする当時の人々も、夢の現実性とメカニズムを認識していたのではないかと想像される。

澪標

顕在夢20 （光→故院） 二―二七九頁

さやかに見えたまひし**夢**の後は、院の帝の御事を心にかけきこえたまひて、……

須磨において見た故院の夢。繰り返し語られ、光の運命の変転の象徴となる。

蓬生

顕在夢21 （末摘花→父宮） 二―三四五頁

ここには、いとどながめまさるころにて、つくづくとおはしけるに、昼寝の**夢**に故宮の見えたまひければ、覚めていとなごり悲しく思して、漏り濡れたる廂の端つ方おし拭はせて、ここかしこの御座ひきつくろはせなどしつつ、例ならず世づきたまひて、……

零落した末摘花が、父常陸宮を夢に見るという設定。光の再訪の前兆という設定であろうが、明日の命も定かではない末摘花が故父宮と夢で会うというのは、いかにもありそうな場面である。

朝顔

顕在夢22 （光→藤壺） 二―四九四頁

入りたまひても、宮の御事を思ひつつ大殿籠れるに、**夢**ともなくほのかに見たてまつるを、いみじく恨みたまへる御気色にて、「『漏らさじ』とのたまひしかど、うき名の隠れなかりければ、恥づかしう。苦しき目をみるにつけても、つらくなむ」とのたまふ。

紫上に藤壺のことを語った後、藤壺のことを思い続けて寝入った光は、夢ともなく、恨んでいる藤壺の姿を見て、物怪に襲われるような気になる。

自分との秘密を紫上に仄めかし、藤壺はさぞかし怒っているはずだという、光の自覚によって、この夢が現われたのであろう。光はこれを、冥界からの夢告だと認識したという設定にはなっていないが、藤壺のために諸寺で誦経を行なう。

この時代の古記録に、夢想が悪かったという理由で誦経や諷誦を修する貴族の姿が頻繁に見られるが、彼らもまた本当に夢の神性を信じていたわけではないことを示す例である。

玉鬘

顕在夢23 （乳母→夕顔／六条御息所） 三―九〇頁

夢などに、いとたまさかに見えたまふ時などもあり。同じさまなる女など添ひたまうて見えたまへば、なごり心地あしく、なやみなどしければ、「なほ世に亡くなりたまひにけるなめり」と思ひなるもいみじくのみなむ。

夕顔の乳母は、時たま夕顔を夢に見るのであるが、夕顔の側に六条御息所の姿も見ることもある。主人を殺したのはあの女だったのだという思いが見させたという設定なのであろう。まさに記憶の連鎖ということになる。

螢

顕在夢24 （内大臣→玉鬘） 三―二一九頁

夢見たまひて、いとよく合はする者召して合はせたまひけるに、「もし年ごろ御心に知られたまはぬ御子を、人のものになして、聞こしめし出づることや」と、聞こえたりければ、……

内大臣は、生き別れになった娘と会いたいという思いから、夢を見ることになる。夢解きに判じさせると、誰かの養女になっているとのこと。玉鬘との再会の前提として、繰り返し語られる夢である。

常夏

顕在夢25 （内大臣→玉鬘）三—二二五頁

「ことごとしく、さまで言ひなすべきことにもはべらざりけるを。この春のころほひ、**夢**語したまひけるを、ほの聞き伝へはべりける女の、「我なむかこつべきことある」と名のり出ではべりけるを、……

近江の君との再会のいきさつの中で、内大臣が見た夢が、また語られる。内大臣は娘に会いたい一心で、この夢を周囲に語ったようである。その「夢語り」を聞きつけた女が名乗り出たのであるが、それはとんでもない間違いであった。

行幸

顕在夢26 （内大臣→玉鬘）三—三一九頁

今ぞ、かの御**夢**も、まことに思しあはせける。女御ばかりには、さだかなる事のさまを聞こえたまうけり。

裳着の儀を迎えた玉鬘を垣間見た内大臣は、かつての夢を思い出し、合点がいく。一つの夢が長く使われるのは、『源氏物語』にはいくつかある例であるが、それだけ効果的であると紫式部は思ったのであろう。

3 『源氏物語』第二部に見える「夢」

では次に、晩年には若い妻の女三宮に密通され、薫が生まれるといった「罰」を受けるという第三四「若菜上」巻から第四一「幻」巻までの第二部に見える「夢」を見てみよう。

若菜上

顕在夢27（光→紫上）四―六八頁

わざとつらしとにはあらねど、かやうに思ひ乱れたまふけにや、かの御**夢**に見えたまひければ、うちおどろきたまひて、「いかに」と、心騒がしたまふに、鶏の音待ち出でたまへれば、夜深きも知らず顔に急ぎ出でたまふ。

女三宮の許に泊まった光が夢で紫上を見て、暁に急いで帰る場面。相手のことを思うとこちらの魂が相手に通っていき、夢に姿を現わすとか、相手の魂がこちらに通ってきて夢に姿が見えるとか考える必要はなく、隣で寝ている女三宮への不満から、長年相親しんだ紫上が夢に出てくるというのは、自然な発想であろう。

顕在夢28・29（入道→須弥山）四―一一三～一一四頁　顕在夢30（俗書・仏教書）四―一一四頁

わがおもと生まれたまはむとせしその年の二月のその夜の**夢**に見しやう、「みづから須弥の山を右の手に捧げたり、山の左右より、月日の光さやかにさし出でて世を照らす、みづからは、山の下の蔭に隠れて、その光にあたらず、山をば広き海に浮かべおきて、小さき舟に乗りて、西の方をさして漕ぎゆく」となむ見はべし。**夢**さめて、朝より、数ならぬ身に頼むところ出で来ながら、「何ごとにつけてか、さるいかめしきことをば待ち出でむ」と心の中に思ひはべしを、そのころより孕まれたまひにしこなた、俗の方の書を見はべしにも、また内教の心を尋ぬる中にも、**夢**を信ずべきこと多くはべしかば、賤しき懐の中にも、かたじけなく思ひいたづきたてまつりしかど、力及ばぬ身に思うたまへかねてなむ、かかる道におもむきはべりにし。

明石女御から若宮が生まれたのを知った明石入道は、最後の消息を都の尼君に送った後、入山した。その消息には、娘（明石の君）が生まれた年に見た夢が書かれていた。その夢というのは、自分が須弥山を右手に捧げ、山の左右から月日の光が明るく射し出して世界を照らすが、自身は山の下の陰に隠れて、その光に当たらない。そして、山を広い海に浮べ、小さい舟に乗って、西の方に向かって漕いでいく、というものであった。その夢の根拠として、「俗の方の書」や「内教」つまり仏教書にも、夢が多く出てくると言っている。説話集や経典・仏教説話のことを指しているのであろう。

入道は、この夢から覚めてから将来への野望を抱き、その頃、尼君の腹に姫君が宿った。

明石女御が東宮の若宮を産み、将来、国母になることが予想されるという、当時の貴族社会の中では非常識な結末を得た時点で、この運命予知的な夢を付会したものであろうが、あまり説得力があるとも思えない。あるいは、入道の尋常ならざる人格と野望を説明するために、作者が創作したものであろうか。

顕在夢31・32（入道→須弥山）四―一一八頁

涙をえせきとめず。この**夢**語を、かつは行く先頼もしく、「さらば、『ひが心にてわが身をさしもあるまじきさまにあくがらしたまふ』と中ごろ思ひただよはれしことは、かくはかなき**夢**に頼みをかけて、心高くものしたまふなりけり」と、かつがつ思ひあはせたまふ。

入道の消息を知った明石の君は、二度と父に会えない悲しみに暮れるが、その一方で、自分の身分不相応な結婚は、この夢を根拠としたものであったのかと納得する。夢が未来を予兆するという発想というよりも、すでに女の明石女御が東宮妃として確固たる地位を占めていることから来る得心として設定されているはずである。

顕在夢33・34（入道→須弥山）四―一二七～一二八頁

「この**夢**語も思しあはすることもや」と思ひて、「いとあやしき梵字とかいふやうなる跡にはべめれど、「御覧じとどむべきふしもやまじりはべる」とてなむ。……

「かの先祖の大臣は、いと賢くありがたき心ざしを尽くして朝廷に仕うまつりたまひけるほどに、ものの違ひ目ありて、その報いにかく末はなきなり」など人言ふめりしを、女子の方につけたれど、かくて「いと嗣なし」といふべきにはあらぬも、そこらの行ひの験にこそはあらめ」など、涙おし拭ひたまひつつ、この**夢**のわたりに目とどめたまふ。

明石の君は、例の「夢語り」も光に思い当たることもあろうかと思って、入道の消息を光に見せる。光は、その「夢語り」を特に目にとめ、自分がかつて受けた宿曜師の予言を思い合わせる。光の栄華の物語の発端と結末を、予言と夢を軸とした世界として構築しているのである。ここでもう一度この場面を作ることによって、紫式部は読者にそのことを思い出させているのであろう。

若菜下

顕在夢35（柏木→猫）四―二二六頁

ただいささかまどろむともなき**夢**に、この手馴らしし猫のいとらうたげにうちなきて来たるを、「この宮に奉らむとてわが率て来たる」と思しきを、「何しに奉りつらむ」と思ふほどにおどろきて、「いかに見えつるならむ」と思ふ。

念願叶って女三宮と通じた柏木は、その直後、「いさ、かまどろむともなき夢」に、手なずけていた猫が近寄ってきたのを、この宮にお返し申そうと思って連れてきたのだ、でも何のために返すのだろう、などと思っていうちに、目が覚めた。

女三宮の身代わりに猫を愛玩していた柏木にとっては、女三宮イコール猫、というイメージが定着していた。女三宮と通じた柏木は、傍らに臥しているのが女三宮であるという思いから、猫の夢を見たのであろう。実際に女三宮と通じてみると、大した女ではなかったという不満から、それまで女三宮のイメージを象徴していた猫を夢に見たのかもしれないが。

また、「獣ヲ夢ミルハ懐胎ノ相也」（『岷江入楚』）という俗習があったらしいが、それよりも、この情交で女三宮を懐妊させるかもしれないという自覚と、この俗習とが相まって、この夢を見たものとも考えられる。なお、この睡眠、情交の直後に短時間訪れるもので（aftersleep）、この夢も浅い眠りの際の夢である。このような夢に被験者の生活の最近の出来事に対応したものが多いことは、すでに述べたところである。[*7]

顕在夢36・37（柏木→猫）四―二二八～二二九頁

ただ明けに明けゆくに、いと心あわたたしくて、「あはれなる**夢**語も聞こえさすべきを、かく憎ませたまへばこそ。さりとも、いま、思しあはすることもはべりなむ」とて、……

女宮の御もとにも参でたまはで、大殿へぞ忍びておはしぬる。うち臥したれど目もあはず、見つる**夢**のさだかにあはむことも難きをさへ思ふに、かの猫のありしさま、いと恋しく思ひ出でらる。

柏木は、ふたたび先の猫の夢を思い出す。その夢（懐妊）を女三宮に語りたい、でもあれは本当のことになるのかどうかと考えると、またあの猫を恋しく思うのであった。

柏木

顕在夢38（柏木→猫）四―二九五頁

「……見し**夢**を、心ひとつに思ひあはせて、また語る人もなきが、いみじういぶせくもあるかな」など、とり集め思ひしみたまへるさまの深きを、かつはいとうたて恐ろしう思へど、あはれ、はた、え忍ばず、この人も、いみじう泣く。

死の時を迎えつつあった柏木は、女三宮の女房である小侍従に、例の猫の夢について、他に語り合う人もいないのが辛いなどと語る。柏木という人物の造形において、あの夢が重要な位置を占めていたことがわかる。

横笛

顕在夢39・40（夕霧→柏木）四―三五九頁

すこし寝入りたまへる**夢**に、かの衛門督、ただありしさまの袿姿にて、かたはらにゐて、この笛を取りて見る。**夢**の中にも、「亡き人のわづらはしうこの声をたづねて来たる」と思ふに、……

夕霧は、柏木の妻であった女二宮（落葉の宮）を訪れて合奏した後、柏木遺愛の横笛を贈られる。帰宅してその笛を吹き、寝入った夕霧の夢に柏木が現われ、その笛を取って見ている。自分が伝えたかったのは君ではないという歌を詠んだと見て、目が覚める。

女二宮からもらった横笛を吹いて眠った夕霧にとって、その横笛は女二宮そのものの象徴である。女二宮との交流を柏木はどのように思っているだろうか、という思いが、夕霧にこのような夢を見させたのであろう。

顕在夢41（夕霧→柏木）四―三六〇頁

男君も寄りおはして、「いかなるぞ」などのたまふ。撒米し散らしなどして乱りがはしきに、**夢**のあはれも紛れぬべし。

夕霧の若君がひどく泣いたうえに撒米をまき散らかしたりして、夕霧も柏木と夢で出会った感動の名残が消し飛んでしまうという描写。乳児に雑事が取り紛れてしまうという設定は、子を持つ読者にとって、共感を呼んだことであろう。

顕在夢42（夕霧→柏木）四―三六一頁

まことにこの君なづみて、泣きむつかり明かしたまひつ。大将の君も、**夢**思し出づるに、「この笛のわづらはしくもあるかな、人の心とどめて思へりし物の行くべき方にもあらず、女の御伝へはかひなきをや、……

この後、夕霧は、あの夢のことを思い出し、中有に迷う柏木のことを思って、愛宕で誦経の供養をさせることになる。

顕在夢43（夕霧→柏木）四―三六七頁

おほかたなつかしうめやすき人の御ありさまになむものしたまひける」など聞こえたまふに、いとよきついで作り出でて、すこし近く参り寄りたまひて、かの**夢**語を聞こえたまへば、とみにものものたまはで聞こしめして、思しあはすることもあり。

笛の処置をはかりに六条院（光）の許を訪れた夕霧は、あの夢のことを語る。夢をきっかけとして、六条院と話を付けようとしているのであるが、六条院には思い当たることがあって、何も言わずにそれを聞いている。夕霧が何故あのような夢を見たかを、お見通しと言わんばかりの描写である。

顕在夢44（夕霧→柏木）四―三六九頁

「……さて、今、静かに、かの**夢**は思ひあはせてなむ聞こゆべき。『夜語らず』とか女ばらの伝へに言ふなり」とのたまひて、をさをさ御答へもなければ、うち出で聞こえてけるを「いかに思すにか」とつつましく思しけりとぞ。

六条院は、夕霧が見たという夢を、これから考え合わせてみようととぼける。これはむしろ、柏木と女三宮の間の秘密を明らかにしないための口実として、夢を使っているようにも描かれている。

それはさておき、続けて六条院が、「(夢を) 夜語らず」と女房が言い伝えていると言っているが、これこそ当時の風習なのであろう。

4 『源氏物語』第三部に見える「夢」

最後に、第四二「匂宮」巻から第五四「夢浮橋」巻まで、薫と宇治の姫君たちの物語が繰りひろげられ、浮舟が出家して皆の罪を贖うという「宇治十帖」を含めた第三部に見える「夢」を見ていくことにしよう。

総角

顕在夢45 (中の君→故八宮) 顕在夢46 (大の君→故八宮) 五―三二一頁

「故宮の**夢**に見えたまへる、いともの思したる気色にて、このわたりにこそほのめきたまひつれ」と語りたまへば、いとどしく悲しさそひて、「亡せたまひて後、『いかで**夢**にも見たてまつらむ』と思ふを、さらにこそ見たてまつらね」とて、二ところながらいみじく泣きたまふ。

宇治の八宮の中の君は、故八宮を昼寝の夢に見たが、ひどく心配げな様子でほのかに姿を見せたのであった。大の君は、夢ででもお会いしたいのに今までお会いできなかったと言い、二人で泣き合う。

自分たちの境遇への自覚もあって、八宮はさぞかしご心配であろうという思いから、このような夢を見させることになる。一方の大の君は、せめて夢ででも合いたいと願う八宮の夢を見ることができない。

読者には中の君が夢を見たことへの共感はあったであろうし、また大の君が夢を見られないことも、夢想の個人差は理解されていたであろうから、これも共感を生んだことであろう。


顕在夢47（阿闍梨→故八宮）五—三二〇頁

「さりとも涼しき方にぞ」と思ひやりたてまつるを、先つころの**夢**になむ見えおはしましし。俗の御かたちにて、「世の中を深う厭ひ離れしかば、心とまることなかりしを、いささかうち思ひしことに乱れてなん、……」など申すに、……


重態となった大の君の夜居に候じた阿闍梨は、夢に八宮が見えた様子を、薫や姫君たちに語る。八宮は、この世にひとふしだけ心にかかることがあって、往生の一念が乱れたために、極楽浄土から遠ざかっていると語った。大の君は、父宮の往生を妨げている自分の罪の深さを嘆く。

八宮と死別し、宇治で寂しく暮らす姫君たちにとっては、亡き父宮の思い出というのは、その死後においても生きる標だったのであろう。病が重くなる大の君を見るにつけ、中の君が父宮の心配そうな姿を夢に見るというのは、当然のことであった。八宮は、薫に姫君たちの後見を託したのであるが、その遺言に背いてしまったという姫君たちの思いが、夢の中で八宮の不安を予想させたものと思われる。

八宮の出てくる夢を語った阿闍梨も、姫君たちと薫や匂宮との関係を知っていたはずである。こんなことでは、さぞや父宮はあの世でお嘆きだろうという思いが、このような夢を見せたのであろう。もちろん、夢に託して彼らを戒めたのかもしれないが。

顕在夢48（阿闍梨→故八宮）五―三二二頁

宮の**夢**に見えたまひけむさま思しあはするに、「かう心苦しき御ありさまどもを、天翔りてもいかに見たまふらむ」と推しはかられて、おはしまししし御寺にも御誦経せさせたまふ。

八宮が現われた阿闍梨の夢を思い合わせた薫は、姫君たちの嘆きを思って、誦経や祈祷を手配する。死者が極楽往生したり、逆に地獄で苦しんでいたりするという事実は、生前に親交のあった者の夢に出てくることによって「証明」される、という筋書きは、仏教説話や往生伝に見られるところである（単に生者による死者への評価と想像の産物であるが）。紫式部は、八宮が姫君たちのために成仏できないという夢を設定することによって、姫君たちの悲惨さをより強調しようとしているのである。

宿木

顕在夢49（夕霧→柏木）五―四八一頁

笛は、かの**夢**に伝へし、いにしへの形見のを、「またなきものの音なり」とめでさせたまひければ、「このをりのきよらより、または、いつかははえばえしきついでのあらむ」と思して、取う出たまへるなめり。

藤花の宴の場面で、吹奏された楽器の由来が語られる。そこで奏でられた笛は、かつて柏木から夕霧、そして六条院、薫へと伝領されたものであった。紫式部は、よほどあの夢に愛着があったのであろう。

浮舟

顕在夢50（浮舟）六―一三〇頁　顕在夢51（浮舟）六―一三一頁

母屋の簾はみな下しわたして、「物忌」など書かせてつけたり。「母君もやみづからおはする」とて、「**夢**

見騒がしかりつ」と言ひなすなりけり。……

昨夜より穢れさせたまひて、いと口惜しきことを思し嘆くめりしに、今宵**夢**見騒がしく見えさせたまひつれば、「今日ばかりつつしませたまへ」となむ、物忌にてはべる。

石山詣のために迎えに来るという浮舟の母君に対し、匂宮が浮舟の許に泊まりに来ていることを悟らせたくない右近は、石山詣に出かけないための口実としての夢を創作し、「夢想物忌」を装う。実際に母君からの迎えの者がよって来ると、右近は昨夜からの「障り」をも夢に加え、追い返すのであった。

夢想を口実として、面倒な外出を忌避するという行動様式は、平安貴族に広範に見られたものであるが、ここでもその手法を使うことによって、読者の共感を呼んだことであろう（偽りの「障り」を称することも同様だったのであろうか）。

顕在夢52（浮舟→匂宮）六—一五七頁

わが心にも、「それこそはあるべきことにはじめより待ちわたれ」とは思ひながら、あながちなる人の御事を思ひ出づるに、恨みたまひしさま、のたまひしことども面影につとそひて、いささかまどろめば、**夢**に見えたまひつつ、いとうたてあるまでおぼゆ。

匂宮が帰京した後も、浮舟の脳裡には、その様子や言葉がうかんでくる。すこしうとうとすると、匂宮の面影が夢に現われるのであった。

浮舟は匂宮の魂が身を離れてこちらにやってきたと感じて気味悪がるが、当時でも、その人のことを思うと夢に出てくるというのはよくあることであると認識されていたはずで（『口遊』に載せる六夢の中の「想夢」とか「思夢」の類）、これも読者によく感得されたところであろう。

顕在夢53・54・55・56（母君→浮舟）六—一九四〜一九五頁

寝ぬる夜の**夢**に、いと騒がしくて見えたまひつれば、誦経所どころせさせなどしはべるを、やがて、その**夢**の後、寝られざりつるけにや、ただ今昼寝してはべる**夢**に、「人の忌む」といふことなん見えたまひつれば、おどろきながら奉る。よくつつしませたまへ。人離れたる御住まひにて、時々立ち寄らせたまふ人の御ゆかりもいと恐ろしく、なやましげにものせさせたまふをりしも、**夢**のかかるを、よろづになむ思うたまふる。

薫と匂宮との板挟みになり、死を決意した浮舟の許に、京から母君の手紙が届く。「昨夜の夢に、あなたの姿がひどく胸騒ぎのする様子で見えた。今、昼寝をすると、その夢に世間で忌むことが見えたので、手紙を差し上げているのです。よく慎み、寺で誦経をさせなされよ」というものであった。

娘と高貴な公達との関係を聞き、また娘が気分悪くしている様子を中将の君から聞いていた母君は、心配のあまり、このような夢を何度も見たのであろう。

ただ、これも霊的なメッセージなどではなく、様々な情報やそれに対する自分の感情が見せたものである。浮舟は、この直後、母に最後の手紙をしたためる。

顕在夢57・58（母君→浮舟）六—一九六頁

乳母、「あやしく心ばしりのするかな。**夢**も騒がし」とのたまはせたりつ。宿直人、よくさぶらへ」と言はするを、「苦し」と聞き臥したまへり。……

右近、ほど近く臥すとて、「かくのみものを思ほせば、もの思ふ人の魂はあくがるなるものなれば、**夢**も騒がしきならむかし。「いづ方」と思しさだまりて、いかにもいかにもおはしまさなむ」とうち嘆く。

沈みこんで臥せっている浮舟に対し、乳母は、母君から夢見が悪いという手紙をもらったので宿直人を戒めるようにと、女房に言わせる。

また、右近は浮舟の近くに寝て、「このように悩んでいると、物思う人の魂は身を抜け出るから、母君の夢に出たのだ」と諭す。薫と匂宮のどちらかに決めるように勧める右近に対し、浮舟はただ臥せるだけであった。

『源氏物語』の冒頭から見られた、「物思ふ人のたましひは、あくがるなるもの」という俗習は、ここでも語られて、読者に呼びかける。

手習

顕在夢59（尼君→娘）六―二八六頁

うち聞くままに、「おのが寺にて見し**夢**ありき。いかやうなる人ぞ。まづそのさま見む」と泣きてのたまふ。

横川僧都は、妹尼と初瀬詣でをした帰途、入水した浮舟を発見する。妹尼は、亡くなった娘の身代わりを得られるという夢を長谷寺で見ていたのだが、それを思い合わせ、その姫君の姿を見たがる。

長谷寺に参籠して見た夢という、類型的なパターン。妹尼は、この場面では僧都に夢の内容を明かさない。夢を人に語ると内容が違ってしまうという発想なのであろう。

顕在夢60（尼君→娘）六―二九二頁

「川に流してよ」と言ひし一言よりほかに、ものもさらにのたまはねば、いとおぼつかなく思ひて、「いつしか人にもなしてみん」と思ふに、つくづくとして起き上がる世もなく、いとあやしうのみものしたまへば、「つひに生くまじき人にや」と思ひながら、うち棄てむもいとほしういみじ。**夢**語もし出でて、はじめより祈らせし阿闍梨にも、忍びやかに芥子焼くことせさせたまふ。

介抱を受ける浮舟は、「川に流してください」と言ったきり、何も言わない。妹尼は、夢告げの内容をうち明けて、浮舟の心を開こうとする。

夢を人に語ると内容が違ってしまうという考えに対し、秘密にしていた夢の内容をうち明けることによって、その相手と心が通い合うという構想になっている。この後、僧都の祈祷によって物の怪が現われ、浮舟は意識を回復する。

夢浮橋

夢61 （薫→浮舟） 六―三九二頁

さらに聞こえん方なく、さまざまに罪重き御心をば、僧都に思ひゆるし聞こえて、今は、「いかで、あさましかりし世の**夢**語をだに」と急がるる心の、我ながらもどかしきになん。

夢62 （浮舟→薫） 六―三九三頁

昔のこと思ひ出づれど、さらにおぼゆることもなく、「あやしく、いかなりける**夢**にか」とのみ心も得ずなん。

小野の庵で仏道にいそしむ浮舟の許に、薫の手紙が届く。「せめてあの時の夢のような出来事の話だけでもしたいもの」と。

妹尼に返事を書くよう責められた浮舟は、「夢のような出来事と仰せられても、どのような夢だったのか合点がいかない」と言って、薫の手紙を押しやる。

浮舟の入水を、「夢のような出来事」と表現したものである。これは比喩的表現であるが、『源氏物語』の最末尾なので、ここに挙げることにした。「夢のごときこと」とは、古典文学では、普通は男女の逢瀬を指すのであるが、このあまりに尋常ならざる出来事は、まさに本人にとっても、どんな夢だったのかわからない状態だったのであろう。

なお、『源氏物語』の最後の巻が、「夢浮橋」と名付けられていることも、なにやら象徴的である。この語は、薄雲巻に引かれている出典不明の古歌、

世の中は　夢のわたりの　浮橋か　うち渡りつつ　物をこそおもへ

との関連が説かれているが、この世を夢の浮き橋と感じた作者なればこそ、浮舟の蘇生後の生き方を、この作品の末尾のように構想させたのであろう（それにしても、薫が「どこかの男が浮舟を隠し住まわせているのだろう」と思ったところで物語を終えているというのは、作者の絶望的な男性観が窺える）。

おわりに

以上、『源氏物語』に見える「夢」をたどってきた。それは紫式部という女性が構築した物語世界の中の描写であるとはいえ、当時の社会が夢というものに対して抱いていた共通認識をその根底に置いていたであろうことは、十分に推察されるところである。

まず、『源氏物語』の登場人物が夢を見るメカニズムは、脳生理学の研究を一歩も出るものではない。つまり、彼らの「夢」もまた、直前の記憶や情報、知識に基づいているのである。その点では紫式部も、自分の創作物語の登場人物を、自分の生きていた平安貴族社会の人間たちと同様の人間として描いていることにな

る。

ただ、『源氏物語』の登場人物たちが、自分の見た夢に対して、神仏の啓示として怖れを抱いていたかどうかという問題は、どうも個人差があるように描いている。桐壺院に睨まれるという夢を見た朱雀帝が、それをひどく怖れ、ついには眼病を患うことにしているのに対し、その話を聞いた弘徽殿大后は、それを一喝するというふうに描写する。神仏の啓示として怖れを抱いた人物もいれば、それに対して何とも思わない人物もいた。紫式部の生きた社会にも、このような二種類の人間がいたことによるのであろう。

また、夢の持つ宗教性をかならずしも信じてはいなくとも、誦経や諷誦を修している例や、夢をお互い同士の口実やきっかけとして利用している例も、しばしば見られる。夢を怖れてはいなくとも、一応の対応はしておこうというこれらの例は、夢に対する一般的な対応として、平安貴族社会で実際に行なわれていた姿だったであろうことは、十分に推測できる。創作された物語とはいえ、それらは平安貴族社会の縮図だったのであろう。

ただ、自己の構築した物語世界の中で、夢が重要な役割を果たすとはいっても、それは『源氏物語』という作品の特異性を浮き彫りにするものでもある。何故にこの作品において、夢がこのような役回りを持たされることになったのかは、また別に考えなければならない問題であろう。

註

＊1　倉本一宏『平安貴族の夢分析』（吉川弘文館、二〇〇八年）。

＊2　倉本一宏「平安朝説話文学に見える「夢」」（『駒沢女子大学　日本文化研究』第七号掲載、二〇〇七年）、同「『栄花

物語』に見える「夢」」（山中裕・久下裕利編『栄花物語の新研究』所収、新典社、二〇〇七年）、同「平安物語文学に見える「夢」」（『駒沢女子大学　研究紀要』第一四号掲載）。

＊3　今回は場面ではなく、語としての回数として集計した。また、顕在夢と比喩としての「夢」を厳密に区別した。前稿とは異なる数になるのは、そのためである。

＊4　福田孝「夢のディスクール」（『源氏物語のディスクール』所収、白馬書房、一九九〇年）。

＊5　顕在夢の登場回数が多い巻を挙げてみると、若紫（五例）、明石（一〇例）、若菜上（八例）、横笛（六例）、総角（四例）、浮舟（九例）といったところである。顕在夢がまったく登場しない巻が三四もあるのに比べると、その特異性は顕著である。なお、比喩表現や歌中の語としても「夢」という語を使用しなかった巻も、一一存在する。

＊6　頁数は阿部秋生・秋山虔・今井源衛・鈴木日出男校注・訳『新編日本古典文学全集　源氏物語』（小学館、一九九四—九八年）によるものとする。適宜、「　」を付した。

＊7　倉本一宏『平安貴族の夢分析』（＊1）。

『源氏物語』における夢の役割

―伏流水として流れる夢―

河東　仁

はじめに

四辻善成が一三六七年ごろに著した源氏註釈書『河海抄』に、『源氏物語』の成立に関する伝説がこう記されている。[*1]

あるとき賀茂斎院の選子内親王より上東門院彰子のもとへ、珍しい物語はないかとの下問があり、彰子は自分に仕える紫式部に新作を奉るよう命じた。そこで彼女が石山寺に参籠《さんろう》して本尊の観音菩薩に祈念していたところ、八月十五夜の月が琵琶湖に映る姿を見ているうちに物語の構想が湧き上がってきた。こうして書き出されたのが「須磨」と「明石」の巻であり、「須磨」に「今宵は十五夜なりけり」というくだりがあるのである。

同種の話は『河海抄』より古い室町初期の『源氏大鏡』などにも見られる。しかし実際には、紫式部は出仕する以前から『源氏物語』を書き進めており、その評判を伝え聞いた藤原道長が娘である彰子の女房にした、とみなすのが一般的である。[*2]

だがこうした伝説が紡ぎ出された背景として、「須磨」「明石」の巻には石山寺を想起させる何らかの要素があることが考えられる。そこで本稿では、『源氏物語』における夢の役割を探るにあたって、まずは石山寺から話を始めてみたい。

1　石山寺

後白河法皇が撰した『梁塵秘抄《りょうじんひしょう》』に、「観音験《しるし》を見する寺、清水、石山、長谷の御山、粉河、近江なる彦根山、ま近く見ゆるは六角堂」という今様が収められているように、清水寺・石山寺・長谷寺・粉河《こかわ》寺・彦根寺・六角堂はいずれも王朝期に観音霊験寺として信仰を集めていた。そして霊験の多くは、観音からの夢告《むこう》という形で語られていた。[*3] 例えば『蜻蛉日記』には、石山寺にて感得された夢が一例、藤原道綱母《みちつなのはは》によって記されている。

その一つは、夫藤原兼家の夜離《よが》れに懊悩するなか、石山寺に参籠した時の記述である。ここで彼女は、法師が癒しの水を自分の右膝に注いでくれる様を夢に見ている。今一つは、彼女が袖で月と日とを受け止め、月を足の下に踏み、日を胸に当てて抱く夢である。ただし改めて指摘するまでもなく後者は、彼女自身が見たものではない。その二年ほど前、石山寺で出会った穀断ちの苦行僧に、自分のために祈ってくれるよう依頼しておいたところ、これこれの様を夢に見ましたと僧が報告してきたものである。

2　夢信仰

ところで自分の代わりに夢を見てもらうなどという行為は、現代の我々からすれば、滑稽の極みであろう。しかし古代のみならず中世になっても、他人の吉夢を買ったり奪ったりして、その福運を自分のものにしてしまう話が幾つも語られている。その代表的な例の一つが、『曾我物語』の語る北条政子の若いころの話である。[*4]

あるとき妹が不思議な夢を見たと政子に告げた。高い峰に登って月と日を左右の袂におさめ、実が三つなった橘の枝をかざすという夢であるが、日月をとるなど男でも難しく女の身では叶わぬゆえ、これは逆夢であろうというのである。するとこれが皇子を産むことになる運命をもたらす吉夢であると確信した政子は、妹をだまして夢を買い取った。

その結果、後に将軍となる頼朝と結ばれ、第二代、第三代将軍を産んだというのである。このように他人の夢を自分のものにできる以上、『蜻蛉日記』の記述のごとく、神仏の世界に通じた法師などに代参してもらった方がより確実な夢告を得られる、という論理も成り立つことになる。[*5]

ちなみに北条政子の場合、一豪族でしかない北条氏の娘として生まれたにもかかわらず、後に天下人となる頼朝と結ばれたという、彼女の数奇な人生を説明づけるものとして、いわば後付けの論理として、右の夢譚が案出されたと想定するのが妥当かもしれない。しかしそれであっても、後付けの論理として成立しうるだけの霊的な力を、当時の人びとは夢に見ていたことになる。夢をめぐるこうした考え方を筆者は、「夢信仰」ないし「夢見文化」と呼んでいる。そして『源氏物語』もまた、「夢信仰」をさまざまな形で取り込んでいることが指摘されうる。

3　夢による魂逢ひ

いわゆる就寝中に見る夢という意味で『源氏物語』に書き込まれている夢の話は、数え方にもよるが、次々頁の表のごとく全二十三例ある。[*6] そしてこれらの夢は、それぞれ物語のなかでしかるべき役割を果たしている。そこでまずは、夢信仰のうち、「魂逢《たまあ》ひ」というものに注目してみたい。これは『万葉集』の挽歌にはじまり相聞歌で展開されたモチーフであり、愛や想いが深まると、夢を通い路として想い合う者同士の魂が出逢えるという考え方である。

表で言えば、夢②について語るくだりの冒頭に、今は亡き夕顔を〈夢にだに見ばや[*7]〉、せめて夢にて逢いたいと光源氏が願う場面が登場する。同じく源氏の夢⑭には、女三宮との新婚三日目の夜、紫の上が現れる。〈かやうに思乱れ給ふけにや、かの御夢に見え給ければ〉、堪え忍びながらも思い乱れる紫の上の魂が抜け出て夢に現れたのである。

恋する相手ではなく亡き父が夢に現れ、窮境にいる夢見手を救うモチーフも見られる。懐かしい桐壺院が現れ、住吉の神にしたがって須磨の浦をただちに去れと告げる源氏の夢⑦、帰京後も顔を見せない彼を待ち続ける末摘花の夢⑩に亡き父の宮が現れ、それが吉兆であったのか、荒れ果てた邸に再び源氏が姿を現す場面である。

これに対して死者が心残りを訴えたり、救いを求める夢もある。藤壺宮が、〈漏らさじとのたまひしかど、うき〔憂〕名の隠れなかりければ、はづ〔恥〕かしう、苦しき目を見るにつけても、つらくなむ〉と、不義を源氏が紫の上に漏らしたことを嘆く夢⑪、遺愛の横笛が伝わるべき者に伝わっていないと亡き柏木が夕霧に訴える夢⑰、そして娘たちのことが気がかりで往生できないと八宮が宇治の阿闍梨へ訴える夢⑲である。また巻十三「明石」には、都に天変地異がつづくなか源氏の異母兄である朱雀帝の夢⑨に亡き父桐壺院が現れ、不機嫌な表情で帝を睨みつけあれこれ告げる場面が登場する。

ところで夢⑨で睨まれたためか、朱雀帝はこの後で眼を患うことになる。この延長線上に位置づけられるのが、怨霊や物の怪が夢に現れるモチーフである。夕顔をとり殺した、いと美しげなる女が現れる源氏の夢①②、夕顔の実子である玉鬘の乳母が見た夢⑫である。なお自らが生霊となって葵の上に襲いかかる姿を見てしまう六条御息所の夢④は、魂が抜け出るという点において、これら三例よりも魂逢ひの要素が強いと言うことができる。また夢⑭の後で源氏が紫の上のもとへと急いだのは、彼女の思いが昂じて生き霊となり、

表『源氏物語』の夢

番号	帖名	夢見手	現れるもの	内容
第一部				
①	夕顔	光源氏	霊女	夕顔と廃院に泊まったところ、いと美しげなる女が夢に現れて源氏を責めたて、起きると夕顔が死んでいる。
②	〃	〃	霊女	夕顔の四十九日の法要があった翌日、夢に例の女が現れ、源氏は魅入られてしまったのではと恐れる。
③	若紫	〃	不明	只事ならぬ様を夢に見たため夢合わせする者に尋ねると、思いも寄らぬ将来が待っていると告げられる。
④	葵	六条御息所	異様な姿の自分	葵の上が懐妊中に物の怪に取り憑かれたころ、嫉妬に狂い異様な姿となった自分が葵上を襲うさまを見る。
⑤	須磨	光源氏	得体の知れぬもの	流謫の身を嘆く源氏が、なぜ宮からのお召しに応えぬのかと告げられ、龍王に魅入られたかと危惧する。
⑥	明石	〃	得体の知れぬもの	風雨のつづくなか、夢⑤の得体の知れぬものがしきりに現れる。
⑦	〃	〃	亡き桐壺院	亡き父の桐壺院が夢に現れ、源氏を励ます。
⑧	〃	明石の入道	異形のもの	異形のものが何かを告げ知らせる。
⑨	〃	朱雀帝	亡き桐壺院	桐壺院が現れ、不機嫌な表情であれこれ告げて朱雀帝を睨みつける。
⑩	蓬生	末摘花	亡き父	昼寝の夢に亡き父の宮が現れ、それが瑞兆であったのか、源氏が昔を想い出して訪ねてくる。
⑪	朝顔	光源氏	亡き藤壺宮	冷泉帝が二人の間の子であることが知られ、恥ずかしく苦しい思いをしていると訴える。
⑫	玉鬘	玉鬘の乳母	夕顔と霊女	太宰府の地に着いた玉鬘の乳母の夢に夕顔が現れるが、そばに彼女に取り憑いた霊女が立っている。
⑬	蛍	内大臣	不明	ある夢を夢解きに合わさせたところ、行方不明だった御子が誰かの養女になっているのでは、と告げられる。

第二部	⑭	若菜上	光源氏	紫の上	女三宮との新婚三日目の夜、紫の上の姿を夢に見た源氏が、彼女のことが気がかりになる。
	⑮	〃	明石の入道	日月と須弥山	明石の君を母親が懐妊したころ、日月と須弥山をモチーフとする夢を見る。
	⑯	若菜下	柏木	女三宮の飼い猫	女三宮への想いを遂げたとき、それまで宮の形代として可愛がっていた猫が夢に現れる。
	⑰	横笛	夕霧	亡き柏木	遺愛の横笛を貰いうけた夕霧の夢に亡き柏木が現れ、違う方へ笛が伝わってしまった、と告げる。
第三部	⑱	総角	中君	亡き八宮	昼寝をしていた中の君の夢に、亡き父の八宮が心配事のありそうな様子で現れる。
	⑲	〃	宇治阿闍梨	亡き八宮	心が乱れて極楽へ往生できないでいるので、供養をして欲しいと告げる。
	⑳	浮舟	浮舟	匂宮	匂宮と誤って契りを結んでしまったのち、夢に匂宮の姿を何度も見て、我ながら情けなく思う。
	㉑	〃	浮舟の母	浮舟	夜の夢に、浮舟がひどく胸騒ぎのする有様で現れる。
	㉒	〃	〃	不明	昼寝の夢に、世間で凶兆とされることが見える。
	㉓	手習	尼君	不明	横川僧都の妹尼が長谷寺に参籠し、亡き娘の身代わりを授かる、といった内容の霊夢を見る。

女三宮にとり憑いてしまうことを恐れたからだとの解釈もある。*8

さらに魂逢ひに近接したものとして、心の内に秘めている事柄が、夢を介して意図せずに相手へ伝わってしまうというモチーフがある。巻二「箒木」に登場する、源氏と契ってしまったことを悔やむ空蝉が、夫である伊予介の〈夢にや見ゆらむ〉と恐れる場面である。また夢㉑㉒では、入水せんとする浮舟の決意が〈夢にいとさはがしくて見〉え、〈夢に、人の忌むといふことなん見え〉という形で、母親にそれとなく伝わっている。

なかには内大臣（もと頭中将）の夢⑬、横川僧都の妹尼が長谷の〈寺にて見し〉夢㉓のように、内容がまったく記されていないものもある。しかし前者は夢をいとよく合わせる者の手で、〈もし、年ごろ御心に知られ給はぬ御子を、人のものになして、聞こしめし出づることや〉「行方不明になっていた御子が誰かの養子になっているのでは」と解釈されることによって、その内容が読者に知らされる。後者も妹尼自身の口から、〈かなしと思ふ人の代はりに、仏の導き給へる〉と語られることで、「亡き娘の身代わりをさずかる」という内容であったことが分かる仕掛けになっている。

4　伏流水として流れる夢 i

これまで紹介してきた夢は、魂逢ひを始めとして夢告や夢合わせといった、当時の夢信仰ないし夢見文化をその場面場面に即した形で効果的に採り入れたものと言うことができる。ところが『源氏物語』には、場面場面ではなく物語全体を水路づける役割を果たしておきながら具体的な内容を明確には見せない夢、それでいて伏流水のように登場人物の人生を形作ってゆく夢も存在する。

その一つが、巻五「若紫」に出てくる源氏の夢③である。ここでは藤壺宮と源氏との許されざる逢瀬、そしてそれ以来彼女の体調が思わしくないことが語られた後に、源氏が〈おどろおどろしうさまことなる夢〉を見る。内容は、右の二例と同様に具体的には語られない。しかも、ここでも夢を合わせる者が呼ばれるが、〈をよびなうおぼしもかけぬ筋のこと〉すなわち及びもつかず思いもかけぬ筋合いのことが起こるという曖昧な解釈しかさせず、読者は、夢の内容について見当も付かないまま放って置かれることになる。

また夢合わせする者は、右に続けて、〈その中に、たが〔違〕いめ〔目〕ありて、つゝしませ給ふべきことなむ侍る〉つまりそれが実現するまでには、物事が順調に行かず謹慎しなければならないことにもなると付け加えているが、これまたこの段では意味不明である。

しかし冒頭にて紹介した『河海抄』以来、この夢合わせの結果は、源氏が天子の親になることだとみなすのが通説になっている。[*9] 実際にも、この夢の直後に藤壺宮の懐妊が明らかにされ、源氏が〈もしさるやうもや〉、あの夢はもしやそのようなことであったのかと述懐している。

ただし源氏の波乱に富んだ人生は、そもそも巻一「桐壺」における観相の場面で予示されている。桐壺帝は寵愛する二宮の行く末を案じ、臣下のように変装させたうえで、高麗人《こまうど》の相人に将来を占わせた。すると相人は、国の祖《おや》となる相をもたれているが、そういう御方として占うと、国が乱れ民の憂えることが起こるやもしれぬ、かといって朝廷の重鎮となって政治を補佐する御方として占おうにも、そのような相ではない、と告げたのである。すなわち帝にもならず、太政大臣の相でもないと、これまた意味するところが極めて不鮮明な内容である。

そして巻十四「澪標《みおつくし》」に至って初めて、夢③と高麗人の予言の意味するところが明確になる。明石の入道の娘が源氏の姫君を産んだことを知ったとき、それまで語られることのなかった、今一つの予言が明らかにされるのである。それは宿曜《すくよう》による占いであり、源氏には三人の子が生まれ、一人は天皇（冷泉帝）、一人は皇后（明石中宮）、劣りの子は太政大臣（夕霧）になるという内容である。しかし興味深いことに源氏は、自分に姫君が生まれたことを知った時点で宿曜の占いを想起するが、この占いがいつなされたのかは何も記されていない。あたかも夢③と高麗人の予言の曖昧さを補うために登場したかのようである。だがいずれにしても、源氏の一生は、高麗人の観相、夢③そして宿曜、これら三つの占いのとおりに進んでいることが、「澪標」

巻の段になって明瞭に示されることになる。言い換えるとこれら三つの予言は、源氏の一生における伏流水になっているのである。

そうしたなかで巻五に登場する夢③のみが、源氏の生涯における「違《たが》い目」を予示する。そしてその意味するところがはっきりするのは七帖後にある巻十二「須磨」であり、次の「明石」の巻にかけて今までとは様相を異にした夢が畳み込まれるように登場してくる。

5　須磨の霊夢

源氏は二十六歳の三月、人目に付かぬ夜明け前に自邸を出て、ごく僅かな伴人とともに須磨へくだった。弘徽殿大后・右大臣派が源氏の失脚をはかり、謀反の罪を着せようとしていると知ったためである。巻八「花宴」において右大臣の娘、朧月夜と出逢う場面で、〈まろはみな人にゆるされたれば〉、私は誰もが大目に見てくれると言い放つほど慢心していた源氏にとって、まさしく人生で初めて体験する「違《たが》い目」であった。

須磨の地で都の女君たちや伊勢の御息所と文《ふみ》を交わしたり、琴《きん》や絵によって流謫の我が身を心慰めているうちに年が明け、三月一日になった。そして禊ぎを勧める者があったため、源氏は陰陽師を召すと海辺にて祓いの儀を執り行わせ、〈やをよろづ《〔八百万〕》神もあはれと思ふらむをかせる《〔犯〕》罪のそれとなければ〉と詠んだ。すると途端に風が吹き出し、空も真っ暗になる。祓いの儀がまだ終わっていないというのに暴風雨が襲いかかり、雷鳴がとどろく。夜になっても嵐は収まらず一同はうろたえるが、源氏は平然と経を誦している。ところが暁になって寝入ると、源氏の夢⑤に〈そのさまとも見えぬ人〉得体の知れぬ者が現れ、「どうして宮からお召しがあるに参らぬのか」と言いながら手探りで近づいてくる。はっと目の覚めた源氏は、龍王に魅入られてしまったのかと不気味に思い、須磨での暮らしが耐えられなくなってくる。

しかも雨風はいっこうにやまず雷鳴が静まらぬまま幾日もが過ぎ、源氏の気持ちは沈んでゆくばかりである。夢⑥にも先と同じ格好をした者がしきりに現れ、引き寄せようとする。そうしたなか紫の上の文をたずさえた使いが来て、都でも暴風雨が続いており政事《まつりごと》が途絶えていると伝える。これを聞いた源氏は住吉の神に大願をかけるしかなかった。そしてさらに龍王、八百万の神々に願をかけた途端に、居所につづく廊に雷が落ち、廊が焼けてしまう。

しかしこれを境に雨風が弱まってゆき、星や月も姿を現す。だが源氏は念誦しながらも、あれこれ考えると気持ちが落ち着かない。そして疲れのため思わずうとうとしていると、またもや源氏に夢⑦が訪れる。

桐壺院が生前のままの姿で現れ、「どうして、このような見苦しい所におるのだ」と言われ、源氏の手をとって連れてゆこうとされる。そして「住吉の神のお導きに従って早く舟を出し、この浦を去りなさい」と言われる。源氏が、「父上とお別れ申して以来、悲しいことばかり多く、いっそ命を捨ててしまいたいほどです」と申し上げると、「とんでもないことだ。ちょっとしたことの報いである。朕は、在位中に過失はなかったが、知らず識らず犯した罪があり、その罪を償うのに暇がなく、この世を顧みないでいた。しかし大変な難儀にあっているのを見ると堪え難く、海に入りこの渚に上がってきた。そして疲れたが、帝に奏上しなければならないことがあるので、これから急いで京へ上る」と告げるや、立ち去ってしまう。

懐かしい父院の夢⑦を頼もしく嬉しく思っているうちに、夜が明ける。すると渚に舟が何艘も寄せられたので、尋ねると、前《さき》の播磨守で明石に住む入道が迎えに来たと言う。夢⑦の知らせと思い合わせた源氏は、伴人の良清に様子をさぐらせる。すると入道は次のように応える。

去る三月一日の夢⑧に、異形のものが告げ知らせることがあり、しかもそれ以前に「十三日に霊験を見せよう。舟の準備をして、雨風がやんだら須磨の浦へ寄せ着けなさい」と〈示すこと〉――恐らくはこれもまた夢告《むごう》の示し――がありました。そこで試みに舟の用意をし、予告の日が来たので舟を出したところ不思議な風が細く吹いてこの浦に着いたのです。これは神のお導きに間違いありません。

こうして源氏は明石へ移り、入道の娘と契りを交わすことになるのだが、一連の夢は右をもって終わることにはならない。先述した夢⑨の朱雀帝が桐壺院から睨みつけられる場面がこの後に記され、それはまさに三月十三日のことだったからである。

このように源氏の一生における「違《たが》い目」を描く「須磨」から「明石」の巻にかけて、五例もの霊夢が畳みかけるように登場してくる。そしてこれらが住吉の神を初めとする八百万の神々、天変地異と相俟って、まさに西郷信綱が指摘しているように、[*10]「筋立てが、外の巻々に比し一段と神話がかっ」た雰囲気を醸し出すことになる。

ただし以上は、物語の舞台の雰囲気づくりという役割でしかない。それより重視すべきは、これらの夢が源氏の境遇を変容させる役割を果たしていることである。

6　潜在王権の回復

源氏は、夢⑤と⑥の段階では海の龍王に魅入られたかと思い、龍宮へ引き込まれるのを恐れる。だが次から次へと夢が訪れるなか、次第にこれらが流謫の身に救いをもたらす――恐らくは住吉の神からもたらされた――霊夢であることが分かる仕掛けになっている。実際、夢⑨に到ると朱雀帝が眼病に罹り、源氏を召還したいと切に願いだす。もちろん初めは母の弘徽殿大后の反対にあうが、右大臣が薨去し弘徽殿大后も病がちとなり、ついに翌年の七月に召還の宣旨がくだるのである。

　こうして源氏二十六歳の春から二十八歳の秋まで続いた、須磨・明石における流謫の日々は終わりを告げる。帰京は中秋の八月であり、その十五日に源氏は挨拶伺いに参内する。そののちは順風満帆の日々がつづき、三十九歳の秋には、〈太上天皇になずらふ御位〉すなわち準太上天皇という帝の「父」の待遇にまで昇りつめ、まさに中秋の名月のごとく光り輝くことになる。

　改めて記すまでもなく深沢三千男が『源氏物語』の構造論的な研究における「王権論」の有効性を提示して以来、[*11]こうした経緯は「潜在王権の回復」と読み解かれている。帝王となる相をもちながら臣籍にくだされ、さらには無位無官の流謫の身となる。しかし京に返り咲いた後、ついには準太上天皇となり潜在王権を回復するという筋立てである。

　そしてこの文脈においては、「違《たが》い目」としての須磨行きが、王権を獲得するためのイニシエーションの場と位置づけられる。死の試練を通して、より高位の存在として再生する変容の場である。ちなみに西郷信綱は、故桐壺院に、イニシエーション儀式の場に来臨する祖霊の役割を見出している。[*12]そして源氏は、一連の夢が語られるなか、試練の闇をくぐり抜けることで、光をさらに増すことになる。

　ところでその光であるが、高橋亨によると、源氏の光は月に喩えられる例はあっても、太陽として喩えられることはない。[*13]まさに「桐壺」の巻において光の君が、〈かゝやく《〔輝〕》日の宮と聞こゆ〉藤壺宮と対照的に並べられる通りである。そしてそのことを以上と重ね合わすと、本稿の冒頭に記した『河海抄』の伝説が、『源氏物語』の本質をよく捉えていることが分かってくる。というのも月の光は闇によって輝きを得るものである。そこから湖水に映る中秋の名月を眺めるなかで、闇のなかを訪れる夢に導かれて輝きを増す光の君、満ち欠けする月の君の物語という構想が湧き上がってきた。そのため「須磨」「明石」の巻から起草され、「須磨」に〈こよひは十五夜なりけり〉というくだりがあるのだ。こう連想されるのも、その真偽はともかく、ごく自然な成り行きだからである。

ただしこれが推測の域を出ることはない。そこで「明石」の巻における今一つの重要な出来事が、源氏の新たなる子、やがて宿曜の占いに示される源氏第三子の懐妊であることを確認して、『源氏物語』における伏流水として流れる夢という本来のテーマに戻りたい。

7　伏流水として流れる夢ii

「須磨」から「明石」の巻にかけて登場する一連の夢は、神話的な雰囲気のなか源氏を明石の入道と遭遇させる役割を果たすことで、源氏物語における最大級の霊夢といえる日月《じつげつ》と須弥山《しゅみせん》の夢⑮とも結びついてゆく。巻三十四「若菜上」に登場する夢であり、東宮に入内した源氏の姫君が皇子を出産したと聞いた明石の入道が、そもそも姫君の母である明石の君が妻の胎に宿ったころに見たものである。そしてその内容は、入道が明石の君に宛てた文《ふみ》にて、こう明かされる。

あなたがお生まれになろうとした、その年の二月の某日の夜、次のことを夢に見ました。自分はみずから須弥の山を右手に捧げ持っている。山の左右からは、月の光と日の光が清《さや》かにさし出て世の中を照らす。自分自身は山の下の陰に隠れて、光は当たらず、山を広い海の上に浮かべ置くと、小さい舟に乗って、西の方角を指して漕いで行く。

周知のごとく以上は、一四七二（文明四）年に一条兼良の手で成立したとされる『源氏物語』の註釈書、『花鳥余情』以来、次のように解釈される。[*14]

右の手は女を意味するので明石の君を指し、月は中宮を意味するゆえ、明石の姫君がやがて中宮になること、日は東宮を意味しているゆえ、明石の君の孫に東宮が生まれるという瑞兆である。入道が山の陰に隠れて光が当たらないというのは、入道には栄華をむさぼる心がないゆえ、子孫の繁栄の恩恵にはあずからぬということである。山を広い海の上に浮かべ置くとは、山は須弥山で世界の中心であるゆえ、東宮がやがて即位して天下を治めるという意味である。小さき舟に乗って云々は、入道が西方極楽浄土に往生するという意味である。

この解釈の基本線は、右の手がなにゆえ明石の君にあたるのかが意味不明であるとはいえ、現代においても踏襲されている。すなわち入道には、この霊夢を背負った娘が授かり、さらに彼女から生まれる外孫が東宮に参内して皇子を産む。やがてはその皇子が即位する。つまり、明石の入道の血が皇統に流れるという途方もない内容である。そして夢⑮もまた、前述した、物語全体を水路づける役割を果たしておきながら具体的な内容を明確には見せず、それでいて伏流水のように登場人物の人生を形作ってゆく夢となっている。

すなわち明石の入道は巻十二「須磨」に初めて登場する人物ではなく、早くも巻五「若紫」において舞台に姿を垣間見せる。ただしここでは、源氏と直接に出会うことはない。大臣家の出ながら、なぜか近衛中将の地位を捨てて播磨守を望み、そのまま明石の地に引き籠もって一人娘の将来に期している〈世のひがもの〉がいるという噂話を、源氏が伴人の良清から聞くだけである。そして「若紫」の巻のメインテーマである後の紫の上との出会い、密通の結果として藤壺の宮の懐妊が語られるなか、入道は端役扱いのまま舞台から姿を消してしまう。

ところが「須磨」「明石」の巻にきて入道は突如、舞台の中央に躍り出てくる。だがここでも、娘との結婚を渋る源氏に対して住吉の神の神慮によるものと説得し、娘が身分違いと躊躇するのもかまわず、二人を結びつけてしまうなど、唐突で奇異な行動に終始する。

そしてこうした行動の理由を明らかにするのが、巻三十四「若菜上」の夢⑮である。長年の偏屈で奇異な行動は、ひたすら霊夢を孵化《インキュベーション》・実現して自らの筋から国母《こくも》を出すという途方もない野望を果たすためだったというのである。言い換えるとそれまで巧妙に伏線が敷かれ、「若菜上」に到って初めて、明石一族の始祖伝承とでも言うべき物語が一気に姿を現す仕掛けになっている。一つの物語のなかで別の物語を語りながらそれと気づかせず、夢の話をきっかけとして一挙に浮上させる。実に巧妙な構想である。西郷信綱も、「入道の夢の一件を大願成就した後であかすようにしたのは、作者の手柄である。もしもこれを最初にかたり、万事その夢のとおりに実現したという具合になっていたら、おそらく源氏物語のこの部分は説話文学になり終わっていたことであろう」と指摘している。*15

そこで物語の伏流水となっている夢③と夢⑮を比較すると、次のようにまとめることができよう。源氏の人生を形作ってゆく夢③は、まず夢の存在が示され、現実が動いてゆくなかで、その意味するところが分かってくる。これに対して明石一族、ことに明石の君の人生を形作ってゆく夢⑮は、訳のわからぬまま現実が先に動いてゆき、夢が語られる段になって初めて、それまでの現実の意味が分かる仕組みになっている。そして二つの夢の物語は、どちらも「若紫」の巻に端を発し、「須磨」「明石」の巻にて交差することになる。

もちろんここにおいて、明石の入道と源氏の母、桐壺更衣とが従兄妹関係にあったことも重要である。つまり入道の父大臣の弟は、桐壺更衣の父、按察使《あぜち》大納言である。そしてこの兄弟の祖は、そもそも皇位継承にやぶれた親王とされている。それゆえ按察使大納言は桐壺更衣、入道は明石の君という女系を通してそれぞれ皇統に復帰することを企てた。だがそれが実現するためには、神仏の加護は無論のこと、霊夢の力も必要だった。それが伏流水として流れる夢③と⑮、そして「須磨」「明石」の巻にて畳み込まれる夢⑤から夢⑨の役割だったのである。

8 インキュベーション

ただし夢⑮は、物語の伏流水として自然に実現していった訳ではない。その孵化《インキュベーション》・実現には、さまざまなことが必要であった。「若菜上」の巻にて明かされるように、夢⑮を感得したのち、〈俗の方《かた》の書を見侍りしにも、又内教《ないけう》の心を尋ぬる中にも〉つまり内教である仏典やそれ以外にも儒書などを紐解き、夢が信ずるに足ることを、まず確かめている。そのうえで「明石」の巻にて問わず語りに源氏へ伝えているように、明石の入道は十八年のあいだ住吉の神に祈願し、毎年春と秋の二回、娘を住吉社へ参詣させている。ちなみに住吉の神には、『住吉大社神代記』にあるように、皇統を護る神としての性格がある。*16 それゆえ須磨・明石から地理的に近いというだけでなく、皇統への復帰を願う、ないしそう宿命づけられている入道ならびに源氏が一心に祈念するのが住吉の神であったのも当然ということになる。

だがその一方で入道は、娘はおろか妻にさえ夢⑮のことは何一つ語らず、京を離れて明石の地に引き籠もってしまうが、これは、重要な夢は実現するまで他人に話してはならぬという、「夢信仰」における約束事の一つに由来するものと考えられる。たとえば天下を掌中におさめる福運を約束した吉夢を感得しながら、それを妻に話してしまったため、権力の頂点に辿り着く一歩手前で滑り落ちてしまったという話が、八六六〈貞観八〉年の応天門炎上事件にて失脚した伴善男《とものよしお》をめぐって語られている。[*17]

しかし明石の入道が夢⑮を孵化《インキュベーション》・実現するためになした最大の行為は、〈みづからは山の下の蔭に隠れて、その光にあたらず〉にいることだった。さらに言えば、自らを犠牲にすることであった。つまり「若菜上」の巻の時点では、東宮の皇子が誕生したとはいえ、まだ東宮は即位しておらず、明石の姫君との皇子が立太子さらには即位する確証がなかった。それゆえ明石の入道としては、夢⑮が完全に現実化するために自らの身を代償として差し出す必要があったのである。実際、文を書いてから三日目、〈今はとてかき籠もり、さるはるけき〔遥〕山の雲霞に混じり〉姿を消してしまう。夢⑮を感得してからの入道は、自らの半生すべてを、その孵化《インキュベーション》・実現のために捧げ尽くしたのである。

おわりに

以上、『源氏物語』において夢が果たしている役割について論じてきた。そして最後に「夢信仰」にて尊ばれる定型夢の一つ、入胎夢《にったいむ》に触れながら本稿を終わりにしたい。入胎夢とは、聖者や王者ないし英雄の誕生をめぐって、洋の東西を問わず語られてきた霊夢であり、女児の出生をめぐって語られる場合には、娘が長じて聖者や王者の母となる予兆とされる。具体的には、日月《じつげつ》や明星、宝珠や剣などを呑み込む、あるいは懐や袂へ入れるといった様を夢に見たのち懐妊するというパターンのものである。

我が国でも、平安中期に成立した太子伝『聖徳太子伝暦《でんりゃく》』に記されている聖徳太子をめぐる入胎夢を筆頭として、空海・源信・法然・親鸞といった高僧、あるいは後村上天皇、さらには豊臣秀吉など枚挙に遑がないほどである。[18] また入胎夢は、女性だけでなく受胎させる男性の側も同じ内容を見る、「二人同夢」の形をとる場合も少なくない。夢の霊性をより強調するためである。さらには受胎する女性でなく、男性のみが単独で見る場合もあるが、夢のもつ霊性には何ら変わりがない。[19] 入胎夢の役割は、聖者や王者の誕生を予示することにあるからである。またその変型《バリアント》として、冒頭にて紹介した『蜻蛉日記』における石山寺の苦行僧や北条政子の妹のように、懐妊時ではなく、長じてから見る場合もあるが、これまた権力を掌中におさめる福運を読み取るのが「夢信仰」の定型的な解き方である。

　ところで『花鳥余情』が明石の入道の夢の準拠として、仏典『過去現在因果経』を挙げているが、確かにその想定は否定しようがない。日月とともに須弥山が重要な位置を占めるモチーフの夢が登場する書は、これ以外には存在しないからである。ただしここで指摘しておかねばならないのは、この仏典における夢は、その意味するところが明石の入道の夢とはかなり様相を異にしていることである。『花鳥余情』自身も、〈物語にいへる所は善慧仙人の五種の奇夢をとけるにすこしもたがふ所なし、但その心はかわれることあるしまつ〉と指摘している。[20] すなわち仏典では、釈迦が過去世において善慧仙人であったとき、自らが感得した五つの奇特《きどく》夢という形で登場する。そして彼が師事する普光如来は、それぞれの夢をこう解釈する。「夢に手、日を執《と》る」とは「智慧の光明が普《あまね》く法界《ほっかい》を照らす」ようになること、「夢に手、月を執る」とは「方便知を以て生死に入り、清涼の法を以て、衆生を化導《けどう》して、悩熱を離れしむる」ことである。そして須弥山に到っては「須弥山を枕にする」という形で登場し、「生死を出でて、完全なる涅槃に入る相」と解かれる。すなわち日月と須弥山の夢は、来世において成仏する吉兆だというのである。[21]

それゆえ明石の入道の夢⑮の場合、森野正弘が指摘しているように、[*22] 準拠として『因果経』の他に、『蜻蛉日記』をも挙げる必要があろう。というのも『蜻蛉日記』における日月の夢は、権力を掌中におさめるものとして夢合わせによって解かれており、しかも明石の入道と同じく、男性によって見られているからである。そしてこの夢が石山寺で苦行する僧によって感得されたというところから、『河海抄』などにおける石山寺伝承が生まれてきたのかもしれない。

注

＊1　室松岩雄編『国文註釈全書　河海抄・花鳥余情・紫女七論』国学院大学出版部、一九〇八年、一頁。
＊2　吉海直人「須磨・明石の諸問題」『全国大学国語国文学会』第一九三号、二〇〇九年、二一〜二二頁。
＊3　詳細は、拙著『日本の夢信仰――宗教学から見た日本精神史――』玉川大学出版部、二〇〇二年を参照されたい。
＊4　市古貞次、大島建彦校注『日本古典文学大系八八　曽我物語』岩波書店、一九六六年、一一一〜一一五頁。
＊5　前掲拙著、一五〇頁。
＊6　前掲拙著、一七〇頁の表を加筆修正した。
＊7　本稿では、新日本古典文学大系にもとづく原文を引用する場合は〈　〉にてくくる。
＊8　三苫浩輔「夢と霊魂信仰」『源氏物語の民俗学的研究』桜楓社、一九八〇年、二八一頁。
＊9　室松岩雄編、前掲書、八一頁。
＊10　西郷信綱『古代人と夢』平凡社選書、一九七二年、二一五頁。
＊11　深沢三千男『源氏物語の形成』桜楓社、一九七二年。
＊12　西郷信綱、前掲書、二一五頁。
＊13　高橋亨『色ごのみの文学と王権』新典社、一九九〇年。

＊14　室松岩雄編、前掲書、二五一〜二五三頁。
＊15　西郷信綱、前掲書、一八頁。
＊16　田中卓編『住吉大社神代記』住吉大社神代記刊行会、一九五一年、二八頁。
＊17　前掲拙著、一三八〜一四〇頁を参照されたい。
＊18　前掲拙著、七九頁、二二八〜二三三頁を参照されたい。
＊19　時代はくだるが、その一例として、後深草院二条の自伝的日記文学『とはずがたり』に出てくる、銀の五鈷を二条が人に隠して懐へ入れる様を見る、後深草上皇の夢を挙げておきたい。これは、同じく銀の油壺を人に隠して懐へ入れる彼女自身の夢――これは二条の密通の相手である「雪の曙」（西園寺実兼）との「二人同夢」となっている――と同様、入胎夢としての性格を色濃く備えている。ちなみに従来の研究では、これらの夢は、フロイトが言うところの性的な夢とみなされてきた。しかし筆者は、これらは入胎夢とみなされるべきと考えている。詳細は、拙論「『とはずがたり』における夢の諸相――入胎夢のインキュベーション――」（『コミュニティ福祉学部紀要』六号、立教大学コミュニティ福祉学部、二〇〇四年、六七〜八八頁）を参照されたい。
＊20　室松岩雄編、前掲書、二五二頁。
＊21　足立俊雄『因果経・六方礼経・玉耶経講義』（復刻版）名著出版、一九七六年、二〇〜二一、および三六〜三八頁。
＊22　森野正弘「明石の入道の手紙」鈴木一雄監修『源氏物語の鑑賞と基礎知識十四　若菜上（後半）』至文堂、二〇〇〇年、一一〇頁。

憑く夢・憑かれる夢

—六条御息所と浮舟—

久富木原玲

はじめに

『源氏物語』において、夢はどのように機能しているのか。本稿ではこの作品の夢の全用例を検討して、それらが神仏や物の怪と深く結びついているということを確認する。その上で六条御息所が生霊になる夢と浮舟が物の怪に憑かれる場面が『源氏物語』の描写の中で特殊な位置を占めることについて考察する。

御息所の生霊が現れる場面はあまりにもよく知られているが、本稿では御息所自身が生霊になる夢を見ているという点に着目する。また斎藤英喜は浮舟の入水時の思惟と行動を物の怪に取り憑かれた側のスピリチュアルな体験として捉えているが、[*1]これも夢うつつの状態の中でなされている。本文には「夢」の語はないが、橋本ゆかりはこの場面を浮舟の見た「夢」だとしており、[*2]実際そのようにしか読めない。

これらのふたつの場面が『源氏物語』の夢の描写として異彩を放つこと、さらにこれらがどのようなメカニズムによって描かれているのかを明らかにしたい。

1　夢と物の怪とのかかわり

河東仁は『源氏物語』のすべての夢の用例を見渡して、源氏や明石入道の日月の夢は連動して源氏の潜在王権を回復していく壮大なドラマを担っており、単なるエピソードの次元にとどまらず構造的な次元において夢信仰とのかかわりが深いとする。ところが宇治十帖に至ると、夢信仰の拒絶というモチーフが登場してくると説く。[*3]たとえば浮舟は母が連れて行ってくれた初瀬詣は何の甲斐もなかったとして同行を断っており、初瀬の霊夢に従い浮舟を娘にと望む妹尼の意向に背いて剃髪に踏み切っているとしつつ、林田孝和の説[*4]を引きながら、ここには正編における現世利益的な夢告や霊夢を以てしては救済されがたい「生の重さ」が語られており、さらに宇治十帖は八の宮のように、王権幻想に翻弄され極楽往生に救いを求める人物が陰の主役になっているとする。

大筋においてこのように把握することに異論はないが、しかし右の論からは大事な視点が抜け落ちている。正編の夢は確かに構造的に源氏の王権奪取にかかわっているが、それならば他方で物語を大きく展開させる六条御息所が見る生霊の夢はどのように位置づけられるのであろうか。御息所の生霊なしには『源氏物語』は成り立ち得ないが、これはあきらかに明石入道に代表されるような現世利益の夢とは異なる様相を示している。この夢がどのように定位されるのかということを考えなければ、『源氏物語』の夢を論じたことにはならないであろう。

ところで河東論文は夢の全用例を二四とし、個別の夢について言及しているが、本稿では二二例とし、AからFの六種類に分類を試みた。[*5]

これらは次のように、【物の怪や神仏あるいはこれに準ずるもの】と【その他】に分類できる。

【物の怪や神仏あるいはこれに準ずるもの】

A危害を加える場合

1夕顔巻　「いとおかしげなる女」の出現

2葵巻　御息所の生霊

3明石巻　故桐壺院、朱雀帝を睨む

4朝顔巻　故藤壺、恨む

B相手の身を案じ助けようとする場合

5須磨巻　暴風雨のさなか、「そのさまとも見えぬ人」が「宮」にまいるように促す（引き続き明石巻冒頭でもしきりに現れる）

6明石巻　暴風雨の後、桐壺院現れる

7明石巻　朔日の入道の夢に「さまことなる物」、須磨に船を寄せよと命ずる。この時、「十三日にあらたなるしるし見せむ」と告げる。

8蓬生巻　末摘花、父宮の夢を見る

9総角巻　宇治の中の君、父宮の夢を見る

C成仏していない、供養を願うなど。

10夕顔巻　四十九日の夜、夕顔とあやしい女、夢に現れる

11玉鬘巻　夕顔の乳母、「おなじさまなる女」と一緒にいる夕顔の夢を見る。

12横笛巻　夕霧、柏木の夢を見る（Dにも入る）

13総角巻　阿闍梨、八の宮が供養を求める夢を見る

D事情を告げ知らせる

14若紫巻　藤壺との密通後、「おどろおどろしうさまことなる夢」を見る。（受胎告知）

15蛍巻　内大臣、夢を見て夢を合わせる。（玉蔓が養女になっていること）

16若菜下　柏木、女三の宮の猫の夢を見る（受胎告知）

E神仏の予言

17若菜上　入道、明石君誕生の折に夢を見る
18手習巻　妹尼が長谷寺で夢を見る

【その他】

F生きている人の夢を見る
19若菜上　源氏、女三の宮の許で紫上の夢を見る
20浮舟巻　浮舟、匂宮の夢を見る
21浮舟巻　母、夜の夢に浮舟の夢を見る
22浮舟巻　母、昼寝の夢に「人の忌む」ことを見る

右のように整理してみると、【その他】以外の一八例は物の怪あるいは神仏の予言にかかわることが明らかで、『源氏物語』における夢が物の怪や神仏と密接にかかわっていることがわかる。また【その他】の中でも、〈19〉は紫上の生霊化の可能性を孕んだ夢であることを考えれば、これも物の怪の例に加えることができる。さらに〈21〉と〈22〉は死を決意した浮舟の母が娘を案ずる夢だが、手習巻に至って、浮舟の入水未遂は法師の物の怪が憑いたのだと明かされるから、母の夢は物の怪出現の予言になっていると考えられる。つまり〈20〉の一例を除いたすべてが物の怪・神仏にかかわる夢だと考えることができるのであり、『源氏物語』の夢は物の怪出現のために用意されているといっても過言ではない。〈20〉のみが浮舟と匂宮との「魂逢ひ」にかかわるもので異質であるが、[*6] 残り二一例はすべて物の怪・神仏、特にそのほとんどが物の怪とかかわるとすることができる。ここではまず、『源氏物語』における夢と物の怪が緊密に結びついていることを確認しておきたい。

2　夢に自分の姿を見る

古代の神話や物語において、夢は神仏や霊異あるものがあらわれて夢見る者に啓示を与える回路であった。[*7]『源氏物語』はほぼこれを踏襲したが、その中には特筆すべき例外がある。それは自分自身を夢に見る場面が二例存することである。[*8]ひとつは六条御息所が物の怪となって葵上を襲う時、その自分の姿を夢に見る場面、もうひとつは若菜上巻で明らかにされる明石入道が見る夢である。入道の夢は、

わがおもと生まれたまはむとせしその年の二月のその夜の夢に見しやう、みづから須弥の山を右の手に捧げたり、山の左右より、月日の光さやかにさし出でて世を照らす、みづからは、山の下の蔭に隠れて、その光にあたらず、山をば広き海に浮かべおきて、小さき舟に乗りて、西の方をさして漕ぎゆくとなむ見はべし。—以下略　（若菜上巻　一一三—四頁）

というものであった。この夢については、『花鳥余情』が『過去現在因果経』に善慧上人が見た「五種の奇夢」を紹介する。普光仏は善慧上人に、夢に須弥山を見るのは生死を出ることであり、日は智光普照し、月は清涼わたり生じて熱悩を離れることなので、将来成仏する相なのだと説いた。『花鳥余情』はさらに物語に即して、月は中宮、日は東宮にたとえられ、明石の姫君が中宮になって繁栄し、入道自身は西方極楽の岸に至るという、二世の願望を成就するめでたい夢だと解説する。

入道の夢は仏典にその根拠を求めることができるような瑞夢であった。またたとえ仏典になかったとしても瑞夢であることは明らかだと思われるような内容である。

だが、御息所の夢はどうであろうか。ここではふたつの点で従来とは全く異なった画期的な試みがなされ

ている。ひとつは生きている人間の遊離魂が生霊になるということ、もうひとつは夢における啓示が神仏のような第三者から与えられるのではなく、自分自身の行為として示されるという点である。葵巻には次のようにみえる。

大殿には、御物の怪いたう起こりていみじうわづらひたまふ。この御生霊、故父大臣の御霊など言ふものありと聞きたまふにつけて、思しつづくれば、身ひとつのうき嘆きよりほかに人をあしかれなど思ふ心もなけれど、もの思ひにあくがるなる魂は、さもやあらむと思し知らるることもあり。年ごろ、よろづに思ひ残すことなく過ぐしつれどかうしも砕けぬを、はかなきことのをりに、人の思ひ消ち、無きものにもてなすさまなりし御禊の後、一ふしに思し浮かれにし心鎮まりがたう思さるるけにや、すこしうちまどろみたまふ夢には、かの姫君と思しき人のいときよらにてある所に行きて、とかくひきまさぐり、現にも似ず、猛くいかきひたぶる心出で来て、うちかなぐるなど見えたまふこと度重なりにけり。あな心憂や、げに身を棄ててや往にけむと、うつし心ならずおぼえたまふをりをりもあれば、さならぬことだに、人の御ためには、よさまのことをしも言ひ出ぬ世なれば、ましてこれはいとよう言ひなしつべきたよりなりと思すに、いと名立たしう、ひたすら世に亡くなりて後に恨み残すは世の常のことなり、それだに人の上にては、罪深うゆゆしきを、現のわが身ながらさる疎ましきことを言ひつけらるる、宿世のうきこと、すべてつれなき人にいかで心もかけきこえじ、と思し返せど、「思ふもものを」なり。

（葵巻　三五―三七頁）

御息所は夢の中で、自分の行動をまざまざと見ている。葵上とおぼしき姫君の許へ「行きて」、「とかくひきまさぐり」「うちかなぐる」などという自身の具体的な身体動作を、映像として度々見ているのである。

入道の夢にも、「みづから須弥の山を右の手に捧げたり」、「小さき舟に乗りて、西の方をさして漕ぎゆく」という動作が示されてはいるが、御息所の夢の場合はさらなる自身の積極的な行動、動作として他者に働きかけている。夢の内容も、入道のそれはいかにも瑞夢であるが、御息所の夢は実におどろおどろしい。このような夢がこれまでにも語られたことがあったのであろうか。

『蜻蛉日記』にみえる、自分の腹の中に蛇がいて肝を食べているという夢などはやや気味が悪いが、これは自分の姿を見てはいても、自分が行動するわけではない。また右足に「大臣門」という文字が書かれる夢も見るが、これも自身の積極的な行動ではない。法師が銚子に水を入れて来て、右の膝に注ぎかける夢も有名だが、受動的な存在としての自分が描かれているにすぎない。『更級日記』の作者の夢も「清げなる僧」や「清水寺の別当」あるいは「阿弥陀如来」などが現れて啓示を与えるのであって、自ら行動するのではない。これらは僧や神が現れてある動作をする、あるいは啓示を与えるという形をとっており、夢を見る本人は受動的な存在としてある。

一方、説話では自分自身の行為や動作を夢に見る例があり、『大鏡』の師輔や『江談抄』等に載る伴善男の話がよく知られている。師輔は左右の足で西東の大宮をまたいで、内裏を抱いて立つという夢を見た。『江談抄』の話もこれとほぼ同じで、伴大納言善男が佐渡国の郡司の従者だった頃、西の大寺と東の大寺とを跨いだ夢を見ている。共に吉夢だったのに、傍らの人に不用意に話し、その人が「股が裂ける」などとつまらぬ解釈をしたために悪い結果をもたらしてしまうのも同じである。[*9] このような夢のルーツは、有名な「夢野の鹿」の話に求めることができるだろう。

『風土記』逸文（摂津の国）に、愛人を持つ牡鹿が正妻の牝鹿に夢の話をしたところ、悪く解釈して告げた。牝鹿は牡鹿が淡路国の側妻の所へ行くのをやめさせようと思って、淡路に行ったら射殺されてしまうという夢合わせをしたのである。ところが牡鹿はやはり淡路国の愛人が恋しくて出かけて行ったところ、牡鹿は夢判断の通りに殺されてしまった。ゆえに在地の人々は吉凶について神意をあらわすことわざとして、「刀我野に立てる真牡鹿《まをしか》も夢相《ゆめあはせ》のまにまに」（「夢も合わせ方（夢判断）次第で、悪く判断すると悪い事が起り、善い方に判断すると善い事が起る」日本古典文学大系四一三頁頭注）と伝えた。*10

　この時、牡鹿は、

今夜の夢に我が背に雪零《ふ》りおけりと見き」といふ。また曰ひつ、「ススキ村生《むらお》ひたりと見き。この夢は何の祥《しるし》ぞ」といふ。

と妻の牝鹿に語っている。牡鹿は背中に雪が積もり、薄が生えている姿を見ているが、これは動作や行動を示すものではない。師輔や伴大納言の夢も六条御息所の夢に比べると、動作、行動というよりは、「跨いだ」状態を見ているに等しい。ところがひとつだけ、御息所の夢とよく似た例がある。

　それは『日本霊異記』の編者景戒が見た夢である。景戒は、御息所と同じく、自分の魂が行動する気味の悪い夢を見ている。景戒の魂が見たのは、何と自分の死体を火葬にするという夢であった。

　又、僧景戒が夢に見る事、延暦の七年の戊辰の春の三月十七日乙丑の夜に夢に見る。景戒が身死ぬる時に、薪を積みて死ぬる身を焼く。爰に景戒が魂神《たましひ》、身を焼く辺に立ちて見れば、意の如く焼けぬなり。即ち自ら楉《しもと》を取り、焼かるる己が身を策棠《ツ》キ、梚《カナふくし》に串キ、返し焼く。先に焼く他人に云ひ教へて言はく、「我が如くに能く焼け」といふ。己が身の脚膝節の骨、臂《カヒナ》・頭、皆焼かれて断れ落つ。爰に景戒が神《たま》識《しひ》、声を出して叫ぶ。側に有る人の耳に、口を当てて叫びぬ。遺言を教へ語るに、彼の語り言ふ音、空しくして聞かれずあれば、彼の人答えず。爰に景戒惟ひ忖《はか》らく、死にし人の神《たましひ》は音無きが故に、我が叫ぶ語《こと》の音も聞えぬなりけり。夢の答来らず。唯惟へり、若しは長命を得むか、若しは官位を得むか。今より已後、夢に見し答を待ちて知らまくのみとおもふ。

（日本霊異記下巻「災と善との表相先づ現れて、而る後に其の災と善との答を被りし縁　第三十八）

景戒の魂は自分の身体を火葬にするのを見ている。その魂は小枝を取って自ら自分の身体を突き、金串に刺して返しながら焼いている。景戒の脚・膝の骨、腕・頭はみな焼かれてちぎれ落ちる。魂は自らの動作をつぶさに見ているのである。気味の悪い夢であるが、景戒はこの夢を「若しは長命を得むか、若しは官位を得むか」という夢だと考えた。そして実際に数年後に延暦一四（七九五）年伝燈住位に任じられている。

御息所の場合は他者に暴力をふるい、死に至らしめるものであるのに対して、景戒の夢は自身の身体に対するものである点で異なるが、これらふたつの夢は自分の霊魂が自身の積極的な行動を見ている点で共通する。ふたつの話には直接的な関連性はないであろうが、自分の魂が行動し、身体に働きかける動作を行ったという先例が存在することは重要である。しかし景戒は夢を解釈して未来に関するよいお告げとして意味付けることができた。自分の死体を焼く行為がなぜ吉夢として意味付けられるのか、現代の我々には理解し難い[*11]が、西郷信綱が説いたように「夢あわせは、神の啓示、他界からの信号としての夢を解読し未来を先取しようとする神的なわざ」で、「的確な判断によって夢をその夢で見た現実に的中させることにあった」[*12]のだとすれば、景戒は自分の未来を先取することに成功したのだといえよう。

それにしても景戒の夢の解釈は、明らかに自分に都合の良い解釈をしているように思われてならない。彼はそのようにして意志的に吉夢に転換しているのではなかろうか。ちなみに前掲の夢野の鹿の話や師輔伝、伴大納言の場合は、本当は吉夢だった(かも知れない)のに、つまらぬ人がつまらぬ解釈をしてしまったので、悪い結果をもたらしてしまった。ということは、いい解釈をすれば吉夢になるということだ。夢野の鹿の話で語られる通り、まさしく「夢合わせのままに」なのだが、これらの話にはもうひとつ共通点がある。夢をいい方に合わせようという意思が働いていないということである。夢野の鹿の場合は、牝鹿は意図的に悪く解釈しているし、師輔と善男の話の場合は、夢合わせした者がいい方に解釈しようという心づもりが全くなかったために、悪い結果になったのだと読めるのである。

夢はただひたすら神仏の啓示であって避けられないというものではなく、そこに人間の側の解釈や意思の力が関与するのだと考えられていたのではないか。よく知られた『宇治拾遺物語』の「ひきのまき人」が夢を買う話なども、吉夢と知った上でこれを手に入れているのであって、人間の意思が吉夢を得る重要な要因になっている。悪い方に解釈すれば、その通りになるということは、即ち良い方へ夢解きすれば吉夢にすることができるのである。

悪い夢を避ける方法はあった。つまらぬ解釈をしないでいい方に解くこと、あるいは夢違え[*13]をすることなどである。六条御息所はなぜそのようにしなかったのであろうか。御息所の夢も吉夢に転換させること、あるいは避けることができたかも知れない。だが、景戒は自身が宗教者であるから自身で解釈することができたが、御息所はこの夢を夢解きに語るわけにいかなかったし、夢の中の行動は、自身の行為として思い当たるものがあり、受け容れざるを得なかった。さらに景戒の場合は、自分は生きているのに自分の死体を焼いているわけだから、現在のことではない。解釈によって転換する余地があるのは未来に関する夢であり、今まで見てきた夢もすべて将来についての夢だった。ところが御息所の夢はまさしく現在進行形のものであるために解釈をする余地はなく、変更不可能なのである。これはのちに御息所の着衣に芥子の香が染みついて取れないという事実によって、まさしく夢を見ているその時に葵上の所にいたことが証明されるのである。

この点に関しては『日本霊異記』に、夢の中での行為が現実であったことが示される興味深い話がある。和泉国の山寺に吉祥天女の像があり、これに恋い焦がれた修行者が天女と性交した夢を見るのだが、翌朝、天女像を見ると天女の腰の裳のあたりに精液のしみがついていたというのである（中巻「愛欲を生じて吉祥天女の像に恋ひ、感応して奇《めづら》しき表《しるし》を示し」縁　第十三）。ここには多田一臣の指摘するように、夢は必ずしも夢ではなくたしかな事実だったことがしめされている[14]。

右の修行者は自分自身の行為を夢に見、覚醒後に天女像の衣服にしみついた精液を見て事実だと知るわけだが、御息所の場合も夢の中での自身の暴力行為を衣服にしみついた芥子の匂いによって知るのである。視覚的な認知と嗅覚的なそれとの相違はあるにしても、類似のパターンの話が上代にすでに語られていたことを確認しておきたい。ともあれ、現実に同時に起こっていることを御息所は夢に見ているのであり、これはすでに解釈できる次元の問題ではない。同時進行の出来事であるから、予め避けて通ることもできない。つまり同時進行の夢それ自体が生霊出現のリアリティを支えているのである。ちなみにこのような同時進行の夢として想起されるのは、帚木巻で空蝉が源氏と契った後の、次のような場面である。

女、身のありさまを思ふに、いとつきなくまばゆき心地して、めでたき御もてなしも何ともおぼえず、常はいとすくすくしく心づきなしと思ひあなづる伊予の方のみ思ひやられて、夢にや見ゆらむとそら恐ろしくつつまし。
（帚木巻　一〇三―四頁）

新編全集の注は、傍線部を「当時、人を思うと、その人の夢に自分が現れると信じられていた」とするが[15]、ここで注目すべきは空蟬の現在の姿、つまり源氏と一緒にいる今の状況が夫である伊予介に見えるという発想があることがわかる。空蟬は自分の今のありさまが現在進行形で相手の夢に見えるのを不安に思っているのである。このような発想が当時あったのかどうかを確かめることはできない。だが空蟬と御息所の夢は、現在進行形の状況を映し出すという発想において共通するのである。

なお、自分の行動を夢に見るという例は、和歌の世界では小町の夢の歌に認められる。恋する人の許へ夢路をたどっていく有名な、

夢路には足も休めず通へどもうつつにひとめ見しごとはあらず　（古今集巻一三・六五八）

という詠で、ここには「足も休めず通へども」という自身の動作が詠み込まれている。御息所が夢に見たのは、葵上に暴力をふるう自分の姿であった。その後、源氏の前にあらわれて、

なげきわび空に乱るるわが魂を結びとどめよしたがひのつま　（葵巻　四〇頁）

という歌によって哀切な訴えをする。御息所の魂は、生霊となって夢路をたどって行き、源氏に「魂むすび」をしてくれるように頼むのであるから、小町のように恋する人の許へ夢路を通って行くのだと解することができる。小町が夢に自らの思いを託したように、御息所は物の怪になっても、いや物の怪にならなければ伝えられない思いをじかに訴えるために夢の中を通って行った。御息所の同時進行の夢は、このような小町の恋の夢歌の発想に支えられていた。[*16]

ところで「なげきわび」の歌は、

見人魂歌

タマハミツヌシハタレトモシラネドモ結ビトドメツシタガヒノツマ

三返誦之。男左女右ノツマヲ結ビト〻メツシタガヒノツマ

という伝承歌を改作したものだと考えられる。[*17] これは人魂を見た時に自分の魂があくがれ出て行かないように唱える呪文歌として伝わった。ここでの人魂はもちろん死んだ人の魂である。御息所の生霊の歌に関しては、伊勢物語一一〇段の、

むかし、男、みそかに通ふ女ありけり。それがもとより、「今宵夢になむ見えたまひつる」といへりければ、

思ひあまり出でにし魂のあるならむ夜ぶかく見えば魂結びせよ

という歌がよく引かれる。これは女が男の夢を見たと男に告げているだけで、実際の内容はわからない。これに対して、生霊の歌ははっきりと自身の魂の行動を見ているのである。また「あくがれいづる魂」を詠んだ歌には、紫式部の同僚であった和泉式部に、

男にわすられて侍けるころ貴船にまゐりて御手洗川に蛍のとび侍けるをみてよめる

ものおもへば沢の蛍も我が身よりあくがれいづる魂かとぞみる　（後拾遺集巻二〇・一一六二）

という絶唱がある。これに感応した貴船明神は男の声で、

おくやまにたぎりておつるたきつせにたまちるばかり物な思ひそ

という歌を返したとある。魂があくがれ出ていくような女の物思い、しかもそれは「男にわすられて侍けるころ」とあるような恋ゆえの物思いが原因であった。神はこのような心情を詠んだ歌に感応したのである。和泉の歌と『源氏物語』との先後関係は定かではないが、車争いのために魂があくがれ出づる御息所もまた神仏などの霊が交感するような状況にあったのだと考えることができる。

六条御息所の、生きている人間の遊離魂が生霊になるという造型は画期的であったが、それはこのように伝承や信仰、とりわけ和歌とのかかわりを背景としながら同時進行の夢を語ることによって、迫真の場面を創り出すことができたのであった。

3　憑かれる夢

浮舟に憑いた物の怪は横川僧都の加持によって現れて、次のように語っている。

おのれは、ここまで参で来て、かく調ぜられたてまつるべき身にもあらず。昔は、行ひせし法師の、いささかなる世に恨みをとどめて漂ひ歩きしほどに、よき女のあまた住みたまひし所に住みつきて、かたへは失ひてしに、この人は、心と世を恨みたまひて、我いかで死なんといふことを、夜昼のたまひしに頼りを得て、いと暗き夜、独りものしたまひしをとりてしなり。されど観音とざまかうざまにはぐくみたまひければ、この僧都に負けたてまつりぬ。今はまかりなん。（手習巻　一九四―五頁）

挫折し修行半ばで恨みを残して死んで物の怪となった法師は、大君にとり憑いて死なせ、次に浮舟をその標的とした。その時、浮舟がその夢を見たという記述はない。しかし、この法師の物の怪が去った直後に、意識を回復した浮舟は、入水する時のことを次のように回想している。

ただ、我は限りとて身を投げし人ぞかし、いづくに来たるにかとせめて思ひ出づれば、いといみじとものを思ひ嘆きて、皆人の寝たりしに、妻戸を放ちて出でたりしに、風ははげしう、川波も荒う聞こえしを、独りもの恐ろしかりしかば、来し方行く末もおぼえで、簀子の端に足をさし下ろしながら、行くべき方もまどはれて、帰り入らむも中空にて、心強く、この世に亡せなんと思ひたちしを、をこがましうて人に見つけられむよりは鬼も何も食ひて失ひてよと言ひつつつくづくとゐたりしを、いときよげなる男の寄り来て、いざたまへ、おのがもとへ、と言ひて、抱く心地のせしを、宮と聞こえし人のしたまふとおぼえしほどより心地まどひにけるなめり、知らぬ所に据ゑおきて、この男は消え失せぬと見しを、つひに、かく、本意のこともせずなりぬると思ひつつ、いみじう泣くと思ひしほどに、その後のことは、絶えていかにもいかにもおぼえず、人の言ふを聞けば、多くの日ごろも経にけり—以下略

（手習巻二九五—七）

傍線部で示したように、浮舟は外へ出て行こうとした時、「いときよげなる男」が寄って来て自分を抱いたような気がしたが、それを匂宮だと錯覚した。そしてその瞬間、「心地まどひにける」状態になり、その後は全く意識をなくしてしまった。

法師の物の怪は浮舟が死にたがっていたのでとり憑いたのだと語ったが、右の浮舟の回想はまさしくこの時、物の怪に憑依されていたことを示すものである。心地惑っている状態で見た「いときよげなる男」は物の怪となった法師だということになる。斎藤英喜は、この浮舟の状態は悪霊に魅惑される瞬間であり、「聖なるもの」と出逢う神秘の体験だったのだとして、次のように説く。

この「いときよげなる男」という表現は、霊夢に顕現する神仏やその使いの姿の形容に多く見られるものであった。たとえば『更級日記』で孝標女の霊夢に登場するのは、「いと清げなる僧」「いみじくやんごとなく清らなる女」であったし、また孝標女の母が初瀬に参篭させ、夢告を聞かせた僧侶の夢に現れたのも「いみじうけだかう清げにおはする女」であった。とすると、浮舟が見た「いときよげなる男」とは、こうした霊夢に顕現する神仏やその使いの姿と重なってくることになる。*18

ここで浮舟のこの神秘の体験に現れる「いときよげなる男」が「宮」だと認識されている点に注目したい。男は「いざたまへ、おのがもとへ」と言って寄って来て、抱き上げたような気がした、そしてどこかわからない所に自分を座らせたと感じている。物の怪に憑依された浮舟は、「宮」に誘われて声をかけられ抱かれていると思い、「官能的陶酔」[*19]を味わっているのであり、性的体験として受け止めているのである。この時、浮舟は意識が朦朧としており、ほとんど夢を見ているのに等しい状態である。

ちなみに夢と憑依に関しては、『日本霊異記』に興味深い話がみえる。桑の木に登っていた娘が下から登って来た蛇とともに地上に落ち、蛇に犯されて放心状態になる。父母は医師を呼んで娘と蛇を同じ板に載せて家に連れ帰って庭先に置いた。医師は薬を調合し、娘の両手、両足を縛り、体を吊って女陰を開いて薬を流し込んだ。すると蛇は離れて行ったので殺した。薬には猪の毛を混ぜてあったので、その毛が蛇の子に刺さり皆、娘の陰部より出てきた。正気に戻った娘は、父母に「我が意夢の如くにありき。今は醒めて本の如し」と言ったが、娘は三年後にまた蛇に犯されて死んでしまったという話である。

（中巻「女人大きなる蛇に婚《くながひ》せられ、薬の力に頼りて、命を全くすること得し縁　第四十一」）

多田一臣はこの話が蛇と巫女との通婚を語る三輪山神話の伝承の崩れとされていることを指摘した上で、蛇は神であり娘は巫女と考えられるが、神と巫女との婚姻（性交）は事実としてはあり得ないから、神が巫女に憑依した状態、神がかりの状態が、神婚として意識されたに違いないとして、さらに次のように指摘している。

> 実際に神がかりの状態にある巫女は、トランス状態の中で、神を性的対象として意識することが多いという。巫女は、夢を通じて神との性交を実感しているともいえる。そこで、この『霊異記』の話だが、

蛇に犯された娘は、正気に戻った後、その時の状態について、両親に「我が意夢の如くにありき」と説明している。娘が夢を通じて、蛇（神）との性交を幻視していたことが、この言葉からうかがえる。

もっともここには「夢の如くに」とあるのみで、はっきり夢に見たと答えたわけではない。しかし、それゆえに夢と現実の曖昧さがかえって露呈しているともいえる。娘は蛇（神）との性交を幻視しつつも、同時に現実とのけじめが不分明な状態にあったということである。現実をウツツというが、それはまさしく夢とウツツのはざまに漂っているような状態であったに違いない。[20]（傍線は私に施した）

浮舟の物の怪体験も右の娘の場合とよく似ている。それは夢うつつの中で性愛感覚に近いものとして体験されたのであった。

ただ、大きく異なるのは、『日本霊異記』の娘は「我が意夢の如くに」と言っただけで、具体的な身体感覚を語っているわけではないのに対して、浮舟は「いときよげなる男の寄り来て」「抱く心地のせし」「宮と聞こえし人のしたまふとおぼへし」「知らぬ所に据ゑおきて」などと直接的な体験として知覚している。『源氏物語』は浮舟において物の怪に憑かれる側の伝承を再生しつつ、女の側からその性的な身体感覚を描いているのである。

最後に浮舟が実際に見たと記される夢〈20〉に関して補足しておきたい。本稿の冒頭で述べたように、浮舟が物の怪に憑かれる場面には、夢を見たとは書かれていない。が、浮舟がそれ以前に匂宮の夢を見る場面があることと、物の怪に憑かれる場面には密接な関連性があると考えられるからである。

浮舟は匂宮との隠れ家での耽溺の逢瀬の後、宮の夢を見ている。

〈20〉わが心にも、それこそはあるべきことにはじめより待ちわたれ、とは思ひながら、①あながちなる人の御事を思ひ出づるに、恨みたまひしさま、のたまひしことども面影につとそひて、いささかまどろめば、夢に見えたまひつつ、いとうたてあるまでおぼゆ。
（浮舟巻　一五七頁）

第一節において、この夢は『源氏物語』の夢二二例中、唯一の例外として、神仏や物の怪の夢ではなく男女の「魂逢ひ」の夢であるとしておいた。河東仁はこの夢について「彼女のことを一途に思う匂宮の姿が現れている」とするが[*21]、右の本文を見ると、浮舟自身は匂宮の遊離魂がやって来ていると気味悪がっている（傍線部③）ものの、実は浮舟は夢を見る前に匂宮のことを思っている（傍線部①）。逢瀬の時に匂宮が恨んだ様子や語った言葉などをまざまざと思い出し（傍線部②）、その状態でうとうととまどろんだ結果、匂宮が夢に現れるのである。匂宮の遊離魂がやって来たのではなく、浮舟の方が匂宮の言葉や表情が忘れられないのであり、匂宮という存在が圧倒的な魅力によって浮舟の心を捉えているからこそ、その「面影」から逃れられないのだとわかる。即ち、浮舟が匂宮を恋い慕っているからこそ夢を見るのであり、これはまさしく小町の「思ひつつ寝ればや人の見えつらむ夢と知りせば覚めざらましを」（古今集巻十二恋二・五五二）という歌の趣である[*22]。

そもそも浮舟は匂宮と最初に契りを結んだ際に、

はじめよりあらぬ人と知りたらば、いかが言ふかひもあるべきを、夢の心地するに
（浮舟巻　一二五頁）

とあるように、「夢の心地」としてとらえている。ここには薫とは違う人と契りを結んでしまったことに対する驚きも含まれているのであろうが、いずれにしても、契りを結んだことを「夢の心地」としていることは注目される。また後に薫が訪れた折には、自分の目の前で薫が浮舟を引き取る話をしているのを聞きながら、

ありし御さまの面影におぼゆれば、我ながらも、うたて心憂の身やと思ひつづけて泣きぬ。
（浮舟巻　一四四頁）

ということに、匂宮の「面影」が眼前にちらついて離れないのである。さらに匂宮との関係が薫に知られた後、匂宮と引き離されて都へ迎えられる日が近づいた時の浮舟の心理状態についても、次のように記されている。

さて、あるまじきさまにておはしたらむに、いま一たびものをもえ聞こえず、おぼつかなくて帰したてまつらむことよ、また、時の間にても、いかでかここには寄せたてまつらむとする、かひなく恨みて帰りたまはんさまなどを思ひやるに、①例の、面影離れず、たへず悲しくて、②この御文を顔に押し当てて、しばしはつつめども、いといみじく泣きたまふ。（浮舟巻　一八六―七頁）

匂宮が宇治を訪れてくれたのに、逢えないままにむざむざと帰してしまったことを思うと、「例の、面影離れず、たへず悲し」（傍線部①）く思われてならない。匂宮の「面影」が常に脳裏を離れずいつもたまらなく悲しいのである。しかも、この時すでに浮舟は死を決意して匂宮の手紙を焼いて処分していた。それなのに、「この御文を顔に押し当てて」ひどく泣いている（傍線部②）ところを見ると、匂宮の手紙を処分しきれずに残しておいたことがわかり、宮への未練がいかに深いかが知られる。ここには死を決意してもなお浮舟の脳裏から匂宮の「面影」が離れることはなく、宮からの手紙もすべて処分できないほど宮に執着する浮舟の姿が描かれている。

このように浮舟は匂宮と契りを結んだ後、死を決意するまで宮の「面影」に執着して恋し続けていたことがわかる。つまり匂宮の夢を見る〈20〉は、匂宮の遊離魂ではなく浮舟自身が宮のことを思い続けた結果として見たものなのである。そうであるからこそ、いつも匂宮の面影を追っていた浮舟が「いと清げなる男」に抱かれた時、その人を匂宮だと錯覚したのはきわめて自然なことだったといえよう。〈20〉の夢の記述があることによって、物の怪に憑かれた時の浮舟の錯覚は、錯覚というよりもむしろ匂宮に対する性的願望そのものだったのだと考えられる。

ちなみに平安期の物語や日記において、女が男の夢を見る例はきわめて少ない。第二節で挙げたように、『伊勢物語』一一〇段に男に「夢を見た」と告げる女の話があるが、女はそのように告げただけで実際に見たかどうかはわからない。同じ『伊勢物語』六三段の「つくも髪」の女のように「まことならぬ夢語り」をしたかも知れないのである。また『蜻蛉日記』や『更級日記』に現れるのは恋する男ではなく僧や神仏である。『源氏物語』においても、女が男の夢を見る場合には末摘花や宇治の中の君など、亡くなった父親である。従って一途に匂宮の面影を追い求め、それゆえに宮の夢を見る〈20〉は、『源氏物語』の夢の用例としてはきわめて特殊だと言わざるを得ない。[*23] そしてこの浮舟の見た夢が伏線として機能しているからこそ、物の怪に憑かれた時の浮舟の身体感覚は匂宮と共有する性的体験としてリアリティある語りになっているのである。

むすびに代えて

最近、倉本一宏が漢文日記の博捜によって、平安貴族は夢をむやみに信じていたわけではなく、冷静に対処し、場合によっては自分に都合のいいように利用したりしていたことを明快に論じた。[*24]『源氏物語』にも夢を信じない人物が登場する。歯に衣着せぬ言動で強烈な個性を発揮する弘徽殿大后である。彼女は、源氏の須磨流離を怒った桐壺院が夢に出てきて睨んだと言って恐懼する朱雀帝に次のように言い放っている。

雨など降り、空乱れたる夜は、思ひなしなることはさぞはべる。軽々しきやうに、思し驚くまじきこと。

（明石巻　二五一頁）

こんな荒れ模様の天候の夜は心にそのように思いこんでいることが夢に現れるのだ、それは気のせいであって院の死霊などではないというのである。弘徽殿大后が夢というものを「自身が無意識のうちに、あるいは意識的に脳に蓄積した記憶や情報が脳を刺激し、見させたものである」という現代の大脳生理学による理解[*25]をしたはずなどないが、これは夢に対するきわめて合理的で理性ある判断であることは間違いない。気の弱い息子を励ますためもあったのであろうが、弘徽殿は夢のお告げなど全く信じないのである。そのような人物造型は、物の怪を「心の鬼」と解する歌（『紫式部集』四四）における思考と軌を一にするであろう。しかし桐壺院の死霊に睨まれた朱雀帝は眼を患って、源氏を須磨から召還することを決める。物語においては弘徽殿大后のような冷静で合理的な判断よりも、夢の論理の方が物語的現実を動かしていくのである。

『源氏物語』は夢という無意識の領域を最大限に活用した。そしてその夢の記事はすべて神仏や物の怪とかかわって描かれている。明石一族の栄華も、入道の夢がなかったならば、物語的なリアリティを発揮することはなかったであろう。『源氏物語』は神仏や物の怪を夢という無意識の領域に出現させることによって、日常的にはあり得ない展開を現実化する物語世界を創り出した。人間の魂の歴史の裡に幾重にも堆積している上代以来の神仏の霊夢や夢告という伝承されたパターンを駆使することによって、物語的なダイナミズムを描き出したのである。

しかしながら、六条御息所が物の怪となって憑く夢と、浮舟が物の怪に憑かれる夢は特異であった。これらは神仏の啓示や王権、あるいは現世利益の実現などとは全く次元を異にしており、夢の時空を活用することによって、恋する女の魂と身体の極限状態あるいは自己の全存在を賭けた状況における魂と身体のありかたを、象徴的にしかも生々しく活写したのであった。

◇

生霊の夢は女の魂と身体が抱える問題を凝縮させつつ物語を突き動かしていくが、その魂は死してなお死霊として立ち現れ女の魂の救われ難さを余すところなく示している。また浮舟の見た夢と入水時に夢幻の境で見る幻影も、女の魂と身体の究極のありようを語りつつ、まさしく死と再生の物語を支える最も重要な要件となっている。また従来、言及されることのなかった『日本霊異記』の説話との関係も見逃せない。いずれにしても「憑く夢・憑かれる夢」は、神仏のお告げによる世俗的な御利益などとは一線を画し、女の魂と身体の問題に正面から取り組んだ『源氏物語』の真骨頂を示すものであるといえよう。

注

＊1　斎藤英喜「「平安文学」のスピリチュアリティ―孝標女・夕顔・浮舟の憑依体験をめぐって」叢書　想像する平安文学第3巻『言説の制度』勉誠出版、二〇〇一

＊2　橋本ゆかり「源氏物語第三部における「衣」―変奏する〈かぐや姫〉たちと〈女の生身〉」平安文学と隣接諸学9『王朝文学と服飾・容飾』竹林舎、二〇一〇

＊3　河東仁「『源氏物語』と『浜松中納言物語』」（王朝人の夢信仰三）『日本の夢信仰―宗教学から見た日本精神史―』玉川大学出版部、二〇〇二。なお、夢全用例に言及したものは、このほかに久保田淳「『源氏物語』の夢―その諸相と働き―」（『文学』岩波書店、二〇〇五・九／一〇）がある。久保田は全用例を二〇例として、①亡くなった人間②生きている人間③人間ではない存在④将来を予言する神仏の四種類に分類するが、結論としては当事者が見るべくして見た夢で物語の推進力になっていると指摘するにとどまる。

＊4　林田孝和「源氏物語の夢の位相」『王朝びとの精神史』桜楓社、一九九三

＊5　河東論文の表における⑤と⑥は同じ夢が継続してあらわれるものなので、まとめて一例と数え、⑨は⑧の夢の折に後

日示すと予言されたことであり、その夢の場面は特に描かれていないので、これもまとめて一例とした。

*6 この問題について河東仁（*3）は、匂宮があらわれる夢は万葉集以来、和歌の世界で詠まれてきた、夢を通じて交流する男女の恋歌のありかた、「魂逢ひ」に準ずるものだとする。ここではひとまずこのように考えておくが、この問題については後にあらためて取り上げる。

*7 西郷信綱『古代人と夢』平凡社選書13、一九七二

*8 同時代の漢文日記には、自分の姿を夢に見ることが記されている。たとえば藤原行成は妻と自分が月を見ている夢を見ている（『権記』長保四（一〇〇二）年九月二六日条）し、実資は自分が関白頼通と抱き合っている夢を見ている（『小右記』長元二（一〇二九）年九月二四日条）。自分の姿や行動を夢に見ることは現代人もしばしば経験することではあるが、『源氏物語』中の例としては例外的なのである。『蜻蛉日記』『更級日記』については後にふれる。なお三浦佑之によれば、記紀の夢説話においては天皇が神の声を聞く例が大部分だが、ごくわずかに映像を見る、しかも自分自身を見る例があり、これはやや異なる能力を持つ天皇ではないかと説く（「夢に聞く人と夢に見る人」『神話と歴史叙述』古代文学研究叢書1　若草書房、一九九八）。

*9 伴大納言の話は鎌倉時代成立の『古事談』や『宇治拾遺物語』にも類話がみえる。

*10 『日本書紀』巻一一「仁徳紀」三十八年春正月に類話がある。

*11 新編日本古典文学全集頭注は、「日本古来は土葬であって、火葬は仏教独自の葬法である。上巻二十二話は伝の見える道照は上巻二十八話にも当場するが、日本で最初に火葬された人である。ここらに火葬の夢が吉夢とされた理由があるのではあるまいか」とする。

*12 西郷前掲書は、夢はその解釈（夢合せ）によって吉凶が変わると信じられてきたことを説き、河東前掲書も「夢は合わせがら」という項目の中で、『大鏡』の例を挙げつつ当時は夢の合わせ方次第で人生が左右されると信じられていた」と説く（第五章　王朝人の夢信仰（二））。『大鏡』兼家伝にも矢が降ってくる夢を吉夢に合わせたことがみえる。

*13 『袋草紙注釈』上（塙書房、一九七四、五〇四頁）には夢違えの誦文歌が載る。また『蜻蛉日記』上巻には、道綱母

を訪ねて来る予定の登子が、不吉な夢を見たので夢違えをすると言って兼家邸の方へ行ったことが記されている。新編全集の頭注は、この夢違えを「悪夢の災いからのがれるように、祈ったり、まじないをしたりすること」とするが、具体的にどのようなことをしたのかについてはわからない。

＊14　多田一臣校注『日本霊異記』中ちくま学芸文庫一九九七及び同「古代の夢―『日本霊異記』を中心に」『文学』岩波書店、二〇〇五・九／一〇に指摘されている。

＊15　参考までに記すと、『万葉集』の夢の歌においては三種類のパターンがあった。最も多いのは相手が思ってくれるから自分の自分の夢に現れるというもの、次に自分が思うから相手の夢を見るというもの、三つ目は自分が思うと相手の夢に現れるというものであった（久富木原玲「夢歌の位相―小野小町以前・以後」『万葉への文学史万葉からの文学史』笠間書院、二〇〇一）。

＊16　小町詠が御息所の夢の場面に受け継がれていったことについては久富木原玲「女歌と夢」（叢書　想像する平安文学第5巻『夢そして欲望』勉誠出版、二〇〇一）、及び同「女が夢を見る時―夢と知りせばさめざらましを」（『〈新しい作品論〉へ、〈新しい教材論〉へ』［古典編2］右文書院、二〇〇三）において論じた。

＊17　新潮古典集成『源氏物語二』の頭注に『拾芥抄』の例と共に挙げられている。

＊18　＊1斎藤論文。

＊19　新編全集二九六頁頭注一二は、浮舟巻で匂宮の「抱く」行為がしばしば語られており、そのときの官能的陶酔が強くしみついているので、誘う男を匂宮と幻覚したとする。また藤本勝義はこの時の浮舟を「錯乱状態の生んだ幻想」であり、「匂宮との体験を捨てきれなかったのではないか」と説く（「源氏物語の死霊」『源氏物語の「物の怪」』青山学院女子短期大学学芸懇話会シリーズ、一九九一）。

＊20　多田（＊14）論文「古代の夢―『日本霊異記』を中心に」（『文学』岩波書店、二〇〇五・九／一〇）。

＊21　＊5第六章一八一頁。

＊22　新大系脚注も、この小町の歌を挙げる。

＊23　女の方から男を恋う夢歌は、『万葉集』においてもわずか一首（巻四・六二一）しかみえない。外に坂上郎女の歌があるが、これは甥の家持を案じる気持ちを詠んだものである。平安時代には小町の歌があるのみで、以後の夢歌は受動的な詠みぶりに終始する（＊15論文を参照）。即ち浮舟の夢は、『万葉集』や小町の夢歌の系譜の上に物語化されたものと考えられる。なお久富木原「浮舟—女の物語へ—」（『人物で読む源氏物語』勉誠出版、二〇〇六）は、浮舟の能動性に着目して、浮舟が匂宮の夢を見ているとする。

＊24　倉本一宏『平安貴族の夢分析』吉川弘文館、二〇〇八

＊25　＊24を参照。

附記　『源氏物語』、『風土記』、『日本霊異記』、『大鏡』の本文は新編日本古典文学全集に、勅撰集は新日本古典文学大系、私家集その他は新編国歌大観によった。表記は私に改めた部分がある。

〈夢と物の怪〉を読むための文献一覧

◉『源氏物語』と「夢」

吉海直人『源氏物語研究ハンドブック』第一巻（翰林書房、一九九九年）に、「〈夢〉関係論文文献目録」がまとめられているので、ここでは重複を避けて紹介する。なお論集や雑誌の巻・号の表記は省略し、一四巻七号は一四（七）のように記した。

1 早坂礼吾「二つの夢—空蝉と夕顔と—」、『解釈と鑑賞』一四（八）、一九四九年八月
2 佐伯梅友「源氏物語注釈（九）夢のつげ」、『解釈と鑑賞』一九（二）、一九五四年二月
3 土方洋一「女三の宮の懐妊—源氏物語における一夜孕みと夢の機能」、『日本文学』二九（一二）、一九八〇年一二月
4 間宮浩之「明石入道の夢—「明石一族物語」—」、『物語文学研究』七、一九八三年三月
5 神田洋「柏木と猫の夢」、『物語研究』四、一九八三年四月
6 間宮浩之「「浮舟物語」小考—浮舟をめぐる「夢」の意味」、『物語文学研究』八、一九八三年一二月
7 村井利彦「桐壺の夢」、『源氏物語の探求』一〇、風間書房、一九八五年
8 長谷川厚子「浮舟をめぐる「夢」の意味」、『中古文学論攷』八、一九八七年一二月
9 荒井紀子「末摘花の夢」、『物語文学論究』一〇、一九九二年三月
10 藤本勝義「源氏物語の陰陽道—御物忌・夢合せ・厄年」、『源氏物語講座』五、勉誠社、一九九二年
11 原田敦子「空蝉の夢」、『源氏物語作中人物論集』、勉誠社、一九九三年
12 上田博明「帚木三帖における夢の論理」、『文研論集』二二、一九九三年九月
13 池田和臣「源氏物語から　明石の君の深層—想像力と夢」、『国文学』三八（一一）、一九九三年一〇月

14 上坂信男「『源氏物語』の夢・「小敦盛」の夢」『文芸における夢』、笠間選書、一九九四年
15 石川信夫「明石入道について―明石家の経済力と夢の実現」、『中古文学論攷』一五、一九九四年一二月
16 西嶋幸代「源氏物語における夢の役割」、『玉藻』三二、一九九六年一一月
17 藤井由紀子「『源氏物語』魂の系譜―「夢」と「物の怪」を視座として」『古代中世文学論考』一、新典社、一九九八年
18 山口康子「平安和文の「夢」の引用―『源氏物語』を中心に」、『国語と教育』二三（長崎大）、一九九八年一一月
19 雪野紀代美「『源氏物語』における夢の役割」、『文教国文学』四〇、一九九九年二月
20 大川かおり「明石入道の夢―語らないことの意味」、『平安朝文学研究』八、有精堂、一九九九年一一月
21 湯浅幸代「夢告への対応―明石入道の場合」、『明治大学大学院文学研究論集』一二、二〇〇〇年二月
22 藤本勝義「夢枕に立つ死者―源氏物語の夢をめぐって」、『学芸国語国文学』三二、二〇〇〇年三月
23 藤本勝義「源氏物語の夢想―王朝の夢告げの実態との関連」、『論叢源氏物語』二、新典社、二〇〇〇年
24 金鍾徳「紫式部の夢とうつつ」、『日本古代文学と東アジア』、勉誠社、二〇〇四年
25 鈴木日出男「逢瀬の「夢」―『源氏物語』注解ノートから」、『成蹊国文』三七、二〇〇四年三月
26 笹生美貴子「『源氏物語』を中心とした仮名文学における夢主の設定―子出生に関する「夢」」、『語文』一二〇（日本大学）、二〇〇四年一二月
27 鈴木裕子「明石の尼君＝一族の〈夢〉を実現する方法」、『『源氏物語』を母と子から読み解く』、角川書店、二〇〇五年
28 久慈きみ代「夢から遠い女君六条御息所の「もののけ」―『源氏物語』の「夢」「もののけ」「もの」の境界について」、『駒沢国文』四二、二〇〇五年二月
29 有田裕子「藤壺の夢の感覚―『源氏物語』と小野小町」、『成蹊国文』三八、二〇〇五年三月

30 藤本勝義「霊による夢告の特性―源氏物語の夢想を中心に」、『日本文学』五四（五）、二〇〇五年五月
31 山崎和子「藤壺の「醒めぬ夢」」、『日本文学誌要』七二、二〇〇五年七月
32 久保田淳「『源氏物語』の夢―その諸相と働き」、『文学』六（五）、二〇〇五年九月
33 秋貞淑「和歌　物忌み宿、蓬生―末摘花の霊夢と呪歌」、『人物で読む源氏物語』九、勉誠社、二〇〇五年
34 深沢徹「夢とものの けー「はかりこと」としての物語」、『源氏物語　宇治十帖の企て』、おうふう、二〇〇五年
35 武谷恵美子「浮舟と母・中将の君―この世の夢に心まどはで」、『筑紫国文』二八、二〇〇六年三月
36 笹生美貴子「「明石」巻における「夢」―その構造を考える」、『日本大学大学院国文学専攻論集』三、二〇〇六年九月
37 山本真理子「『源氏物語』に現れる霊異観念―「月」「日」の夢を中心に」、『日本文化と神道国学院大学編』、二〇〇六年一二月
38 高橋亨「明石入道の「夢」と心的遠近法」、『源氏物語の詩学　かな物語の生成と心的遠近法』、名古屋大学出版会、二〇〇七年
39 竹内正彦「明石入道の夢の図像」、『源氏物語発生史論　明石一族物語の地平』、新典社、二〇〇七年
40 笹生美貴子「「夢」が見られない大君―宇治十帖の〈父〉〈娘〉を導くもの」、『日本文学』五七（九）、二〇〇八年九月

◉総論としての「夢」

「夢」研究についての基本的文献としては、西郷信綱『古代人と夢』（笠間書院、一九七四年）が第一に挙げられるが、『源氏物語』にとどまらず、広く文学作品を扱ったものについて、以下に掲げる。ここでも先掲の『源氏物語研究ハンドブック』第一巻と重複しない文献を紹介する。

41 青木不学、加藤進昌ほか『夢』、東京大学出版会、二〇〇〇年
42 江口孝夫『「夢」で見る日本人』、文芸春秋、二〇〇一年
43 櫻井浩治『精神科医が読んだ源氏物語の心の世界―紫式部からの現代へのメッセージ』、近代文芸社、二〇〇一年
44 岡部隆志ほか『シャーマニズムの文化学―日本文化の隠れた水脈』、森話社、二〇〇一年
45 河添房江ほか『叢書想像する平安文学　第5巻　夢そして欲望』、勉誠出版、二〇〇一年
46 荒木浩仏『教修法と文学的表現に関する文献学的考察―夢記・伝承・文学の発生―』、大阪大学大学院文学研究科、二〇〇五年
47 藤本勝義「王朝文学と夢・霊・陰陽道」、『王朝文学と仏教・神道・陰陽道（平安文学と隣接諸学2）』、竹林社、二〇〇七年
48 倉本一宏『平安貴族の夢分析』、吉川弘文館、二〇〇八年
49 加納重文『平安文学の環境―後宮・俗信・地理』、和泉書院、二〇〇八年

◉『源氏物語』と「物の怪」

『源氏物語研究ハンドブック』第一巻に「〈物の怪〉関係論文文献目録」がまとめられているので、ここでは重複を避けて紹介する。また『源氏物語』における物の怪研究は、六条御息所研究に牽引されてきたが、その観点からの研究史が『人物で読む『源氏物語』第七巻　六条御息所』（勉誠社、二〇〇五年）で松岡智之氏によりまとめられているので、併せて参照されたい。

50 池田亀鑑「古典文芸の近代性―源氏における荒廃・怪奇・死の美を通して―」、『国語と国文学』二五（八）、一九四八年三月

51 深沢三千男「源氏物語の構造分析―夕顔怪死事件についての一考察―」、『国語と国文学』四〇（一〇）、一九六三年一〇月
52 岩瀬法雲「夕顔の巻の物の怪―門前教授の「おのがいとめでたしと見奉るをは」に対するお答え―」、『文学・語学』四一、一九六六年九月
53 岡田藤吉「源氏物語の諸問題―「夕顔」の巻の怪異描写―」、『紀要（東京学芸大）』一八、一九六七年二月
54 岡田藤吉「六条御息所の死霊：「若菜下」の巻の怪異描写」、『東京学芸大学紀要』二一、一九七〇年二月
55 妹島礼子「「源氏物語」に現われた六条御息所の性格とものゝけ」、『国語国文論集』一、一九七〇年六月
56 岡田藤吉「源氏物語の怪異譚の総括―「柏木」の巻の怪異描写―」、『東京学芸大学紀要』二二、一九七一年二月
57 鈴木正彦「紫の上と六条御息所―六条御息所の怨霊と源氏物語―」、『和洋国文研究』九、一九七二年九月
58 鬼束（田中）隆昭「もののけざま」、『並木の里』七、一九七二年一二月
59 坂本太郎「六条御息所の伊勢下向と怨霊出現」、『季刊文学・語学』七二、一九七四年八月
60 仲田庸幸「夕顔の恋愛と怪奇の美」、『源氏こぼれ草』一〇、一九七五年二月
61 三苫浩輔「源氏物語に見える死霊鎮撫」、『沖縄国際大学文学部紀要』三（二）、一九七五年三月
62 安藤重和「桐壺院の霊による源氏救出をめぐって」、『名古屋大学文学部研究論集』二三、一九七六年三月
63 三苫浩輔「源氏物語に見える死霊鎮撫　三」、『沖縄国際大学文学部紀要』五（一）、一九七六年六月
64 三苫浩輔「源氏物語に見える死霊鎮撫　四」、『沖縄国際大学文学部紀要』六（一）、一九七七年一〇月
65 深沢三千男「六条御息所悪霊事件の主題性について」、『古代文学論叢』六、一九七八年三月
66 石津はるみ「源氏物語第二部前半の物の怪をめぐって」、『文芸研究（明治大学）』四二、一九七九年一〇月
67 三苫浩輔「柏木霊鎮撫再論」、『沖縄国際大学文学部紀要（国文学篇）』、八（二）、一九八〇年三月
68 伊庭伸恵「夕顔怪死―神婚譚と時間経過からの一私見―」、『物語文学論究』六、一九八一年一二月

69 藤井貞和「六条御息所の物の怪」、『講座源氏物語の世界』七、有斐閣、一九八二年
70 高橋亨「紫式部源氏物語の〈六条御息所〉―高貴さと物の怪と」、『国文学』二七（一三）、一九八二年九月
71 村井幹子「『源氏物語』における状況表現構造―夕顔巻（怪異場面）を中心に―」、『中古文学論攷』三、一九八二年一〇月
72 針本正行「桐壺院の遺言と死霊と」、『源氏物語研究』八、一九八三年九月
73 中村健一「薫紹介の方法と柏木霊歌の持つ意味」、『王朝文学史稿』一一、一九八四年九月
74 三苫浩輔「二三の幽霊話と六条御息所光源氏の争闘」、『沖縄国際大学文学部紀要（国文学篇）』一三（一）、一九八四年一〇月
75 土方洋一「表現された生霊―「源氏物語」から」、『鶴見大学紀要 第1部 国語国文学編』二二（一）、一九八五年三月
76 高野幹子「『源氏物語』における「物の怪」―六条御息所を中心として」、『愛知女子短期大学国語国文』一九、一九八八年三月
77 藤本勝義「憑霊現象の史実と文学―六条御息所の生霊を視座としての考察」、『国語と国文学』六六（八）、一九八九年八月
78 武原弘「六条御息所再論―死霊事件を中心に」、『日本文学研究（梅光女学院大学）』二五、一九八九年一一月
79 広川勝美「伝承と言葉―六条わたりの怨霊」、『国文学』三五（一）一九九〇年一月
80 山田利博「宇治の物怪―薫・匂、分身論の試み」、『文芸と批評』七（三）、一九九一年四月
81 藤本勝義「六条御息所の死霊と賀茂祭―物の怪跳梁と神事」、『論集源氏物語とその前後2』、新典社、一九九一年
82 鎌田東二「エロスとカルマ―あるいは恋と物怪（もののけ）（「源氏物語」のいま〈特集〉）」、『すばる』一三（一〇）、一九九一年一〇月
83 長塚杏子「「夕顔」と「葵」から―生霊の不在証明」、『むらさき』二八、一九九一年一二月
84 阿部好臣「物の怪誕生―柏木の位相」、『語文（日本大学）』八八、一九九四年三月

85 嘉成悠紀「あくがれ出る魂―六条御息所生霊論」、『日本文学論叢（法政大学大学院）』二三、一九九四年四月
86 松浦和子「源氏物語『葵の巻』考―怨霊の意味について」、『芸術至上主義文芸』二〇、一九九四年一一月
87 久富木原玲「源氏物語と和歌―生霊の歌をめぐって」、『国学院雑誌』九五（一一）、一九九四年一一月
88 藤本勝義「源氏物語とものの け」、『国文学』四〇（三）、一九九五年二月
89 田中隆昭「源氏物語と歴史―六条御息所とものの け」、『新講源氏物語を学ぶ人のために』、世界思想社、一九九五年
90 宇佐美真「幻想としての物の怪―六条御息所の生霊をめぐって」、『解釈』四一（二）、一九九五年二月
91 阿部好臣「物の怪誕生―柏木物語の本質」、『新物語研究』三、一九九五年一一月
92 河村幸枝「『夕顔』巻の物の怪と光源氏の青春―「夕顔」巻から藤壺との密通」、『紫光』三一、一九九六年三月
93 金賢貞「宇治十帖における物の怪についての一考察―浮舟物語との関わりを中心に」、『岡大国文論稿』二四、一九九六年三月
94 大沢佐和子「女三の宮と六条御息所の死霊　その一―源氏物語第二部における六条御息所の死霊の存在」、『王朝文95、学研究誌』七、一九九一年三月
95 郭潔梅「葵巻と魂の離合―葵巻の怪異表現と中国の「神魂」小説」、『甲南女子大学大学院論叢』一八、一九九六年三月
96 田中桃子「六条御息所の死霊」、『成蹊国文』二九、一九九六年三月
97 小谷野純一「『源氏物語』夕顔巻における〈霊物〉の介在をめぐって」、『歌語りと説話』、新典社、一九九六年
98 陣野英則「六条御息所の死霊と光源氏の罪―死霊の言葉を手がかりとして」、『中古文学論攷』一七、一九九六年一二月
99 原田敦子「夕顔の怪―未完の神婚説話」、『大阪成蹊女子短期大学研究紀要』三四、一九九七年三月
100 金賢貞「鬚黒の北の方に関わる物の怪についての一考察―六条御息所の物の怪との比較を中心に」、『解釈』四四（二）、一九九八年二月

101 古川忍「六条御息所の造型―自己表現としての物怪」、『熊本県立大学国文研』四三、一九九八年三月
102 奥村英司「苦悩する神・六条御息所論」、『鶴見大学紀要（国語・国文学）』三五、一九九八年三月
103 猿渡学「六条御息所試論―生霊創造の意味」、『日本文芸論叢』一二、一九九八年三月
104 並木由起「六条御息所の生霊―遊離魂信仰をキーワードとして」、『法政大学大学院紀要』四〇、一九九八年三月
105 孫佩霞「離魂の可能―『源氏物語』の「物の怪」をめぐって」、『瞿麦』七、一九九八年四月
106 藤井由紀子「『源氏物語』魂の系譜―「夢」と「物の怪」を視座として」、『古代中世文学論考』一、新典社、一九九八年
107 張龍妹「六条御息所の生霊の生成」、『国語と国文学』七五（一一）、一九九八年一一月
108 藤本勝義「六条御息所の鎮魂・再検討―女人罪障観をめぐって」、『国語と国文学』七五（一一）、一九九八年一一月
109 鈴木里美「六条御息所における「心の鬼」と生霊としての「鬼」の相関性」、『日本文学ノート』三四、一九九九年一月
110 鈴木裕子「宇治八の宮の「死霊」をめぐって―大君を追いつめたもの、そして阿闍梨の「欲望」」、『日本文学』四八（五）、一九九九年五月
111 石井正己「生霊事件と噂の視点―『源氏物語』のシャーマニズム」、『日本文学』四八（五）、一九九九年五月
112 槙佐知子『日本の古代医術―光源氏が医者にかかるとき』、文芸春秋、一九九九年
113 高橋亨「〈シンポジウム〉日本における宗教と文学　源氏物語の「もののけ」と心的遠近法日本における宗教と文学」、『国際日本文化研究センター』、一九九九年一一月
114 吉田幹生「六条御息所の人物造型―その生霊化をめぐって」、『国語と国文学』七六（一二）、一九九九年一二月
115 菅峨範子「『源氏物語』における物の怪―六条御息所を中心にして」『日本文学ノート』三五、二〇〇〇年一月
116 黄建香「六条御息所の生霊と「芥子の香」」、『昭和女子大学大学院日本文学紀要』一一、二〇〇〇年三月

117 大胡太郎「生霊の物語と物語の生霊―『源氏物語』の生霊・噂・語り」、『学芸国語国文学』三二、二〇〇〇年三月
118 藤本勝義「すこしゆるへ給へや。大将に聞こゆべき事あり―葵上が話す生霊の言葉」、『国文学』四五（九）、二〇〇〇年七月
119 松平吉生「車争い事件と生霊事件の構造―『源氏物語』葵巻」、『京都教育大学国文学会誌』二九・三〇、二〇〇〇年七月
120 西山智子「『源氏物語』の霊が持つ役割」、『瞿麦』一二、二〇〇〇年一〇月
121 増田順子「涯ての物怪―『源氏物語』宇治十帖における、浮舟の罹病と回復の軌跡」、『日本病跡学雑誌』六一、二〇〇一年
122 並木由紀「六条御息所、生霊の源流―「身」と「心」の乖離」、『古代中世文学論考』五、二〇〇一年一月
123 浅尾広良「葵巻の物の怪攷「名立つ」六条御息所」、『大谷女子大国文』三一、二〇〇一年三月
124 名波弘彰「夕顔巻の怪奇の語りの表現構造」、『文学研究論集』一九、二〇〇一年三月
125 谷口敏夫「源氏物語の可視化―もののけとKT2システム」、『本文研究』、和泉書院、二〇〇一年五月
126 坂本知穂「『源氏物語』における「生霊」の独自性」、『筑紫語文』一〇、二〇〇一年一一月
127 藤本勝義「もののけ―屹立した独自性」、『源氏物語研究集成』八、風間書房、二〇〇一年
228 戸松綾「秋好中宮考―鈴虫巻における六条御息所死霊との邂逅」、『王朝文学研究誌』一三、二〇〇二年三月
129 李美淑「「思ふどちの御物語」と死霊出現―光源氏と紫の上の物語における一つの転機」、『日本文芸論叢』一六、二〇〇二年三月
130 三田村雅子「もののけという〈感覚〉―身体の違和から」、『源氏物語の魅力を探る』、翰林書房、二〇〇二年
131 櫻井浩治「源氏物語にみる心身医療心身医学」四二（一二）、二〇〇二年一二月
132 広瀬唯二「夕顔の巻の物の怪をめぐって―物の怪と鳥の声」、『武庫川国文』六一、二〇〇三年三月

133 今井上「特集　新たなる入門　六条御息所生霊化の理路―葵巻再読」、『源氏研究』八、二〇〇三年四月
134 悉知由紀夫「『源氏物語』の物の怪―その語義をめぐる考察」、『駒沢大学大学院国文学会論輯』三一、二〇〇三年六月
135 高田祐彦「夕顔巻のもののけ―萩原広道の解釈と方法」、『源氏物語の変奏曲』、三弥井書店、二〇〇三年
136 太田博久「生霊とは何か　六条の御息所の性格と行動」、『解釈』四九（一一・一二）、二〇〇三年一二月
137 藤井由紀子「〈物の怪〉の表現史―『源氏物語』の物の怪論のための」、『日本古典文学史の課題と方法（伊井春樹退官）』、和泉書院、二〇〇四年
138 山畑幸子「『源氏物語』における亡霊―「昔は行ひせし法師」の霊を中心に」、『神部宏泰先生退職記念論文集』、二〇〇四年
139 雨海博洋「源氏物語と物の怪」、『スサノオ』一、二〇〇四年七月
140 久慈きみ代「夢から遠い女君六条御息所の「もののけ」―『源氏物語』の「夢」「もののけ」「もの」の境界について」、『駒沢国文』四二、二〇〇五年二月
141 井口志保「源氏物語研究　六条御息所論―現身と物の怪と」、『東京女子大学日本文学』一〇一、二〇〇五年三月
142 藤本勝義「特集　源氏物語の仏教　御霊信仰と『源氏物語』」、『源氏物語の鑑賞と基礎知識』三九、至文堂、二〇〇五年
143 藤本勝義「霊による夢告の特性―源氏物語の夢想を中心に」、『日本文学』五四（五）、二〇〇五年五月
144 陣野英則「物語の語り・表現・文体　死霊の超越的知覚能力」、『人物で読む源氏物語』七、勉誠出版、二〇〇五年
145 秋貞淑「生霊を生み出す表現世界―氾濫する〈うわさ〉の様態」、『人物で読む源氏物語』七、勉誠出版、二〇〇五年
146 吉田幹生「六条御息所の生霊化」、『人物で読む源氏物語』七、勉誠出版、二〇〇五年
147 浅尾広良「准拠　葵巻の物の怪の准拠」、『人物で読む源氏物語』五、勉誠出版、二〇〇五年
148 藤田真理「依代・形代としての「絵」―手習巻の物の怪叙述を中心に」、『平安文学研究生成』、笠間書院、二〇〇五年

149 根岸弘「六条御息所の物怪―それ、罪深き人は」、『平安文学研究生成』、笠間書院、二〇〇五年
150 深沢徹「夢とものののけ―「はかりこと」としての物語」、『源氏物語宇治十帖の企て』、おうふう、二〇〇五年
151 森一郎「夕顔巻のもののけ―夕顔巻の構造に徴して」、『王朝文学研究誌』一七、二〇〇六年三月
152 橋本幸恵「『源氏物語』―「夕顔」巻の物の怪が表すもの」、『長野国文』一四、二〇〇六年三月
153 孫輝欣「『源氏物語』における「物の怪」」、『人間文化研究』四、二〇〇六年三月
154 小嶋菜温子「特集・説話・物語の異空間　六条院と物の怪―「六条の古宮」の〈家〉と〈血〉」、『解釈と鑑賞』七一（五）、二〇〇六年五月
155 山畑幸子「『源氏物語』「玉鬘」巻における夕顔の亡霊の一解釈」、『解釈』五二（一一・一二）、二〇〇六年一二月
156 鈴木紀子「王朝物語における怪異―六条御息所を中心に」、『女の怪異学』、晃洋書房、二〇〇七年三月
157 森一郎「源氏物語二層構造論―夕顔巻・荒院に住むもののけの伏在的真相・六条の女君登場の意味」、『王朝文学研究誌』一八、二〇〇七年五月
158 中哲裕「『源氏物語』の「物の怪」と「降魔」」、『王朝文学と仏教・神道・陰陽道（平安文学と隣接諸学2）』、竹林舎、二〇〇七年
159 小嶋菜温子「藤壺宮と六条御息所の「罪」と亡魂―秋好中宮にみる故・前坊家と六条院」、『源氏物語から源氏物語へ　中古文学研究24の証言』、笠間書院、二〇〇七年
160 森一郎「源氏物語　夕顔巻のもののけの正体」、『礫』二五五、二〇〇八年一月
161 高橋雅子「物の怪化から見る六条御息所」、『歌子』一六、二〇〇八年三月
162 森一郎「源氏物語　夕顔巻のもののけの発言」、『礫』二五八、二〇〇八年四月
163 山畑幸子「『源氏物語』柏木の亡霊考―「陽成院の御笛」の意味するもの」、『清心語文』一〇、二〇〇八年七月

164 針本正行「『源氏物語』「物の気」顕現と「心の鬼」」、『国学院雑誌』一〇九（一〇）、二〇〇八年一〇月
165 廣瀬唯二「六条御息所の生き霊化をめぐって（源氏物語特集）」、『武庫川国文』七一、二〇〇八年一二月
166 森正人『源氏物語と〈もののけ〉』、熊本日日新聞社、二〇〇九年
167 天野紀代子『跳んだ『源氏物語』―死と哀悼の表現』新典社、二〇〇九年
168 細貝仁美「『源氏物語』における霊の考察―桐壺院の霊を中心に」、『清泉語文』二、二〇一〇年三月

◉紫式部と「物の怪」

『源氏物語』における「物の怪」について考える際には、『紫式部日記』に記された紫式部自身の物の怪観も重要となる。『紫式部日記』における「物の怪」の記述を中心に扱った文献を以下に掲げた。

169 小谷野純一「物怪にひきたふされて、いといとほしかりければ―「紫式部日記」釈義（一）―」、『解釈』二二（一）、一九七六年一月
170 白方勝「紫式部日記臆断　その十―物の怪跳梁―」、『源氏こぼれ草』一五、一九八〇年三月
171 小谷野純一「『紫式部集』、物の怪憑依の絵に基づく贈答歌の表象をめぐって」、『日本文学研究（大東文化大学）』三九、二〇〇〇年二月
172 森正人「紫式部集の物の気表現」（『中古文学』六五、二〇〇〇年六月
173 三谷邦明「物の怪―源氏物語と紫式部集との絆―夕顔巻と紫式部集との新たな関係構造を求めてあるいは現実体験の間テクスト性（インターテクスチュアリティー）」、『紫式部の方法』、笠間書院、二〇〇二年

●総論としての「物の怪」

「物の怪」研究の基本的文献としては、藤本勝義『『源氏物語』の〈物の怪〉―文学と記録の狭間』（笠間書院、一九九四年）が第一に挙げられる。『源氏物語』にとどまらず、広く文学作品を扱ったものについて、以下に掲げる。ここでも『源氏物語研究ハンドブック』第一巻と重複しないものを紹介する。

174 大野功「平安時代の怨霊思想」、『日本歴史』一一四、一九五七年一二月
175 池田弥三郎「怨霊信仰―文学作品におけるその発生の誘因と発動」、『短歌』一四（四）、一九六七年四月
176 山田勝美「「もののけ」原義考」、『国文学論集（上智大学）』一、一九六八年三月
177 徳江元正「もののけ（王朝女流作家の生活）」、『国文学』一四（六）、一九六九年五月
178 梅原猛「怨霊と鎮魂の思想」、『日本における生と死の思想』、有斐閣、一九七七年
179 三苫浩輔「夢と霊魂信仰」、『沖縄国際大学文学部紀要（国文学篇）』七（二）、一九七九年三月
180 梅原猛「民俗と宗教―怨霊と日本文化」、『基督教文化研究所研究年報』一三、一九八一年五月
181 高木滋生「鬼・もののけ考」、『国語通信』二四八、一九八二年九月
182 大野功「平安時代の怨霊思想」、『天神信仰（民衆宗教史叢書4）』、雄山閣、一九八三年
183 土橋寛「霊魂観念とコトバ」、『日本文学』三四（一）、一九八五年一月
184 三苫浩輔「〈シンポジウム・日本古代の宗教と文学（平安朝）〉平安文学ともののけ」、『基督教文化研究所研究年報』二一、一九八八年三月
185 米井輝圭「平安時代の御霊」、『日本の仏教』三、一九九五年七月

186 藤井貞和「怨霊」、『仏教文学講座』、勉誠社、一九九六年四月
187 永藤靖「古代都市と御霊―怨霊から御霊信仰へ」、『解釈と鑑賞』六三（三）、一九九八年三月
188 武光誠『もののけと日本人』、Kiba Book、一九九九年
189 豊嶋泰国「王朝人の「物の怪」体験（日本の恐怖残酷物語集）―（妖怪が乱舞するとき）」、『歴史と旅』二六（一四）、一九九九年九月
190 繁田信一「苦しむ悪霊―平安貴族の生活感覚における亡霊と他界」、『歴史民俗資料学研究』七、二〇〇二年三月
191 多田一臣「魂と心と物の怪と―古代文学の一側面」、『美夫君志』六四、二〇〇二年四月
192 久保田淳「ことばの森（9）―いきずたま・生霊」、『日本語学』二二（一三）、二〇〇三年一二月
193 山内昶『もののけ〈1〉』、法政大学出版局、二〇〇四年
194 鎌田東二「「モノノケ学」の構築―「日本的霊性」の再検証」、『山形市文化振興事業団紀要』一一、二〇〇六年三月
195 小松和彦『日本人の異界観―異界の想像力の根源を探る』、せりか書房、二〇〇六年
196 藤本勝義「王朝文学と夢・霊・陰陽道」、『王朝文学と仏教・神道・陰陽道（平安文学と隣接諸学2）』、竹林舎、二〇〇七年
197 小松和彦還暦記念論集刊行会編『日本文化の人類学／異文化の民俗学』、法藏館、二〇〇八年
198 前野佳彦『事件の現象学〈1〉非日常性の定位構造』、法政大学出版局、二〇〇九年
199 上島敏昭『魔界と妖界の日本史』、現代書館、二〇〇九年

※この文献一覧の作成にあたっては、麻生裕貴、栗原篤志、古川翼、本橋裕美が分担した。

執筆者紹介（あいうえお順）

河添房江（かわぞえ・ふさえ）一九五三年生、東京学芸大学教授。『源氏物語表現史』（翰林書房）、『源氏物語時空論』（東京大学出版会）、『源氏物語と東アジア世界』（NHKブックス）、『光源氏が愛した王朝ブランド品』（角川選書）。

河東　仁（かわとう・まさし）一九五四年生、立教大学教授。『日本の夢信仰―宗教学から見た日本精神史』（玉川大学出版部）、「王朝人における死への眼差し―臨終行儀と往生夢」（『死生学年報2006』リトン社）。

久富木原玲（くふきはら・れい）一九五一年生、愛知県立大学教授。『源氏物語　歌と呪性』（若草書房）、『源氏物語の変貌』（おうふう）、『和歌とは何か（日本文学を読みかえる）』（有精堂）。

倉本一宏（くらもと・かずひろ）一九五八年生、国際日本文化研究センター教授。『一条天皇』（吉川弘文館）、『壬申の乱』（吉川弘文館）、『藤原道長「御堂関白記」全現代語訳』（全三冊、講談社）、『三条天皇』（ミネルヴァ書房）。

小松和彦（こまつ・かずひこ）一九四七年生、国際日本文化研究センター教授。『憑霊信仰論』（講談社）、『悪霊論』（筑摩書房）、『酒呑童子の首』（せりか書房）、『百鬼夜行絵巻の謎』（集英社）など。

立石和弘（たていす・かずひろ）一九六八年生、立教大学非常勤講師。『源氏文化の時空』（森話社）、『男が女を盗む話』（中央公論社）。

田中貴子（たなか・たかこ）一九六〇年生、甲南大学教授。『渓嵐拾葉集の世界』（名古屋大学出版会）、『あやかし考』（平凡社）、『中世幻妖』（幻戯書房）など。

原岡文子（はらおか・ふみこ）一九四七年生。聖心女子大学教授。『源氏物語の人物と表現』（翰林書房）、『源氏物語に仕掛けられた謎』（角川学芸出版）、『更級日記』（角川ソフィア文庫）など。

土方洋一（ひじかた・よういち）一九五四年生。青山学院大学教授。『源氏物語のテクスト生成論』（笠間書院）、『物語史の解析学』（風間書房）、『日記の声域』（右文書院）、『物語のレッスン―読むための準備体操』（青簡舎）。

三田村雅子（みたむら・まさこ）一九四八年生、上智大学教授。『記憶の中の源氏物語』（新潮社）、『源氏物語　感覚の論理』（有精堂）、『源氏物語―物語空間を読む』（ちくま新書）、『源氏物語絵巻の謎を読み解く』（共著、角川選書）。

森正人（もり・まさと）一九四八年生、熊本大学教授。『今昔物語集の生成』（和泉書院）、『今昔物語集五』（岩波書店）、『源氏物語と〈もののけ〉』（熊本日日新聞社）、『文学史の古今和歌集』（共著・和泉書院）。

湯淺幸代（ゆあさ・ゆきよ）一九七五年生、駒澤大学専任講師。「玉鬘の尚侍就任―「市と后」をめぐる表現から―」（『むらさき』四五、二〇〇八年）、「秋好中宮と仏教」（『源氏物語と仏教』青簡舎、二〇〇九年）。

源氏物語をいま読み解く❸
夢と物の怪の源氏物語

発行日	2010年10月5日　初版第一刷
編　者	三田村雅子 河添　房江
発行人	今井　肇
発行所	翰林書房
	〒101-0051　東京都千代田区神田神保町1-14
	電 話　03-3294-0588
	FAX　03-3294-0278
	http://www.kanrin.co.jp/
	Eメール●kanrin@nifty.com
印刷・製本	総印

落丁・乱丁本はお取替えいたします

ISBN978-4-87737-304-7

三田村雅子・河添房江［編］

源氏物語を
いま読み解く 1

描かれた源氏物語

四六版・二二四頁・二四〇〇円＋税

三田村雅子・河添房江［編］

源氏物語をいま読み解く❷

薫りの源氏物語

四六版・二三二頁・二四〇〇円＋税